Oriana Fallaci:
Penelope im Krieg
Roman

Deutsch von Heinz Riedt
Vorwort von Michele Prisco

Deutscher
Taschenbuch
Verlag

dtv

Von Oriana Fallaci
sind im Deutschen Taschenbuch Verlag erschienen:
Inschallah (11806)
Wenn die Sonne stirbt (30364)

Für meine Mutter

Ungekürzte Ausgabe
Juli 1994
Deutscher Taschenbuch Verlag GmbH & Co. KG,
München

Titel der italienischen Originalausgabe:
›Penelope alla guerra‹

Umschlagtypographie: Celestino Piatti
Umschlagfoto: R.C.S. Rizzoli
Gesamtherstellung: C.H. Beck'sche Buchdruckerei,
Nördlingen
Printed in Germany · ISBN 3-423-11897-0

Das Buch

Schauplatz ist New York. Hier sucht Giò nach Identität und Freiheit. Sie erkennt, wenn auch noch undeutlich, die Grenzen und Ungerechtigkeiten, die ihr von der männlichen Gesellschaft auferlegt werden. Sie kämpft, wenn auch noch unbeholfen, um sie zu überwinden. Und sie behauptet sich mutig in der Dreiecksbeziehung zwischen ihr, Richard (dem Mann, den sie liebt) und Bill (dem Mann, der von Richard geliebt wird). Schließlich flieht sie den einen wie den anderen, um in ihren Krieg zu ziehen. – 1964 erschienen, war ›Penelope im Krieg‹ eines der ersten Bücher von Oriana Fallaci und ihr erster Roman. Es sollte noch zehn Jahre dauern und weiterer vier Bücher bedürfen, bis Oriana Fallaci mit ihrem ›Brief an ein nie geborenes Kind‹ ihren literarischen Ruf endgültig etabliert hatte. ›Penelope im Krieg‹ ist also auch ein wichtiges Werk, will man die Entwicklung der Schriftstellerin verstehen.

Die Autorin

Oriana Fallaci ist in Florenz geboren und lebt in New York. Ihre Bücher wurden in über dreißig Sprachen übersetzt. Bei der Verleihung der Ehrendoktorwürde für Literatur des Columbia College in Chicago wurde sie als »eine der am meisten gelesenen und bewunderten Autorinnen der Welt« gewürdigt. Als Kriegskorrespondentin hat Oriana Fallaci alle Konflikte der letzten drei Jahrzehnte verfolgt: von Vietnam bis zum Mittleren Osten. Auf deutsch sind u. a. erschienen: ›Brief an ein nie geborenes Kind‹ (1977), ›Ein Mann‹ (1980), ›Nichts und Amen‹ (1991), ›Inschallah‹ (1992), ›Wenn die Sonne stirbt‹ (1993).

Vorwort

Oriana Fallaci ist dem Leser schon lange als Journalistin von großer Zivilcourage und absolutem Respekt vor der Würde des Menschen bekannt; als eine der sicherlich aufmerksamsten, unbeirrbarsten und leidenschaftlichsten in der Bewertung von internationalen Ereignissen und Gebräuchen; das gilt nicht nur für ihre Artikel oder Interviews, sondern ebenso für ihre aus journalistischer Erfahrung hervorgegangenen Bücher ›Das unnütze Geschlecht‹ oder ›Wenn die Sonne stirbt‹, ›Nichts und Amen‹ oder ›Interview mit der Geschichte‹, um hier nur die bekanntesten anzuführen.

Sicher, wenn wir eines Tages tiefer eindringen wollen in das Wissen um die Gesellschaft unserer Zeit am Beispiel derjenigen, die, vom Brauchtum bis zur Politik und von der Tageschronik bis zur Geschichte, deren mehr oder minder bewußte Protagonisten waren, müssen wir uns vor allem an die Bücher halten, in denen die Fallaci ihre »Interviews« gesammelt hat; sie erschienen zunächst in Wochenzeitschriften, wurden jedoch stets mit Blick auf das Buch organisch konzipiert und sind von außergewöhnlich unabhängiger Urteilskraft.

Über das »Interview-Genre« könnte man eine lange Rede halten. Gewisse Illustrierte bei uns machen es zu ihrem Aufhänger, und das ist recht so. Immerhin hat man ziemlich oft den Eindruck, um nicht das Wort Verdacht zu gebrauchen, daß diese besondere journalistische Recherche oder Berichterstattung mittlerweile von einem eigenen Protokoll an Konventionen oder Regeln bestimmt wird, die so starr und unverrückbar sind, daß sie am Ende schier anonym und fast vertauschbar werden. Bei näherem Hinsehen kann man feststellen, daß der Schauspieler (mit der Berufsbezeichnung sind ebenso Frauen gemeint), Modearzt, Industrielle des Augenblicks, Politiker von Aktualität, die beim Interview des langen und breiten von ihrer harten und traurigen Jugend oder ihrem Aufstieg zum Erfolg oder den Reaktionen auf ihren erlangten Reichtum und so weiter berichten, alle mehr oder weniger in gleicher Weise und in gleichem Stil antworten, also nicht nur den Eindruck erwecken, vom Interviewer in sanfter Weise geführt zu werden und stets gewisse festgelegte Antworten in einem festgelegten Stil zu geben, sondern sich auch einer Technik und eines Stils zu bedienen, derer sich der Interviewer bedienen würde, wäre er der Interviewte. Bei Oriana Fallaci geschieht solches zum Glück nicht, und vielleicht ist gerade dies eines der bedeutendsten Geheimnisse ihres journalistischen Könnens. Und selbst wenn man sich die Mühe machen würde, den »Mechanismus« eines ihrer Interviews auseinanderzunehmen, um ihre Verfahrensweise zu begreifen, bliebe doch am Ende der Interviewte allemal eine eigene Persönlichkeit, verbliebe doch allemal das großartige Bild eines Mannes oder einer Frau *à la page*, deren innere Wahrheit ohne abgegriffene modische Klischees wiedergegeben ist. Wie es sich auch erweist, daß die »Journalistin« dauernd von der »Erzählerin« bedrängt wird (und wir wollen nicht leugnen, daß letztere sogar manchmal obsiegt): dies nicht in herkömmlicher Betrachtung einer Persönlichkeit, die über erzählerische Phantasie verfügt, sondern bezogen auf eine Persönlichkeit, die es darauf abgesehen hat, dem Erscheinungsbild auf den Grund zu gehen, um die Kernpunkte einer repräsentativen Figur oder auch die verborgenen Punkte eines menschlichen Schicksals aufzudecken. Mehr noch: bei der Begegnung mit demjenigen, der interviewt werden soll, ist Oriana Fallaci zunächst selber Persönlichkeit, bringt in das Interview jedesmal ihre Engagiertheit, ihre unzähmbare professionelle und menschliche Neugierde, ich möchte hinzufügen, auch ihren Zorn mit ein, und dies ergibt schließlich die Vorzeichnung, die von innen heraus die Kapitel aller ihrer Bücher verdeutlicht und sie zu einem Ganzen verbindet.

Doch nicht ohne Grund betonten wir vorhin das Wort »Erzählerin«. Wir meinten damit auch: für jemanden wie die Fallaci, zu deren Gepflogenheit es schon geworden ist, fast wöchentlich gewisse Gestalten hervorzubringen, die in der Geschichte unseres Journalismus zu den hervorstechendsten und wahrsten gehören, war es relativ leicht – sofern einen Roman zu schreiben überhaupt leicht sein kann –, oder sagen wir, war es zwangsläufig, zum Roman zu kommen (wobei nur zu bedauern ist, daß sich die Gelegenheit bis heute nicht wiederholt hat); anders ausgedrückt, Persönlichkeiten zu kreieren, die diesmal alle erfunden und gleichsam mit dem Seziermesser wiedergegeben sind (wie eben bei der ›Penelope im Krieg‹, die jetzt neu aufgelegt wird), das, je unbarmherziger es ist, nur desto mehr ungeahnte menschliche oder sogar sentimentale Kehrseiten plötzlich zu erkennen gibt. Man möge diese Formulierung nicht mißdeuten. Doch für uns bezieht diese so moderne, erbarmungslose, dramatische und unter einem etwas speziellen Gesichtswinkel auch so »zynische« Geschichte ihre Kraft gerade aus der Stärke der Gefühle, aus jener Lektion von Ehrlichkeit und Redlichkeit, die sich aus dem Finale ergibt und *à rebours* den ganzen Ablauf erhellt. Unter diesem Aspekt gibt es nur wenige so zutreffende Titel wie ›Penelope im Krieg‹, der uns den Schlüssel für die Lektüre des Romans gibt und jene Fraulichkeit und zugleich Aggressivität bei der Hauptperson vermittelt, jene Kombination von Zärtlichkeit und Gier, die Oriana Fallaci im Verlauf der Handlung zu einem Gefüge an Situationen und Niederschrift von seltener Realitätsnähe so gut zu verarbeiten versteht.

Von einem Filmproduzenten für zwei Monate nach New York geschickt, um sich mit dem Milieu innerlich vertraut zu machen und ihm ein Filmsujet zu entnehmen, macht sich das Mädchen Giovanna, genannt Giò, voller Begeisterung auf den Weg, um eine andere Welt kennenzulernen, die sie stets fasziniert hat, aber vielleicht auch in der unbewußten Hoffnung, den Amerikaner Richard wiederzufinden, der während des Krieges als Flüchtling aus einem Gefangenenlager in ihrer Wohnung Unterschlupf gefunden hatte und in den sie, damals noch als kleines Mädchen, verliebt gewesen war. Trotz ihres klaren und »männlichen« Blickes scheint Giòs erste Begegnung mit Amerika und dessen Mechanisierung die etwas naive Meinung zu bestätigen, die sie sich von diesem Land gebildet hatte, und tut zunächst ihrer Begeisterung keinen Abbruch.

Aber dann begibt es sich – wie in den Romanen und ebenso im Leben –, daß Giò auch Richard wiederbegegnet und jene weit zurückliegende, in dieser ganzen Zeit idealisierte Jugendbeziehung auf anderer Basis neu entsteht und voll ausgekostet wird, und gerade da wird die Begegnung mit der Realität durch den gehemmten Richard hart und demütigend: so kehrt nach den zwei Monaten im »großartigen« Amerika die junge Frau nach Rom zurück und trägt die Wunden einer Niederlage, die vielleicht über ihre Fraulichkeit hinausgehen und die Wunden eines Menschenkindes sind, das, mehr noch als die Unvereinbarkeit von zwei Welten, die in uns selber bestehende Unvereinbarkeit schmerzlich ausgekostet hat. Wir wollen hier keine Vermutungen anstellen. Doch könnte das Mädchen Giò, von dem wir uns am Ende des Buches verabschiedeten, auch die verliebte Frau sein, die einige Jahre danach den ›Brief an ein nie geborenes Kind‹ schreibt. Hat sie doch die nämlichen, mittlerweile durch Erfahrung herangewachsenen Zweifel und Fragen, die gleiche aggressive Art, das Leben anzupacken: und hat sie doch, inzwischen mit mehr Scharfsinn und Bewußtheit, den gleichen Begriff von ihrer Fraulichkeit und Rolle in der heutigen Welt.

Spannend und gedrängt in der Abfolge der Verwicklungen und Entwicklungen (und hier hat die Journalistin vielleicht bisweilen Verrat an der Erzählerin begangen), bringt ›Penelope im Krieg‹ eigentlich eine typisch moderne Geschichte: es ist die unmögliche Liebe des Mädchens Giò zu dem Amerikaner Richard, zu diesem pathetischen

Puck, der, anders als der Shakespearesche Irrwisch, in seiner Unbeständigkeit mehr das Symbol einer kapriziösen Liebe als das einer Neurose ist; doch hat die Fallaci dem Geschehen gewisse Schrecken, gewisse Schauer, gewisse Ängste von großer Zärtlichkeit verliehen. Mehr noch. Ich würde sagen, daß nur in wenigen Büchern, wie in ›Penelope im Krieg‹, mit solcher Präzision versucht wird, die Poesie des modernen Lebens mit soviel unmittelbarer Frische einzufangen: man denke nur an Giòs und Richards nächtlichen Bummel durch die Straßen von New York am Abend ihrer ersten Begegnung oder an ihren Ausflug zu den Niagarafällen – ein Abschnitt, der fast als virtuos zu bezeichnen ist – oder an den Wochenendausflug aufs amerikanische Land ... Aber wir wollen hier kein falsches idyllisches Bild (freilich sprachen wir von Poesie, doch von einer des modernen Lebens) für einen Roman suggerieren, der ganz im Gegenteil dramatisch und sogar hart ist, und dessen wenig tröstliche Botschaft wir Bills Brief an Giò entnehmen können, die besiegt nach Rom zurückkehrt: »Niemand beschützt dich von dem Augenblick an, da du geboren wirst und weinst, weil du die Sonne gesehen hast. Du bist ganz und gar allein, und bist du verwundet, wartest du vergebens auf Hilfe« ... Im übrigen gibt es ja Bill oder sogar Martine und Francesco sowie jene schreckliche Florence, Richards Mutter (eine Gestalt, die schon für sich genommen die Fähigkeiten eines Schriftstellers bestätigen und definieren kann und uns genug über eine Gesellschaft matriarchalischen Typs und Klimas aussagt) hier auf diesen Seiten, um jede falsche Auslegung auszuschließen und uns zu bestätigen, daß wir uns hier vor einem heftigen und zärtlichen, vorurteilslosen und moralischen, grausamen und leidenschaftlichen, verzweifelten und optimistischen Buch befinden, mit dem sich Oriana Fallaci einen präzisen und unverwechselbaren Platz in unserer jungen Erzählweise gesichert hat.

Michele Prisco

Diesen Hinweis als Dank an einen Freund. Der Freund heißt Franco Castaldi. Er hat mich veranlaßt, ›Penelope im Krieg‹ umzuschreiben und so zu veröffentlichen. Tatsächlich entstand die erste Fassung schon vor drei Jahren, aber sie kam mir so schlecht vor, daß ich sie lange zurückhielt. Ich verdanke es also den Ratschlägen und Ermutigungen, der Begeisterung und dem Drängen Franco Castaldis, eines Produzenten, der zu lesen versteht, daß ich trotzdem eine zweite Fassung schrieb, dann nach Amerika zurückkehrte, um noch eine dritte zu schreiben, und diese schließlich meinem Verleger übergab.

I

Es war eine lächerliche Besprechung.

»Etwas Modernes und zugleich Rührendes, Giò. Eine Liebesgeschichte, das braucht gar nicht erst gesagt zu werden, aber mit noch mehr als nur Liebe. Sonst langweilt sich das Publikum. Und merken Sie sich: die weibliche Hauptperson muß eine Italienerin sein und die männliche ein Amerikaner. Sie kennen ja die Probleme einer Koproduktion. Genügen Ihnen zwei Monate, Giò?«

»Gewiß, Commendatore.«

Der Produzent redete und redete, aber sie hörte ihm gar nicht zu, sondern starrte auf die Pendeluhr vor ihr an der Wand: In der Diele, wohin sie verlegt worden war, nachdem Richard ihr Bett besetzt hatte, hing auch eine Pendeluhr, die alle Viertelstunden den Westminsterschlag wiederholte.

»Ich erteile Ihnen einen ungewöhnlichen Auftrag. In Wirklichkeit schenke ich Ihnen einen langen Urlaub. Sind Sie sich dessen bewußt, Giò?«

»Gewiß, Commendatore.«

Ein Glockenschlag, der keinem anderen glich. Bei Tag ließ er sie an eine Königshochzeit denken: mit Hermelinmänteln, vergoldeten Kutschen und Garde zu Pferd; und der König hatte Richards Gesicht. Bei Nacht aber, wenn Dunkel und Stille sie wie ein Leichentuch umhüllten, erschreckte sie dies Schlagen der Uhr wie eine Verfluchung.

»Natürlich haben Sie ihn sich verdient: Sie haben in letzter Zeit zuviel gearbeitet und brauchen Entspannung und Abwechslung. Aber müßte ich allen meinen Angestellten eine Reise nach New York spendieren, käme ich an den Bettelstab: Sie verstehen mich doch.«

»Gewiß, Commendatore.«

Beunruhigend beim Schlag des ersten Viertels, wurde es unheimlich beim Schlag des zweiten Viertels und wahrhaft schaurig beim verzögerten Schlag des dritten Viertels und dann der vollen Stunde; da bewegte sich gleichzeitig eine Prozession von Gespenstern auf sie zu, verharrte unter der Dielenlampe, und jedes einzelne flog in sie hinein, verflachte sich und zerfloß zu einem Flecken.

»Eine Ausnahme nur für Sie allein. Was tät ich nicht alles für Sie, Giò!«

»Danke, Commendatore.«

Regungslos in ihrem Bett, starrte sie auf die Lampe, wo die Flecken zu Umrissen von Drachen wurden, zu Mündern weinender Frauen, zu Gestalten, die einander nie glichen und die Konturen wechselten, ihr ein Gefühl von Verlorenheit vermittelten. Dann eilte ihre Phantasie mit einem kurzen Erschauern in Richards Zimmer: zu dem braunen Samtsessel mit dem Schondeckchen aus weißer Spitze, zu den Regalen mit Schulbüchern und zu einer Konsole mit den Fotografien der Verstorbenen, die aus ihren Silberrahmen tadelnd und ein wenig unheilverheißend auf die Lebenden blickten.

»Noch etwas. Gomez, mein New Yorker Gesellschafter, wird Ihnen ein bißchen auf die Nerven gehen mit seiner Fragerei, ob Sie auch arbeiten, was Sie tun, ob Sie einen Stoff gefunden haben. Scheren Sie sich nicht darum. Ich bestimme, und ich zahle. Wenn Sie wieder zurück sind, notieren Sie mir einen Entwurf von zwanzig Seiten, und wir beide sprechen dann darüber. Bis dahin vergnügen und erholen Sie sich.«

»Danke, Commendatore.«

Die Gespenster traten aus diesen Rahmen heraus: ein Mann und wieder ein Mann und noch ein Mann, eine Frau und noch eine Frau, dann ein Kind mit dem Gesicht eines bösen Zwergs über dem Spitzenkragen; und der zudringlichste hatte einen Schnurrbart. Er war zudringlich, weil er erst einmal stehenblieb, sie ansah und bedächtig den Kopf schüttelte, bevor er in die Lampe flog. Sie mußte die Augen schließen, damit sie ihn nicht anfaßte und ihm folgte.

»Ich bin überzeugt, daß Sie mit einer herrlichen Geschichte zurückkehren, Giò, und wir werden einen herrlichen Film daraus machen.«

»Danke, Commendatore.«

Sie öffnete ihre Augen erst wieder, als das Gespenst mit dem Schnurrbart verschwunden war. Danach hatte sie ein Gefühl von Erleichterung und von Leere, die sofort ausgefüllt werden mußte: Ihre Gedanken eilten zu Richard. Zusammen mit Richard bestieg sie die Wolkenkratzer, wo die Engelsposaunen den Verurteilten im Tale Josaphat das Jüngste Gericht verkündeten. Dann zerbröckelten die Wolkenkratzer wie Burgen aus Sand, und der letzte Schlag der Uhr traf sie in diesem Schrecken, der gleich darauf vom Schlaf erstickt wurde.

»Auf Wiedersehen, Giò.«

»Auf Wiedersehen, Commendatore.«

* * *

Lächerlich und doch beunruhigend. Normalerweise gab sie sich keinen Träumereien hin, wenn sie mit dem Alten über Geschäftliches sprach. Wieso war das passiert? »Es ist eben passiert«, dachte sie mit einem Achselzucken. Und verschloß die Koffer, schob die Schreibmaschine in ihre Hülle, kämmte sich, schminkte sich und verharrte noch ein wenig enttäuscht vor dem Spiegel, obwohl es schon spät war und Francesco sie mit verdrießlichem Seufzen zur Eile mahnte. Immer, wenn sie an dem Spiegel vorbeikam, konnte sie der Versuchung nicht widerstehen, zu betrachten, was sie am meisten interessierte: sich selbst. Und immer war sie ein wenig enttäuscht: fast als sei das Mädchen, das sie da vor sich hatte, jemand anders. Sie hielt sich beispielsweise für eine körperlich robuste Person: der Körper im Spiegel jedoch war zart und ephebisch. Sie glaubte, ein besonderes Gesicht zu haben, mit hartem Mund, kräftiger Nase und festem Blick: das Gesicht im Spiegel jedoch war nur irgendeines, mit weichem

Mund, kleiner Nase und einem manchmal so erschrokkenen Blick. Und sie gefiel sich nicht. An dem Mädchen im Spiegel gefiel ihr nur das Haar, weil es blond war und sie vergessen ließ, daß sie zu einem Land gehörte, wo die Frauen schwarzes Haar haben wie ihre Mutter, nichts zu sagen haben wie ihre Mutter und weinen wie ihre Mutter. Als kleines Mädchen hatte sie einmal ihre Mutter weinen sehen. Sie bügelte Hemden und weinte, und die Tränen kullerten auf das Bügeleisen und verdampften zischend in der Hitze: auf dem Eisen verblieben kleine halbmatte Flecken, mehr wie von Wassertropfen als von Tränen. Aber dann verdampften auch die kleinen Flecken, als habe es deren Schmerz nie gegeben, und sie hatte sich damals geschworen, niemals Hemden zu bügeln und niemals zu weinen. »Niemals, Giò!« wiederholte sie laut.

»Was hast du gesagt, Giovanna?« fragte Francesco.

»Ich habe gesagt, niemals.«

»Niemals was, Giovanna?«

»Ich heiße Giò, nicht Giovanna.«

»Ja, Giovanna.«

»Wirst du es denn niemals fertigbringen, mich Giò zu nennen?«

»Nein, Giovanna.«

»Nimm schon die Koffer.«

Francesco erhob sich: liebevoll, nachsichtig. Zog aber argwöhnisch die eine Augenbraue hoch.

»Manchmal habe ich den Eindruck, daß du mich nicht leiden kannst.«

»Das stimmt nicht. Es stört mich nur, daß du mich Giovanna nennst.«

»Daß du mich verabscheust.«

»Ich verabscheue dich nicht. Es ärgert mich nur, daß du mich für jemanden hältst, der ich nicht bin.«

»Daß du dir überhaupt nichts aus mir machst. Du reist ab, und statt traurig zu sein, sprühst du vor Freude.«

»Francesco!«

Sie faßte ihn an den Handgelenken, die breit waren und dicht behaart wie bei einem Affen. Sah ihm in die Augen, die geduldig waren und leicht melancholisch wegen der Brille. Sie lächelte und dachte, wie beneidenswert er doch sei, fest wie ein tiefverwurzelter Baum und stark wie ein Mann, der mit dem herrlichen Privileg auf die Welt gekommen war, eben ein Mann zu sein. Sie umarmte ihn.

»Ich mag dich, Francesco: das weißt du. Du gefällst mir, Francesco: das weißt du auch. Und früher oder später, wenn mir danach ist, werde ich dich heiraten. Jetzt aber verreise ich. Und ich verreise gern. Versuch das zu begreifen, Francesco.«

»Wir müssen gehen, Giovanna. Bis zum Flugplatz ist es eine halbe Stunde«, meinte Francesco ernst. Dann nahm er die Koffer, als hätten sie überhaupt kein Gewicht, verstaute sie im Auto, setzte sich ans Steuer, und sie fuhren ab. In Rom herrschte an jenem Tag brennende Hitze, die Kuppeln erschienen unter dieser Sonne noch runder denn je, das Laub erschien noch grüner, die Anmut noch anmutiger. Doch sie fuhr ohne Bedauern ab, denn sie hatte sechsundzwanzig Jahre lang Kuppeln und Grün und Anmut geschluckt und war jetzt hungrig auf Wolkenkratzer, auf Grau und auf Krieg.

»Francesco, wie stellst du dir Amerika vor?«

»Wie in den Büchern und im Kino.«

»Ich nicht. Ich denke, Amerika ist ganz anders als in den Büchern behauptet oder im Kino gezeigt wird. Ich weiß nicht warum, aber ich sehe auf Amerika mit dem gleichen Vertrauen wie einer, der sich dort ein Wunder erwartet. Es ist gewiß ein Land, das einen in seinen Bann zieht und das man mit den Augen einer Alice im Wunderland betrachten muß: Menschen, die wie Schwalben zwischen Wolkenkratzern fliegen, Häuser, die an die Wolken stoßen, Brücken, die so dünn sind wie silberne Nadeln ...«

»Wer hat dir denn diesen Unsinn erzählt?«

»Ein Amerikaner, den ich vor vielen Jahren kennenlernte. Warum Unsinn? Es könnte ja auch stimmen.«

»Weißt du, Giovanna: jedes Land ist so schön oder so häßlich wie die Stimmung, mit der du es betrachtest. Bist du glücklich, hältst du auch Abadan für ein Kunstwerk. Bist du es nicht, hältst du sogar Venedig für ordinär. Und vergiß schließlich nicht: Amerika ist nicht eigentlich ein Land. Es ist eine Gemütsverfassung, eine Epoche. Allenfalls der Ausdruck einer Epoche.«

»Francesco, und wie stellst du dir die Amerikaner in Amerika vor?«

»Wie hier. Und wie wir. Schön und häßlich; mutig und feige. Soziologisch ist meine Theorie ganz simpel: wir sind ein Volk von Intelligenten, die von einer Gruppe von Mittelmäßigen geleitet werden, sie sind ein Volk von Mittelmäßigen, die von einer Gruppe von Intelligenten geleitet werden.«

»Mag sein. Doch Ideen werden von ihnen gut bezahlt. Weißt du, wieviel in Amerika zwei Drehbuchautoren wie wir bekommen würden? Nicht mehr und nicht weniger als in Italien eine Filmdiva. Die Italiener zahlen gut fürs Fleisch, die Amerikaner zahlen gut für die Ideen.«

»Weil sie so wenig davon haben. Für Mangelware steigt der Marktwert. Wieder ein kleiner Unterschied zwischen uns und ihnen: wir sind ein Volk mit wenig Muskeln und vielen Ideen. Sie sind ein Volk mit wenig Ideen und vielen Muskeln.«

»Francesco! Warum bist du so gegen Amerika?«

Francesco hing für eine Weile seinen Gedanken nach, als bemühe er sich, sie zu ordnen. Und die grünen Bäume flohen in einem Wirbel von Staub, von den dürren Feldern kam monotones Grillengezirp, ein Geruch nach Erde, dann die triste Erscheinung streunender Hunde, niedrige Weinstöcke, Verfall, ein Bild der Armut.

»Sieh mal, Giovanna: auch wenn Amerika der Ausdruck einer Epoche ist, übt es keine Anziehungskraft auf mich aus, denn die Quintessenz dieser Epoche interessiert mich nicht, wenn ich auch in ihr geboren wurde und lebe. Ich bin ein Europäer, der zwar kein Wehgeschrei erhebt, wenn er sieht, daß man in den Portici des Vignola und Sansovino Verkaufsläden für Kühlschränke installiert, aber doch immer einen alten Bezug braucht, auf den er zurückgreifen kann: ein gefühlsmäßiges und ästhethisches Bedürfnis, ein Rettungsanker. Verstehst du? Das Alte vermittelt mir einen Sinn von Ewigkeit und Wahrheit. Amerika, dieses Symbol des Heute, vermittelt mir das genaue Gegenteil, und ich sehe keine Notwendigkeit, ihm herzlich die Hand zu schütteln.«

»Das sagst du nur, weil du es nicht kennst.«

»Ich sehe auch keine Notwendigkeit, es kennenzulernen. Was die Neugierde auf eine Reise weckt, das mußt du doch zugeben, sind die Produkte eines Landes. Und du mußt auch zugeben, daß Amerikas bedeutendste Ausfuhrprodukte die Amerikaner sind. Und von ihnen habe ich zu viele kennengelernt, um sie nicht als minderwertige Ware einzustufen. Diese Rede gefällt dir nicht, ich weiß. An dir haftet immer noch der romantische Eindruck aus der Zeit, da sie als Befreier nach Europa gekommen waren. Du wirst selbst erfahren müssen, daß sie nicht besser sind als wir. Sie haben nur mehr Geld: was doch an dieser Einschätzung kaum etwas ändert. Ja, es ist schon so, auch wenn du den Kopf schüttelst. Nach einer Woche wirst du mir schreiben, daß ich recht habe. Im übrigen ist es nicht meine Schuld, wenn mich eine halbe Stunde mit einem Bauern in Agrigento mehr bereichert als ein ganzer Nachmittag mit Irving Shaw oder Joe di Maggio. Es ist auch nicht meine Schuld, wenn mir die Kathedrale von Reims besser gefällt als das UNO-Gebäude. Ist es dir sehr zuwider, wenn wir das Thema wechseln?«

»Überhaupt nicht. Ich kann mir nichts Besseres wünschen. Mußt du mir auch immer so ernste Reden halten! Ich lache und scherze gern. Fahr zur Hölle!«

»Danke, da bin ich schon. Übrigens: du wirst doch in New York nicht diese verrückte Martine aufsuchen?«

»Aber natürlich. Du weißt genau, daß sie die einzige Frau ist, mit der ich es länger als eine halbe Stunde aushalte.«

»Das wird ja immer schlimmer.«

»Wieso? Martine hat dir doch einmal gefallen. War sie nicht eine deiner großen Lieben?«

»Ein Grund mehr, sie nicht aufzusuchen.«

»Was bist du für ein Konformist! Glaubst du, es macht mir etwas aus, daß du sie dir ins Bett geholt hast?«

»Na, weißt du! Wären sie alle wie du, könnte ich mich ja in ein Trappistenkloster zurückziehen.«

»Hättest du's lieber, ich wäre wie Martine?«

»Wärst du wie Martine, könnte ich dich nicht lieben.«

»Martine ist aber schöner als ich.«

Francesco wandte sich ihr plötzlich zu, und sein Blick glitt fast wie eine Liebkosung über ihr glattes und gebräuntes Gesicht, ihre weißen und kräftigen Zähne, ihren schmächtigen vor Gesundheit strotzenden Körper.

»Jede einzelne deiner Poren ist mehr sexy als Martines ganze Haut. Du bist so frisch wie ein frischer Salat. Martine sieht neben dir wie ein welkes Blatt aus. Wie lange willst du das ausnutzen? Auch der Alte ist in dich verknallt, und du benutzt das, um dich nach Amerika schikken zu lassen.«

»Bist du nervös, Francesco?«

»Ich bin nicht nervös. Ich bin nur in Sorge: als müßte dir dort drüben etwas Böses widerfahren. Damit meine ich nicht, daß du vom Empire State Building fallen oder unter einen Cadillac geraten könntest. Damit meine ich eine drohende Gefahr, die ich nicht näher definieren kann. Du bist gleichzeitig zynisch und naiv. Du verstehst gleichzeitig alles und nichts. Bisweilen frage ich mich, wie du mit soviel Lückenhaftigkeit den Beruf ausüben kannst, den du nun mal ausübst. Du hast für dich selber eine Person erfunden, die gar nicht existiert, verflixt! Das kann dich drüben teuer zu stehen kommen.«

»Hör mal, Francesco. Ich habe überhaupt nichts erfunden. Ich bin immer sehr gut zurechtgekommen. Es ist nicht das erste Mal, daß ich eine Reise antrete. Ihr Italiener müßt immer alles dramatisieren.«

»Ihr Italiener! Als wärst du schon Amerikanerin! Als wärst du da drüben zu Hause. Dein Zuhause ist hier, wo du geboren bist. Was suchst du überhaupt in Amerika?«

»Einen Filmstoff. Weißt du das nicht?«

»Der Film hat nichts damit zu tun. Und auch nicht die Häuser, die den Himmel berühren, und andere Hirngespinste. Hätte der Alte dich nicht nach Amerika geschickt, wärst du früher oder später von alleine hingereist. Seitdem ich dich kenne, sprichst du von nichts anderem. Als hättest du da drüben eine Verabredung. Schlimmer noch: man könnte dich für einen Odysseus halten, der die Mauern Trojas erstürmen will. Aber du bist kein Odysseus, du bist eine Penelope. Begreif das endlich! Tücher müßtest du weben und nicht in den Krieg ziehen. Willst du endlich begreifen, daß eine Frau kein Mann ist?«

Jetzt waren sie am Flughafen und hörten auf, sich zu streiten, denn sie hatte eine Menge zu tun. Bitte, Signorina, der Abflug ist in einer halben Stunde. Bitte, ist Ihr Paß verlängert? Haben Sie ein Impfzeugnis? Bitte bemühen Sie sich zum Zoll. Nein, der Signore muß hierbleiben. Verabschieden Sie sich bitte rasch.

»Also dann: ciao, Francesco. Willst du mir noch etwas sagen?«

»Nur noch eines: vergiß ihn.«

»Wen oder was?«

»Den Amerikaner, der dir solche Märchen erzählt hat.«

»Sag keine Ungereimtheiten, Francesco. Er ist tot.«

»Die Toten sind bisweilen lebendiger als die Lebenden. Und töten die Lebenden.«

»Francesco! Ich reise nur nach Amerika. Warum willst du alles kaputtmachen?«

»Recht so. *Each man must some day discover America, under penalty of death.*« Er übersetzte mit traurigem Lächeln: »›Ein jeder muß bei Todesstrafe eines Tages Amerika entdecken.‹ Oder bei Todesgefahr? Du kannst besser Englisch als ich. Damit du's weißt, das ist ein Ausspruch von La Fayette. Er tat ihn als Zweiundsiebzigjähriger, der Marquis Marie Joseph Paul Yves Roch Gilbert de Motier de La Fayette, nachdem er für Amerika gekämpft hatte.«

»Hast du ein Gedächtnis! Könntest du dich nicht etwas weniger drohend von mir verabschieden?«

»Gewiß doch. Ich warte auf dich, Giovanna. Falls dich das berührt.«

Ungehalten drehte sie ihm den Rücken zu. Ungehalten ging sie in die Zollabfertigung und dann in den Wartesaal und dann auf das Rollfeld; und auch als das Flugzeug abhob, bedauerte sie keinen Augenblick, so verletzend gewesen zu sein. Aber wenn ich zurückkomme, dachte sie und griff sich ein Werbeblatt für Touristen, will ich ihm sagen, daß es mich schon berührt: jetzt soll er sich erst einmal überlegen, wieviel Unsinn er mir erzählt hat. Der Zettel trug die Überschrift: »New York im Herbst wird Ihnen gefallen.« Darunter eine Zeichnung der Freiheitsstatue und eine Grußbotschaft des Bürgermeisters. »Willkommen, liebe Besucher, in New York: Hauptstadt der Welt! Diese Statue ist ein Sinnbild für den Händedruck von uns New Yorkern, die wir uns auf Ihren Besuch freuen. Was auch immer Sie erwarten, New York bietet es Ihnen. New York im Herbst wird Ihnen gefallen!« O Gott! Und wenn Francesco recht hätte? Und wenn New York ihr nicht gefiele? Ausgeschlossen. Das hieße ja, das Andenken an Richard verleugnen, an seine Augen, an ...

Was für eine Farbe hatten eigentlich Richards Augen? Blau, schwarz, braun? Nicht zu fassen, wie mit der Zeit das Bild eines Geschöpfes, das dir etwas bedeutet hat, bis zur Unkenntlichkeit verschwimmt. Nicht einmal an Richards Gesichtszüge erinnerte sie sich genau. Sie erinnerte sich nur an die roten Locken und die knochigen Schultern, die sie durchs Schlüsselloch an jenem Tag gesehen hatte, als sie entdeckte, daß er und Joseph in ihrem Zimmer schliefen und Mama sie deshalb auf das Sofa in der Diele verfrachtet hatte, wo diese verdammte Uhr war, die Gespenster mit Schnurrbart ausspuckte. Dann hatte sich Richard umgedreht und sein Gesicht mit den Händen bedeckt. Die Hände, das wußte sie noch, waren so weiß wie die eines Mädchens, und als sie herabsanken, zeigten sie das Gesicht eines Menschen, der Hunger hat. Doch an Joseph erinnerte sie sich ganz genau. Er war ein kräftiger Mann mit vollen Wangen, einem Muttermal überm Kinn und auf dem Muttermal ein Haar. »Mama! In meinem Zimmer sind zwei Männer«, hatte sie gerufen. Und Mama hatte ihr den Mund zugehalten und ihr erklärt, dies seien zwei Amerikaner, die aus einem Lager geflohen waren. Man mußte sie verstecken und durfte keinem Menschen etwas davon sagen, sonst würden die Deutschen sie nach Deutschland in andere Lager bringen, wo alle starben. Wisse sie denn nicht, daß böse Leute sie den Deutschen für jeweils fünfzehnhundert Lire auslieferten? Sie hatte das nicht recht glauben wollen: es schien ihr unmöglich zu sein, daß ein Amerikanerleben fünfzehnhundert Lire kostete, soviel wie ein Paar Schuhe mit Gummisohle. Zwölf Jahre alt war sie damals, und es war Krieg. Die Deutschen waren in Italien einmaschiert, und ihr Vater benahm sich so, als würde er verfolgt. An dem Abend sagte er immer wieder mit düsterem Gesicht, daß man sich auf ein kleines Mädchen nicht verlassen könne, murmelte aber dann schließlich was soll's und befahl ihr, sich nützlich zu machen. Sie lerne doch Englisch? Dann solle sie auch dolmetschen. Ihr Englisch steckte noch in den Anfangsgründen, aber sie konnte sich verständlich machen. Joseph fragte sie eine Menge auf englisch, doch Richard sah sie nicht einmal an. Auch bei Tisch sagte er kein Wort. Erst nach vielen Tagen hatte er sich entschlossen, ihr zu antworten. »Nicht wahr, Richard, du schläfst in dem rechten Bett?« – »Natürlich. Hast du nicht gesehen, daß Joseph im linken schläft?« – »Ich freue mich,

Richard, daß du dir dieses Bett ausgesucht hast.« – »Warum?« – »Weil es mein Bett ist.« Da hatte er gelacht, aber ganz komisch, fast als weinte er, und ihr eine Menge erzählt: daß er zwanzig Jahre alt sei und in New York wohne, wo er ein Pianist sein werde. Er hatte eine unsichere Stimme, die bisweilen überzuschnappen drohte wie bei einem, der singt, und sprach von New York wie von einem Märchenland. »Weißt du, Giovanna, dort gibt es Häuser, die berühren den Himmel. Abends kannst du deine Hand ausstrecken und die Sterne am Bauch kraulen, und wenn du nicht aufpaßt, verbrennst du dir die Finger. Die Menschen fliegen wie Schwalben zwischen den Fenstersimsen einher, die Züge rasen unter den Straßen und kitzeln die Teufel an ihren Hörnern und die Flüsse sind so groß, daß man sie für Seen halten könnte; und über diesen Seen glitzern dünne Brücken wie silberne Nadeln.« Dann streichelte er sie und sagte, auch sie sei wunderschön. Und Joseph lachte: »Ist das nicht großartig? Ein Idyll zwischen Giovanna und Richard!«

Einen Monat lang dauerte dieses Idyll mit Richard. Wenn Joseph ins Bad ging, um sich zu duschen, huschte sie zu Richard hinein und biß sich auf die Lippen, damit sie mehr Farbe bekamen. Sie erblaßte bei dem Gedanken, daß alles zu Ende gehen könne. Auch an jenem Nachmittag war sie hineingehuscht, während Richard in irgendwelche Gedanken versunken, mit verlorenem Blick auf dem Bett saß. Sowie er sie hörte, wandte er sich um, und auf seinen Wimpern zitterte eine Träne. Sie hatte noch nie eine Träne auf den Wimpern eines Mannes gesehen, und so fühlte sie noch mehr Zuneigung für ihn und sagte, er solle nicht traurig sein, nach Kriegsende würde sie ihn ja heiraten. Richard küßte sie auf die Nase, streckte sich dann auf dem Bett aus, die Arme unter dem Kopf, und sah zur Zimmerdecke: »Komm!« Sie näherte sich ihm auf dem Bett, und das war ebenso frisch wie Richard, sie aber spürte eine große Wärme, an ihrer linken Schläfe pochte ganz stark eine Ader, und von den Knien stieg ein heftiges Zittern in ihr auf. Da drehte sich Richard um, war gleichsam unsicher, war gleichsam verwirrt, und umarmte sie, wie das die Schauspieler im Film machen. Im nämlichen Augenblick überraschte sie Joseph: »Aber Richard!« Sie rannte gleich weg, Joseph schloß die Tür, hinter der Tür gab es Streit und Mama sagte: »Giovanna! Was hast du gemacht?«

Sie stritten noch, als die Sirenen heulten und das Dröhnen der Flugzeuge die Erde erzittern ließ wie vom Geschnarr einer riesengroßen Zikade. Die Stadt war erhellt von Leuchtkugeln, die leise auf die Dächer herabschwebten und dann erloschen wie Streichhölzer, die ein Windstoß ausblies, und die Leute riefen: »Feuerwerk! Feuerwerk!« Papa war nicht da. Mama erklärte Joseph und Richard, daß sie fliehen müßten. Joseph sagte nein, Richard blieb stumm. Eine ganze Weile wußten beide nicht, was sie tun sollten, und schließlich sagte Richard: »Nichts wie weg!«, und seine Augen waren ganz glänzend. So befand sie sich mit Mama auf der Straße und dann im überfüllten Luftschutzkeller, und die Menschen schrien oder beteten, während Mama immer wieder sagte, man solle keine Angst haben. Sie aber hatte Angst, sie dachte nur: »Richard!« Dann war alles zu Ende, auch das Geschnarr der Riesenzikade, und draußen vor dem Luftschutzkeller pechschwarzes Schweigen, viele Häuser waren wie Bücherstapel eingestürzt, die Telefonleitungen baumelten wie welke Schnüre herab, auf dem Bürgersteig lag eine alte Frau, die zu schlafen schien. Sie stieg über sie hinweg und rannte und rannte, und als sie in ihr Haus kam, rief sie »Richard!«, doch Richard war nicht da und auch nicht Joseph. Sie suchte ihn überall: unter den Betten, in den Schränken, sogar im Garten zwischen den Rosensträuchern und Kohlköpfen. Richard war nicht da. Er sei während des Fliegerangriffs mit Joseph geflohen, sagte Mama, und dann fiel ihr plötzlich ein, daß sie nicht einmal seine New Yorker Adresse wußte. Wie viele Monate hatte sie seit jener Nacht vergeblich auf eine Nachricht von Richard gewartet! All die Monate ihres ersten Schmerzes: bis ein Kamerad ihres Papas die Grüße des einen Amerikaners brachte, der sich jetzt jenseits der Front befand; der zweite war tot. »Wer?« hatte sie gerufen. Und Papas Kamerad: »Der jüngere. Der jüngere ist tot.«

Giovanna drehte sich zur anderen Seite, weil ein Fluggast sie anzüglich betrachtete. Sie versuchte, auf andere Gedanken zu kommen, indem sie durchs Fenster sah, aber draußen gab es nur farblosen Nebel. Das Flugzeug dröhnte in diesem farblosen Nebel, und es war wie eine Reise nicht durch Zeit und Raum, sondern durch eine Erinnerung, die Zeit und Raum nicht kannte. Wieder hing sie ihren Gedanken nach: sonderbar, auch damals wurde es gerade Herbst, das waren jetzt genau vierzehn Jahre her, das Leben muß aus Knotenpunkten bestehen, wo all das geschieht, was in den eintönigen Zeitabschnitten nicht geschehen war: in jenem Herbst war sie sogar Frau geworden. Und wo, verdammt! Anderen Mädchen passierte es im Bett, in der Schule, im Kino. Und ihr mußte es gerade da passieren: während des Begräbnisses ihres Großvaters. Bei der Grabrede bekam sie einen stechenden Schmerz in der Nierengegend, der sich dann zu den Leisten hinabzog. Erschrocken suchte sie ihre Mama: doch Mama war nicht da. Sie sah ihren Vater ganz verlegen an, und der nahm sie gleich beim Arm und führte sie hinaus. Es roch nach fauligem Grün, der Friedhofsgeruch. Der Hund des Wächters hatte auf einem Grab geschlafen, wachte plötzlich auf, kam angelaufen und beschnupperte sie. Da errötete ihr Vater und trat ihm vor die Schnauze, und sie gingen zur Straßenbahnhaltestelle. Die Straßenbahn kam nicht, und die Stimme des Pastors klang wie das Echo einer Drohung. »Und Gott, der Herr, sprach: Du, Weib, sollst mit Schmerzen gebären; du, Mann, sollst im Schweiße deines Angesichts arbeiten.« – »Was sagt er, Papa?« – »Nichts, das sind seine Sachen. Wie alt bist du jetzt, Giovanna?« – »Zwölf, Papa.« –

»Hast du diese Schmerzen schon einmal gehabt?« – »Nein, Papa.« – »Hoffentlich ist Mama daheim.« Mama war nicht daheim. Papa preßte die Lippen zusammen und murmelte, auch das noch, hätte man ihm gesagt, daß er sich um diese Geschichte kümmern müsse, wäre er zum Bahnhof gerannt und auf und davon gefahren. Dann öffnete er mit ungeschickter Hand das Arzneischränkchen, warf ihr einen ganz weichen und schneeweißen Packen zu und floh in die Küche, um ein Ei zu suchen, denn ein Mädchen, das heranwächst, braucht anständige Nahrung: und sie stand mit dem Packen da und war nahe am Weinen. Aber sie weinte nicht, sondern tat die schrecklichen Dinge, die getan werden mußten, und ging bald in die Küche zurück, wo ihr erschrockener Vater mit dem Ei in der Hand auf sie wartete. Mit dem Ei in der Hand sah er ihr gleich in die Augen, und da sie nicht gerötet waren, rief er, wie komisch, alle jungen Mädchen weinen doch, wenn das passiert, aber sie nicht: sie war also keine Frau, sondern ein kleiner Mann geworden. Auch Richard sagte immer, sie sei ein kleiner Mann, Francesco aber, sie sei eine Frau, jedenfalls schien sich keiner darüber so recht im klaren zu sein: hol sie alle der Teufel. Was scherten sie schon deren Meinungen und gewisse Erinnerungen! Diesmal stand ihr ein glücklicher Herbst bevor: ohne Schmerzen. Sie lächelte dem Fluggast zu, der sie immer noch anzüglich betrachtete.

Der Fluggast war Amerikaner und wollte ihr gleich einen Whisky on the rocks spendieren, erzählte, daß er nach zweijähriger Abwesenheit wieder nach New York zurückkehrte.

»Da sind Sie sicher froh«, meinte Giovanna.

»Nein«, erwiderte jener prompt.

»Warum nicht?« fragte Giovanna.

Der Amerikaner schwieg.

»Und wo waren Sie diese beiden Jahre?«

»Ein bißchen überall in Europa.«

»Und Sie mögen Europa mehr als New York?«

»Ja«, antwortete jener prompt.

»Ich aber freue mich auf New York.«

Der Amerikaner schwieg.

»New York muß im Herbst wunderschön sein.«

Der Amerikaner schwieg.

»Hätte ich die Wahl gehabt, ich wäre in Amerika und nicht in Europa zur Welt gekommen.«

Der Amerikaner schwieg. Dann zuckte er die Achseln. »Jedes Ding hat drei Gesichtspunkte: den meinen, den Ihren und den wahren. Noch einen Whisky?«

»Danke.«

»Sie sind wirklich sympathisch. Schön und sympathisch.«

»Danke.«

Um zehn Uhr abends landete das Flugzeug in New York. Der Amerikaner seufzte resigniert, und Giovanna ging auf das Gebäude zu, auf dem eine Fahne voller Sterne wehte. Sie kam sich wie ein staatenloser Jude vor, der ins Gelobte Land kommt, dessen Schwelle küßt und verzückt »Israel!« murmelt. Jetzt war sie im Gelobten Land und spornte sich an: »Los, Giò!« Giò hieß sie, seitdem sie im Film Karriere gemacht hatte. Giovanna war zu sanft, zu fade, und so hatte der Produzent vorgeschlagen, den Namen zu teilen: entweder Vanna oder Giò. Und sie hatte sich gleich für Giò entschieden: nicht nur, weil er kurz und bissig war, weil er sie an Amerika denken ließ, sondern weil man ihn für einen Männernamen halten konnte.

II

Leicht war es allerdings nicht, ins Gelobte Land zu kommen. Man mußte abgestempelte Papiere vorweisen, Formulare ausfüllen, die Kontrolle der als Polizisten verkleideten Erzengel über sich ergehen lassen, die statt des feurigen Schwertes eine Pistole trugen, mußte beweisen und beeiden, daß man nicht krank und kein Kommunist war, daß man von keinem Laster wie Homosexualität und Atheismus befallen war und ebenfalls nicht von der Schande, die da Armut heißt. Mißtrauisch wühlten die Erzengel in den Koffern, suchten nach Rosen und Würsten, nach den Werkzeugen des Bösen, darin sich Krankheitserreger und Rebläuse einnisten: und währenddessen kamst du dir jämmerlich vor und unwürdig, eingelassen zu werden, bebtest beim Gedanken, auf der Langen Insel zu enden, dem Zwangsaufenthalt für die Abgewiesenen, ebenso hoffnungslos wie das Fegefeuer für diejenigen, die das Paradies erstreben. Aber dann hast du die Prüfungen mit Erfolg bestanden, die Erzengel waren trotz ihrer äußeren Erscheinung harmlos und akzeptierten dich plötzlich, begrüßten dich mit derben Schulterschlägen und köstlichen Namen wie Honig, Frischkäschen und mein Zuckerchen; adoptierten dich, infizierten dich, verschlangen dich: und im selben Augenblick warst du eine von ihnen. War sie denn nicht schon eine von ihnen, als sie mit triumphierendem Gesichtsausdruck am Fenster ihres Zimmers im dreißigsten Stock des Park Sheraton Hotels stand, die Hände in den Taschen ihres Pyjamas, und New York mit dem Vergnügen eines Kindes in sich einsog, das zum ersten Mal das Meer sieht?

Giovanna horchte auf den Lärm der Autos und Bagger: er kam ihr vor wie Harfenmusik. Sie atmete die Luft, die nach Benzin und Staub stank: sie entdeckte darin Jasminduft. Pfeifend entfernte sie sich vom Fenster, vertraute ihren nackten Körper der Dusche, dann dem automatischen Trockner an, und während die warme Luft auf ihre hübschen Brüste und ihre schmale Taille blies, erinnerte sie sich an die Zeit, als sie noch ein kleines Mädchen war und für sie immer nur das feuchteste Handtuch übrigblieb und Mama sagte, beschwer dich nicht, andere haben nicht mal das, und dachte: »Ich bin zu Hause!« – »Zu Hause«, wiederholte sie und zog sich den Bademantel über. »Zu Hause«, sagte sie im Singsang, als sie mit nervösen Fingern in ihrem Kalender blätterte: dreizehn Uhr Mittagessen mit Martine bei Sardi, fünfzehn Uhr Besprechung mit Gomez, achtzehn Uhr Cocktail zu ihren Ehren. Ja, das Zuhause ist nicht da, wo man zufällig geboren ist, sondern da, wo man es sich erwählt, wenn man erwachsen ist und für die Jahre, die man noch lebt, entscheiden kann, was einem zusagt oder nicht: genau das hätte sie Francesco sagen müssen und das würde sie ihm auch erwidern. Sie spannte einen Bogen in die Maschine und schrieb.

»Lieber Francesco, die Woche ist vergangen und ich kann Dir leider nicht recht geben. Es stimmt zwar durchaus, daß das UNO-Gebäude keinem Vergleich mit der Kathedrale von Reims standhält: doch käme Michelangelo auf seinem Maulesel nach New York, würde er Le Corbusier beglückwünschen; und benutzte Leonardo da Vinci den Aufzug, der dich in drei Minuten zum einhundertundzweiten Stock des Empire State Building hinaufbringt, täte es ihm leid, kein Patent darauf angemeldet zu haben. Beim Sonnenuntergang, der sich hier rosa färbt wie die Finger der von Homer besungenen Dame, sehen die Wolkenkratzer wie die Türme von San Gimignano aus: zieht man in Betracht, daß sie in einer Zeit gebaut wurden, die soviel mehr an Funktionalität erforderte, halte ich es für ungerecht, sich darüber aufzuregen, daß sie nicht jenen großartigen Neigungswinkel haben. New York ist ein Wunder, das mich von Tag zu Tag mehr in Erstaunen versetzt: jener Amerikaner hat nicht gelogen. Man findet keine Statuen auf dieser in senkrechte gleiche Rechtecke zugeschnittenen Insel, keine Kuppeln und keine Gärten. Der Wald aus Zement erhebt sich tragisch und grau ohne jede Kurve, bizarre Volute oder ein bißchen Grün. Wohin auch immer du blickst, du findest nur scharfe Kanten, geometrische Eisentreppen, Steinblöcke. Aber bei all diesem Mangel an Anmut übt es einen gewissen Zauber aus: von den Wolkenkratzern, die zu steinernen Riesen erstarren, bis hin zur Angst, die dir den Atem benimmt, wenn du dich auf den unendlich langen Straßen bewegst, doch ist am Ende jeder Straße ein Fetzen Azurblau, der dich von deiner Angst befreit. Unter der Sonne strahlen die Glasscheiben heller als Diamanten. In der Dunkelheit funkeln sie heller als die Sterne. Neben ihnen verblassen die Sterne, der Mond erlischt und der Himmel ist auf Erden. Hoffentlich kann ich das in der Geschichte, die ich schreiben werde, zum Ausdruck bringen: daß hier der Himmel auf Erden ist. Und daß Menschen wie ich den Eindruck haben, wiedergeboren zu werden. Was die Amerikaner betrifft: es stimmt, daß sie reich sind. Es gibt keinen Wunsch, den sie sich versagen und keine Verschwendung, auf die sie verzichten müßten, diese Mühe können sie sich sparen. Für die ausgefallensten Ansprüche verkaufen die Geschäfte gebratene Ameisen, ausgediente Kanonen, Orchideen, in Teile zerlegte Burgen, Schuhe aus Zobelfell oder Elefantenleder. Aus unnützester Verschwendung füllen sich die Bürgersteige mit tadellosen Sesseln, Matratzen ohne einen einzigen Riß, Beefsteaks, die eben nur angebissen sind. Für kaum vermeidbare Mühen empfehlen dir die Auslagen bereits geschriebene Briefe, einschläfernde Kopfkissen und Maschinen, die dich waschen: ihr Gehirn scheint jedenfalls nicht darunter zu leiden. Hatte ich doch immer geglaubt, das Gehirn sei ein Muskel, der wie alle anderen Muskeln Nahrung braucht, und bei Hunger viel schlechter funktioniert. Mach Dir um mich also keine Sorgen. Mir kann nichts und niemand etwas antun. Ich fühle mich stark, stark, stark, und außer Dir fehlt mir nichts. Weißt Du, mein Lieber, ich muß oft an die Art und Weise denken, wie ich Dir den Rücken zugekehrt habe, als Du mir jene Frage stelltest. Natürlich ›berührt‹ mich das. Sehr herzlich, Deine Giò.«

Sie las den Brief noch einmal durch, lobte sich selbst für dessen geschickte Abfassung, zog ihr grünes Kostüm an, weil sie sich im Kostüm am wohlsten fühlte und Grün ihr Haar besonders zur Geltung brachte, steckte den Brief in das Preßluftrohr und begab sich hinunter zur Sechsten Avenue: erhobenen Hauptes wie ein Napoleon, der sich zu einem Triumphzug über die Champs Élysées anschickt.

* * *

Das Sardi war gedrängt voll, doch Martine hätte es sogar fertiggebracht, in der Menschenmenge auf dem Petersplatz während einer Papstwahl aufzufallen. Sie thronte auf einem rotsamtenen von einem Lüster gekrönten Sofa, hatte ihr unregelmäßiges Gesicht wie eine Trophäe hoch erhoben, und neben ihr an den Wänden verblaßten die Bilder der Stars. Als Giovanna sie sah, kam ihr ein Anflug von Eifersucht: für Francesco mußte es nicht ohne Reiz gewesen sein, mit ihr ins Bett zu gehen. Martine gegenüber empfand schließlich jeder irgend etwas; sei es Sympathie oder Antipathie, sei es Neid oder Freundschaft, aber niemals Gleichgültigkeit. Ganz anders als Giovanna, die häufig unbemerkt bleiben konnte, erregte Martine stets Interesse; und nur ein oberflächlicher Beobachter hätte es wagen können, sie in die Rolle einer aufgeputzten Statistin zu verweisen, die an diesem Tag ihr kastanienbraunes Haar zu einer Pyramide getürmt und ihre Augen noch auffälliger umrändert hatte als sonst, während ihr linker Ringfinger unter einem Brillanten, groß wie ein Pfefferminzbonbon, fast nicht zu sehen war.

»Mon petit chou! I am so happy! Warum hast du mich nicht vorher angerufen, du Biest!«

»Ich bin doch gerade erst angekommen, Martine.«

»Du lügst. Und ich wußte nicht, wo ich dich auftreiben kann, nachdem ich die Spalte im Knicker gelesen hatte. Du weißt doch, nicht wahr, daß Knickerbocker deine Ankunft in seiner Kette von zweihundert Zeitungen angekündigt hat?«

»Nein, das weiß ich nicht. Was für ein wunderbares Land, wo sie dich gleich in zweihundert Zeitungen bringen, ohne daß du etwas dazugetan hast! Ich freue mich, dich zu sehen, Martine. Francesco läßt dich bestens grüßen.«

»Er ist reizend, ganz reizend! Auch kontaktierbar. Wenn er nicht so langweilig wäre. Aber vielleicht findest du ihn gar nicht langweilig. Was für eine Freude übrigens, als ich hörte, daß er sich in dich verliebt hat. Weißt du, im Grunde war er's ja auch schon, als er mir den Hof machte: Giovanna hier und Giovanna da. Wie viele Jahrhunderte haben wir uns jetzt nicht gesehen?«

»Nur zwei Jahre, Martine. Und du hast dich überhaupt nicht verändert.«

»Aber du. Ich meine: du hast Karriere gemacht. Im Kino sehe ich dauernd deinen Namen. Ich meine: was machst du eigentlich in New York?«

»Arbeitsurlaub. Offiziell bin ich hier, um mir eine Geschichte auszudenken. In Wirklichkeit, um mich auszuruhen und dabei das Versuchskaninchen zu machen. Früher erfand man die Filmgeschichten zu Hause, jetzt schickt man jemanden in das Land, wo die Geschichte spielen soll. Angeblich wird sie dann echter. Aber ich mag das. Und was machst du?«

»Ich beziehe Alimente von meinem Verflossenen. Ich meine: hast du mein jüngstes Kind gesehen?« Und sie streckte ihren linken Ringfinger vor, damit Giovanna den Brillanten begrüßen solle. »Mein Verflossener ist ein Schatz, der immer noch imstande ist, mir Geschenke zu machen. Ich meine: ich hätte auf die Scheidung verzichten sollen. Junge Männer sind nichts für mich. Ich meine: ich müßte mich wieder mit ihm verheiraten. Ist es nicht schick, wenn man sich mit seinem gewesenen Ehemann wiederverheiratet? Das sieht nach soviel Treue aus!«

»Martine!« Giovanna lachte laut heraus. Und die Spur Eifersucht beim Gedanken, daß Francesco Martine geliebt hatte, bevor er sie liebte, löste sich in gute Laune auf. Wenn es auf der ganzen Welt überhaupt jemand gab, der nicht treu sein konnte, dann war es Martine. Alle wußten sie, daß sie auch nach ihrer Eheschließung mit diesem fünfzigjährigen Milliardär selbst die gediegensten Betten Europas strapazierte: bis ihr Mann sie nach Amerika brachte und sich scheiden ließ.

»Warum lachst du? Was wäre denn daran so außergewöhnlich? Ich kann nicht allein sein, und gäbe es da nicht Bill ... ja, Bill. Ich lernte ihn beim üblichen Cocktail kennen, und zuerst hat er mich nicht mal angesehen. Weil er an zwei Eierköpfen klebte, die ihm den Hof machten: Bill verfaßt Komödien. Ich gehe also zu ihm hin und sage ihm, daß ich seine Komödien gesehen habe, und das hat noch am selben Abend eingeschlagen.«

Sie unterbrach sich, um beim Maître zu bestellen, der mit hochgezogener Braue dastand und wartete.

»Gebratene Ente, ja? Erbsen, ja? Für mich nichts weiter, ich muß auf meine Linie achten. *Merde!* Wie bringst du es nur fertig, so dünn wie ein Hering zu sein und trotzdem zu essen, was dir paßt? Also, wo war ich gerade? Ja, Bill! Darling, du mußt am Freitag unbedingt ins El Morocco kommen. Ich will, daß du Bill kennenlernst. Was für ein Mann! Schick und intelligent. Denk dir, er hat mir sogar erklärt, warum ich nach Amerika passe. Ich und Amerika, hat er gesagt, leben in dem Irrtum, daß Glück gleichbedeutend mit Wohlstand ist. Die Amerikaner, hat er gesagt, kennen nur das materielle Glück, das sich Wohlstand nennt. Und weil sie so freigiebig sind wie fast alle, die sich gut ernähren, hat er gesagt, möchten sie dieses Glück über die ganze Welt verbreiten: als wäre Glück etwas zum Essen.«

Sie machte ein bekümmertes Gesichtchen, weil sie diese Rede anstrengte. Seriöse Themen verursachten ihr Kopfschmerzen.

»Gibt es noch ein anderes Land, hat er gesagt, das in seiner Verfassung den Bürgern Glück verspricht? Folglich, hat er gesagt, wird alles zu Ende gehen: wird mit der Bombe oder so was in die Luft gehen, das hat schon Nostradamus vorausgesehen, als er schrieb, daß ein Feuervogel die große Stadt auf dem Wasser verbrennen wird, und das sei New York, hat er gesagt. Da kann man sich ebensogut amüsieren, hat er gesagt. Übrigens: bist du immer noch so tugendsam?«

Giovanna hatte gerade zu essen begonnen. Ihr blieb der Bissen im Mund stecken.

»Fang nicht wieder damit an, Martine.«

»O Gott! Und dieser Trottel von Francesco, worauf wartet der eigentlich? Daß er mit dir vor den Altar tritt? Und du kannst das aushalten? Aber Chérie! Darf man auch wissen, warum? Du bist viel zu hübsch und verführerisch, um auch noch gleichzeitig so tugendhaft zu sein.«

»Laß mich in Frieden, Martine.«

»Ich denke ja nicht daran: ich will das verstehen. Heutzutage sind Jungfrauen noch seltener als echte Männer, und da glaubst du, ich laß mir entgehen, das zu begreifen, wenn mir eine über den Weg läuft? Noch dazu in deinem Alter! Denk dir, ich habe sogar mit Bill darüber gesprochen.«

Und sie machte wieder ihr bekümmertes Gesichtchen.

»Bill hat gesagt, daß gewisse Frauen wegen ihres Katholizismus jungfräulich bleiben: sie finden Gefallen an der Unberührtheit, fürchten, an einen Katholiken zu geraten, der Wert darauf legt, haben Angst vor der Sünde und derlei Unsinn mehr. Aber ich denke, das ist bei dir nicht der Fall: wenn ich mich recht erinnere, bist du eine halbe Atheistin. Dann hat er noch gesagt, daß andere

Frauen Angst haben, Kinder zu bekommen: auch das, meine ich, ist bei dir nicht der Fall. Du bist nicht so eine, die sich davor schämt, etwas dagegen zu tun. Und am Ende hat er noch gesagt, ist es manchmal so was wie Romantik und Überheblichkeit: Romantik, weil sie auf die unschuldige Liebe warten, und Überheblichkeit, weil sie es nicht ertragen, einem Mann zu gehören oder auserwählt zu werden. Die sind nur vom Körper her Frauen und nicht vom Geist her. Und das ist der schlimmste Fall, bei dem nur ein Wunder helfen kann. Sag mir jetzt nicht, daß auf dich dieser schlimmste Fall zutrifft.«

»Martine, wenn du nicht gleich aufhörst, gehe ich.«

»O Gott! Also trifft auf dich der schlimmste Fall zu! Ich hätte darauf schwören können. Weißt du, was das Erstaunlichste daran ist? Daß du gar keinen tugendhaften Eindruck machst. Bei deinem Teint und deinen Augen siehst du aus wie eine, die jede Nacht die Betten zum Einsturz bringst. Und gerade bei deinen Flirts. Was für Gesichter wohl gewisse Bekannte von dir machen würden, wen sie die Wahrheit wüßten!«

Giovanna konnte sich ein Lächeln nicht verkneifen.

»Leicht gesagt: meine Karriere wäre zu Ende. Erst würde man mich lächerlich machen, dann steinigen. Man würde sagen: Seht mal, die Giò; das ist doch diejenige, die mit ihren Liebesgeschichten die Zensur verrückt macht! Natürlich lasse ich sie alle das Gegenteil glauben. Die Wahrheit kennen nur ganz wenige Eingeweihte, und die werden sich hüten, etwas zu sagen, weil sie sich sonst blamieren. Weißt du, der italienische Mann gibt niemals gewisse Niederlagen zu. Hältst du das für falsch von mir?«

»Ich halte dich für verwirrend, Chérie. Für die erstaunlichste Mischung aus Zynismus und Naivität, der ich jemals bei einem einzigen Menschen begegnet bin. Du wirst es noch sehr schmerzlich zu spüren bekommen, wenn du nicht ein bißchen schlauer wirst. Warst du denn noch nie verliebt?«

»Nein, danke. Reich mir das Salz.«

»Dann paß nur auf, daß du dich in Amerika nicht verliebst, du würdest dabei den kürzeren ziehen, mon petit chou. Hier leben die gefährlichsten Männer der Welt. Nicht als Verführer, versteht sich.«

Für den Rest des Essens war es dann ein einziger Monolog Martines, die über Kleidung, Liebhaber, Schuhe und Bill redete, schließlich aufstand und drei Dollar Trinkgeld auf den Teller legte: »Zusammen mit dem Glück garantiert die Verfassung der Vereinigten Staaten von Amerika ebenfalls fünfzehn Prozent Trinkgeld, das sagt auch Bill. Also, Darling, dann sehen wir uns Freitagabend im El Morocco: kennst du das El Morocco? Ein bißchen ordinär, aber da trifft man ganz New York. Weißt du, New York ist ja so klein: uns entgeht keiner. Du kommst doch, nicht wahr, du kommst doch?«

»Schon recht, ich komme.«

»Ausgezeichnet. Dann rufe ich gleich Bill an und teile es ihm mit. Ach, ich habe eine Idee! Warum gibst du das Hotel nicht auf und wohnst bei mir? Das Zimmer meines Verflossenen steht leer: es gefällt dir bestimmt. Auch das Haus wird dir gefallen: im Greenwich Village. Nicht ohne Grund meint Bill, das Village sei der Ausdruck der Undankbarkeit von uns Europäern. Du kommst doch, nicht wahr, du kommst doch?«

»Ich weiß nicht recht, Martine. Ich muß es mir überlegen. Ich bin so daran gewöhnt, allein zu sein.«

»Gar nichts wirst du überlegen. Ich erwarte dich Samstag. Oh, schon der Gedanke, zusammen mit einer Jungfrau zu wohnen, ist zum Totlachen. Noch dazu mit einer, die auch arbeitet. Weißt du, Leute, die arbeiten, gehören zu einer sozialen Rasse, die mir unbekannt ist. Ausgenommen Bill, natürlich. Ich möchte doch entdecken, ob da kein Haar in der Suppe ist.«

»Nicht einmal ein Härchen.«

»Ich möchte auch herausfinden, wie so eine Jungfrau sich verliebt. Bist du wirklich noch nie verliebt gewesen?

Und Francesco? Ich habe vergessen, Bill von Francesco zu berichten.«

»Martine, ich muß gehen.«

Sie verabschiedeten sich mit schmatzenden Küssen in die Luft. Und ein neues Unbehagen befiel Giovanna. Das Büro Gomez war in der Park Avenue, viele Häuserblocks vom Sardi entfernt, und während der ganzen Fahrzeit im Taxi klangen ihr die Worte in den Ohren: »Bist du wirklich noch nie verliebt gewesen? Und Francesco?« Nun, ja: wenn sie es sich recht überlegte, war sie es schon gewesen, war sie es noch. Aber nicht in Francesco. In Richard. Und Richard war gestorben. Gestorben durch ihre Schuld. Und sie klopfte in New York an die Tür des Koproduzenten Gomez, begrüßte ihn mit Überschwang, setzte sich vor seinen Schreibtisch, sah auf seine große Nase und seine kleinen Augen, hörte auf seine aggressive Stimme, folgte ihm in ein anderes Zimmer, wo auf dem Tisch eine Blumenvase stand und in einer Ecke saß ein Mädchen mit Brille ...

»Meine liebe Giò, das ist Ihr Zimmer und das ist Ihre Sekretärin. Ich möchte, daß Sie sich ganz und gar wohlfühlen, daß Sie alles bekommen, was Sie sich wünschen. Von jetzt an arbeiten Sie hier.«

»Aber ... Herr Gomez ...«

»Kein Aber. Hier ist ein Kühlschrank, falls Sie Lust auf Coca-Cola oder Whisky bekommen. Um den Kaffee kümmert sich die Sekretärin. Sie ist ein tüchtiges Mädchen und stenografiert sehr schnell. Sie wird täglich von neun bis fünf hier sein. Sie aber kommen natürlich, wann es Ihnen paßt. Den Sessel kann man kippen: zur Entspannung des Rückgrats.«

»Aber ... Herr Gomez ...«

»Kein Aber. Das ist das mindeste, was ich für Sie tun kann. Gehen wir jetzt wieder in mein Büro. Ich muß Ihnen noch etwas sehr Wichtiges sagen.«

»Aber ... Herr Gomez ... die Sekretärin ...«

»Nehmen Sie Platz. Also, bis jetzt haben wir uns über

die Probleme des Augenblicks unterhalten: Filmidee und Filmmilieu, also die Arbeit, wegen der Sie hergekommen sind. Eine Arbeit, die alles andere als leicht ist: mit dem Vorwand, Ihnen ein Geschenk zu machen, hat der Alte Ihnen eine verdammt harte Nuß zu knacken gegeben. New York kapiert man nicht in einem Tag, und bei dieser Gegebenheit eine Story mit Hand und Fuß zu erfinden, ist ein Vorhaben, das sogar einen Fitzgerald selig in Schrekken versetzt hätte. Doch Sie werden es schon schaffen: ich habe mir gestern Ihren letzten Film über Schwarzhändler in Deutschland angesehen. Ein Meisterstück. Der Regisseur ist ausgezeichnet, die Schauspieler sind es ebenso, aber Ihre Geschichte und Ihr Drehbuch fand ich hinreißend. Sie sind für dieses Metier geschaffen, da gibt es überhaupt keinen Zweifel.« Atempause. »Ich will Ihnen deshalb einen Vorschlag machen: bevor ihn jemand anderer macht und Sie mir wie eine Lerche davonfliegen und nach Edelsteinen Ausschau halten. O. K.?«

Er stopfte sich einen Chewing gum in den Mund, stützte sich mit den Ellenbogen auf den Schreibtisch, sah sie scharf an.

»Verheiratet?«

»Nein.«

»Liiert?«

»Nein.«

»Gefällt Ihnen Amerika?«

»Ja.«

»Gut. Dieses Land gehört den jungen Menschen, und Sie sind jung, den gesunden Menschen, und Sie sind gesund, sowie den Frauen, und Sie sind eine Frau. Sehr gut.«

Er spuckte, wenn auch diskret, den Chewing gum aus. Giovanna dachte, trotz der Angelegenheit mit dem Büro und der Sekretärin ist er sympathisch. Ein Typ, der sich seiner Gutherzigkeit schämt und daher Barschheit mimt. Aber auch ein Typ, dem es schwerfällt, die Unwahrheit zu sagen oder zu hören.

»Lieben Sie Geld?«

»Ja.«

»Sehr gut. Diese Frage müssen Sie stets mit ja beantworten. Hier zählt allein das Geld, meine Liebe. Das Geld ist unser Gott, unser Glaube, unsere Hauptreligion. Sehen Sie sich die Banken in Amerika an: hoch und erhaben. Gleichen sie nicht Kathedralen? Sie sind unsere Kathedralen. Sehen Sie sich die Angestellten in der Wall Street an: schwarz und würdevoll. Sehen sie nicht wie Priester aus? Sie sind unsere Priester. Beachten Sie, wie hier jedermann das Wort Dollar ausspricht: respektvoll und andächtig. O ja, liebe Giò: solange Sie in Amerika sind, müssen Sie diese Frage stets bejahen. Würden Sie gern in Amerika bleiben?«

»Ja.«

»Sehr gut.«

Gomez sah sie noch schärfer an.

»Jetzt haben wir den Punkt erreicht. Hollywood wird alt, Hollywoods Autoren werden alt. Wir lechzen nach neuen Themen und neuen Autoren, die nicht von der Literatur verdorben sind, die sich auf die Jugend stützen können. Wir bezahlen gut, wir bezahlen mehr als jedes andere Land. Wissen Sie das?«

»Ich weiß.«

»Natürlich ist mir klar, daß ich Ihrem Produzenten, der auch mein Freund ist, übel mitspiele. Aber der Alte ist ein Mann von Welt, er wird mir verzeihen. Ohne Umschweife, denn Zeit ist Geld: was hielten Sie davon, wenn Sie den Alten zum Teufel schickten und hier in Amerika blieben? Fünfzehnhundert Dollar monatlich. Paßt Ihnen das?«

Fünfzehnhundert Dollar, also fast eine Million Lire. Giovanna sah Gomez ganz benommen an, starr und unfähig, auch nur ein Wort zu sagen.

»Haben Sie sich doch nicht so, Baby. Es versteht sich von selber, daß damit nur das Grundgehalt gemeint ist. Ohne Extras und ohne Spesen. Man könnte ja auch noch darüber reden, ich denke, bis zu zweitausend. Es ist mir stets eine Freude, wenn ich die Ansprüche einer hübschen Frau erfüllen kann. Sie wissen ja, daß Sie sehr hübsch sind: das steigert Ihren Preis. Also, wenn Sie ein Mann wären, hätte ich um keinen einzigen Dollar mit mir handeln lassen. Aber Sie sind ja eine Frau: und ich bin bereit, zu bluten. Selbstverständlich mache ich kein Verlustgeschäft: der Amerikaner muß erst noch geboren werden, der ein Verlustgeschäft macht, wenn er einen hohen Preis zahlt. Aber ... lassen wir's gutsein: ich werde dieses Gesichtchen und dieses Köpfchen schon für mich einsetzen können. Antworten Sie jetzt.«

Diesmal zuckte Giovanna mit den Achseln: was sollte sie ihm antworten? Sie fühlte sich in die Zeit zurückversetzt, als sie Lokalberichterin bei irgendeiner Zeitung war und der italienische Produzent sie in sein Büro bestellte, um ihr zu sagen, sie solle eine Filmstory schreiben. »Aber das habe ich noch nie gemacht, Commendatore.« – »Dann versuchen Sie's, Mäuschen, versuchen Sie's. Dazu genügt eine Handlung, ein bißchen Verismus und Sex. Bei Ihrer Phantasie!« – »Warum wollen Sie das ausgerechnet von mir, Commendatore?« – »Gott, was sind Sie naiv! Weil eine Niederschrift von einem hübschen Mädchen doppelt so viel wert ist wie eine gleichwertige Niederschrift von einem häßlichen alten Mann. Verkaufen muß man sich können auf dieser Welt! Denken Sie mal an den Champagner. Was ist das? Prickelnder Wein. Kippen Sie nur eine winzige Prise Brausepulver in irgendeinen Wein, dann prickelt er genauso. Doch Champagner ist Champagner, er hat einen besonderen Korken, und alle Welt hält ihn für besser als prickelnden Wein. Versuchen Sie's mal, Mäuschen. Reichen Ihnen dreihunderttausend für den Anfang?«

»Aber Gomez! Sie kennen mich gar nicht. Sie könnten sich auch täuschen.«

»Bei allen Dollars! Gerissen sind Sie auch. Aber Giò, duzen wir uns, verirren wir uns nicht in die Diplomatie. Du weißt genau, daß ich für ein Talent den gleichen Riecher habe wie ein Trüffelhund für einen Trüffel. Sag mir statt dessen: möchtest du in Hollywood sein oder bist du lieber in New York? Hm, ich sehe schon, daß deine Augen leuchten. Überlege es dir also und gib mir so rasch wie möglich Bescheid. Aber arbeite indessen und führe dein hübsches Gesichtchen spazieren. Zu existieren ist nicht das Wichtigste, weißt du: sondern die anderen wissen zu lassen, daß man existiert. Melancholisch, was? Sehr gut. Dann fangen wir also heute mit dem Cocktail an. Dir zu Ehren: aber dein Kleid muß sexy sein, das bitte ich mir aus.«

»Wird gemacht. Aber auch ich habe eine Bitte.«

»Raus damit.«

»Dies Büro, diese Sekretärin ... Ich bin nicht gewohnt, in einem Büro zu arbeiten, und eine Sekretärin brauche ich schon gar nicht. In diesen zwei Monaten werde ich nicht viel schreiben. Ich will mich nur umsehen, ein wenig recherchieren und Notizen machen. Das Mädchen mit Brille würde mir nur im Weg stehen. Und in meinem eigenen Zimmer arbeite ich besser. Damit wir uns recht verstehen: das alles paßt mir nicht. In gewissen Dingen bin ich altmodisch.«

»Oho! Daß du keine Haare auf der Zunge hast, kann man ja nicht behaupten! Bitte sehr. Aber sie bleiben trotzdem zu deiner Verfügung: das Büro und die Sekretärin. Falls du es dir anders überlegen solltest: sie sind beide da! Ciao, Baby. Wir sehen uns um sechs beim Cocktail. Und vergiß nicht: zweitausend.«

»Zweitausend.«

Giovanna verließ das Büro in einem Rausch von Stolz. Und wieder fühlte sie sich zurückversetzt in die Zeit, als sie noch ein kleines Mädchen war und darüber nachsann, auf welchem Weg sie es wohl am schnellsten zu etwas bringen könne und sich bisweilen auf der Bühne im Gewande einer Ophelia, bisweilen vor Gericht mit goldenen Troddeln, bisweilen im Operationssaal mit weißem Kittel sah: jenseits der Bäume und Hügel, jenseits der Himmelsgrenzen erschienen ihr riesige Städte, unbekannte Länder, ja eine ganze Welt, die zu erobern war, die ihr Gomez für zweitausend Dollar im Monat bot. Was machte sie sich bei zweitausend Dollar im Monat noch aus Richard und ihren Gewissensbissen, seinen Tod irgendwie verschuldet zu haben, was machte sie sich danach aus ihrer absurden kindlichen Liebe! Mit zweitausend Dollar im Monat konnte sie allein und ohne Furcht einfach so in dem großen Menschenstrom vorankommen, konnte einfach so ein paar liebkosende Blicke zu den gläsernen Wolkenkratzern schicken, die man dort hingestellt hatte, um zu beweisen, daß nichts, wahrhaftig nichts in diesem Gelobten Land unmöglich war, konnte einfach so an der schwarz gewordenen Kirche vorübergehen und über die Schwächlinge lachen, die sich dort hinknieten und zum Herrn beteten, konnte einfach so einem Mann das Taxi wegschnappen, der nicht so schnell lief wie sie, konnte einfach so in ein Luxusgeschäft gehen und sich ein Kleid kaufen.

Sie ging hinein und wurde, wie von einem stinkenden milden Windstoß, von einer Frauenmenge erfaßt. Schöne und häßliche, junge und alte Frauen mit und ohne Pakete. Aber kein einziger Mann in dieser Frauenmenge, die zugriff, losließ, wieder zugriff, wieder losließ, kaufte: gierige, ungestüme Schwestern. Jawohl, meine Herrschaften, dachte sie: Schwestern! Waren denn diese Schwestern, gebürtig in einem Land, wo eine x-beliebige Giovanna zweitausend Dollar monatlich verdiente, überhaupt auf Männer angewiesen? Mittags in der Lunchpause, wenn sich die Büros leerten, traten die behosten Männer auf die Bürgersteige heraus, um trist ein wenig Luft zu schnappen oder saßen erschöpft da, um wieder zu Kräften zu kommen, doch die Frauen, deren Lungen schon mit Sauerstoff gefüllt waren, begaben sich in die Geschäfte, wo Luft Mangelware war, und an ihnen war keine Spur von Müdigkeit zu erkennen. Stand man vor einem Geschäft, hörte man ihre Schritte auf dem Asphalt wie das Stampfen von Büffeln, dann verwandelte sich das Stampfen in einen Galopp, der immer stärker und immer stärker wurde, bis die Herde in Erscheinung trat: erbarmungslos, schwarz, mit gesenkten Köpfen fiel sie über dich und die zu kaufenden Dinge her: und warst du ein Mann, packte dich das Entsetzen, und warst du eine Frau, erfüllte dich Frohlocken.

Sie bahnte sich mit Ellenbogen einen Weg durch die Herde. Betrat den von einer Frau bedienten Aufzug, der sie mitsamt einem Gedränge von Frauen in ein von Frauen erfülltes siebtes Stockwerk ausspuckte. Sie lief durch die Säle, in denen Tausende und Abertausende von Frauenkleidern hingen, alle identisch und alle nach Größe und Farbe geordnet, alle mit hingeblätterten Dollars käuflich. Dann stürzte sie sich auf die Kleider wie ein Trappistenmönch, der schon lange gewisse Begierden unterdrückt hat, sich plötzlich inmitten einer Orgie von Leibern befindet und sie mit finsterem Entzücken verlangt. Betastete sie, preßte sie an sich, entriß sie den Büffelklauen, die sie ebenfalls betasteten, an sich preßten und ihr wieder entrissen: in schändlichem schmutzigem Sexualritus. Das Rote? Nein. Das Blaue? Nein. Das Weiße? Nein. Das Gold? Ja! Ein goldenes Kleid zur Feier ihrer zweitausend Dollar im Monat.

»Welche Größe, bitte«, wollte die Verkäuferin wissen und deutete gelangweilt auf den Festzug goldener Kleider.

»Größe zwölf«, erwiderte Giovanna.

»Hierher, bitte«, sagte die Verkäuferin und begleitete sie zu einer mit Spiegeln ausgelegten Kabine.

Giovanna zog es mit zitternden Fingern an. In den Spiegeln erschien eine sich bis zur Unendlichkeit verkleinernde Reihe von Frauen in goldenem Kleid, eine wie die andere, eine kleiner als die andere: kleiner, immer kleiner, bis am Ende das Gesicht verschwand und auch die Arme und Beine verschwanden. Und von der Frau nur noch ein goldener Tropfen verblieb: kalt und schillernd wie ein Marengo.

»Ich nehme es«, sagte Giovanna.

»Ich packe es ein«, erwiderte die Verkäuferin.

»Was kostet es?« fragte Giovanna.

Es kostete nur sechsundzwanzig Dollars und neunundneunzig Cents, ohne Aufpreis für Änderungen. Aber es brauchte ja nichts geändert zu werden.

III

Als sie in ihrem goldenen Kleid hineinging, krampfte ihr ein Angstgefühl den Magen zusammen: als müsse ihr etwas Unlogisches und zugleich Unvermeidliches widerfahren; oder als sei hier ein unsichtbarer Feind, der sie beobachte. Ängstlich sah sie sich um, konnte aber nichts entdecken, was dieses Gefühl gerechtfertigt hätte: es war ein ganz normaler Cocktail, und die Leute waren ihr zu Ehren hier. Erschrocken hielt sie sich an Gomez fest, als bäte sie ihn um Hilfe, und Gomez hielt es für Schüchternheit: »Aber, aber. Das sind nur Hohlköpfe, denen du beweisen mußt, daß du da bist.« Dann schob er sie in die Menge der Eingeladenen, die den Saal füllten, erklärte einem jeden, wer sie war, woher sie kam und was sie tat.

Die Gäste formten sich zu Gruppen, ein jeder sein Glas Whisky in der Rechten. Wenn sie herankam, wechselte der Whisky von der Rechten zur Linken, und es begann ein absurder Dialog voll absurden Lächelns und geheuchelter Freude. Nur selten versuchte jemand ein Gespräch anzuknüpfen, das über banale Komplimente oder den Wetterbericht hinausging.

»How do you do?«

»How do you do.«

»Sie kommen aus Italien?«

»Ja, ich komme aus Italien.«

»Ein schönes Land, Italien.«

»Danke.«

»How do you do?«

»How do you do.«

»Ein schöner Tag, heute.«

»Ja, ein schöner Tag.«

»Gefällt Ihnen New York?«

»Ja, mir gefällt New York.«

»How do you do?«

»How do you do.«

Keiner schien ihr goldenes Kleid zu beachten: als sei es ganz und gar normal, sich golden zu kleiden. Keiner kümmerte sich um irgend etwas: in einer Ecke hatte sich ein beschwipster Herr eine Flasche Whisky angeeignet, die er schräg hielt, so daß der Whisky sich langsam über seine Hose ergoß und in einem traurigen Rinnsal zu Boden tröpfelte, und die Gäste standen da und schauten zu. Ihre Angst wuchs. Eine unbegründete, eine sinnlose Angst, die sie weich in den Knien werden ließ, ihr den Verstand trübte, sie erblassen ließ.

»Aber Baby, was hast du denn?«

»Nichts, Gomez. Gar nichts. Vielleicht bin ich müde.«

»Möchtest du etwas trinken, Baby?«

»Nein, danke.«

»Dann rede, leiste auch du deinen Beitrag. Die da, die schlafen, seitdem Christoph Kolumbus aus seinem Schiff gestiegen ist. Du mußt sie wachrütteln. Oh! Den Produzenten mußt du kennenlernen.«

»How do you do?«

»How do you do.«

Der Produzent war ein hübscher junger Mann, der von einer Safari in Kenia zurückkam. Er fragte nur allgemein nach der Art ihrer schriftstellerischen Tätigkeit und berichtete dann in allen Einzelheiten über einen Löwen, der von ihm am Ohr getroffen worden war und nicht hatte sterben wollen. Sie hörte gelangweilt zu, sah sich dabei um, und ihre Angst nahm zu.

»Geht's dir besser, Baby?«

»Danke, es geht mir besser«, log sie.

»Und jetzt will ich dir Herrn Hultz vorstellen. Herr Hultz ist derjenige, der die zweitausend Dollar pro Monat zahlt.«

»Gut.«

»Gib dir Mühe, heiter und freundlich zu sein. Ich begreife nicht, was heute abend in dich gefahren ist. Erzähl ihm einen Witz. Er liebt Witze über alles.«

»Gut.«

Sie gingen auf Herrn Hultz zu. Der war dick und rot und hielt sich in dem offensichtlichen Wahn mit beiden Händen an seinem Glas fest, daß dies ihn davor bewahren könne, zu Boden zu stürzen.

»Hultz, ich stelle dir unseren Ehrengast vor: meine neueste Entdeckung. Laß sie dir nicht entgehen.«

Herrn Hultzens Linke löste sich von dem Glas und ergriff Giovannas Handgelenk: in dem Glauben, dieser Halt sei etwas fester.

»Ein schönes Mädchen. Machen wir eine Probeaufnahme?«

»Nicht doch, Hultz. Giò will nicht als Schauspielerin arbeiten. Sie hat den Film über die Schwarzhändler in Deutschland geschrieben. Der dir so gut gefallen hat, weißt du!«

»Verdammt! Sie ist das?!«

Herr Hultz drückte Giovannas Handgelenk noch fester, die wiederum den unsichtbaren Feind spürte und sich verstört umsah.

»Gomez, das ist die herrlichste Beute, die du mir je gebracht hast. Du hast ihr doch eine Sekretärin und ein Büro zur Verfügung gestellt? Ich wünsche, daß sie alles bekommt, was sie verlangt.«

Dann wandte er sich an Giovanna: »Pardon, Miss Talent. Ich habe Ihren Vornamen vergessen. Wie heißen Sie?«

»Giò«, antwortete Giovanna.

»Joan?« fragte Herr Hultz.

»Nicht Joan: Giò«, sagte Giovanna trocken.

Die mysteriöse Gegenwart wurde größer und größer. Giovannas Hände waren jetzt eisig, und ihre Laune war miserabel.

»Giò wie John?« fragte Herr Hultz erstaunt.

»Giò wie John«, erwiderte Giovanna trocken.

»Das ist doch ein Männername!« rief Herr Hultz.

»Das ist ein Frauenname.«

»Baby, ich habe gesagt, du sollst freundlich sein«, flüsterte Gomez.

»Gehen wir, Gomez, ich bitte dich.«

»Aber Baby! Bist du verrückt geworden?«

»Gehen wir.«

»Leise; sonst hört er's noch.«

Herr Hultz aber lachte gutmütig: achtete nicht auf ihr Geflüster.

»Ich könnte wetten, daß John mir einen Witz aus Rom mitgebracht hat.«

»Los, erzähl ihm einen Witz«, bat Gomez sie inständig.

Giovanna biß die Zähne zusammen.

»Kennen Sie die Geschichte mit dem Neapolitaner in der Sonne, Herr Hultz?«

»Nein, nein!«

»Schön. Ein Neapolitaner sitzt in der Sonne, ohne irgend etwas zu tun. Ein reicher Mann kommt daher und fragt ihn: ›Warum sitzt du untätig in der Sonne, statt zu arbeiten?‹«

»Ha, ha!« lachte Herr Hultz und ließ Giovannas Handgelenk los.

»Und der Neapolitaner fragt den reichen Mann, warum er denn arbeite, statt in der Sonne zu sitzen. Der reiche Mann antwortet: ›Um mir Geld auf die hohe Kante zu legen und in der Sonne zu sitzen, wenn ich alt sein werde.‹«

»Ha, ha!« lachte Herr Hultz und klammerte sich wieder an Giovannas Handgelenk.

»Da sagt der Neapolitaner: ›Nun, das tue ich ja schon.‹«

»Ha, ha, ha!«

Herr Hultz lachte und Giovanna dachte, wie dämlich ist doch dieser Herr Hultz, als sie hinten im Saal zwei Augen bemerkte, die mit bekannter Schwermut ins Leere starrten, dann ein hageres Gesicht wie von jemandem, der Hunger hat, und dann einen Kopf mit rotem Haar: alles so vertraut.

Sie senkte ganz rasch ihren Blick auf Herrn Hultz.

Hob ihn wieder.

Der Kopf mit dem roten Haar war noch dort.

Wieder senkte sie ihren Blick, wie versteinert.

Hob ihn noch einmal.

Der Kopf mit dem roten Haar war immer noch dort.

Sie senkte wiederum ihren Blick.

Bestimmt hat es lange gedauert, bis sie begriff, wie sinnlos es war, stehenzubleiben und hinzuschauen statt hinzugehen. Als sie es dann begriff, versuchte sie aufzuspringen: doch Herr Hultz lachte und hielt sie am Handgelenk fest.

Sie bemühte sich, ihr Handgelenk freizubekommen. Es gelang ihr nicht. Sie wollte rufen, wollte jenen Namen schreien. Aus ihrer Kehle kam kein Laut. Endlich hatte sie ihr Handgelenk frei. Und stürzte sich in die Menge.

Stürzte sich. Doch die Menge war zu einem Holzbrett erstarrt, die Gäste zu Holzstücken, die ein bösartig verspielter Gott zu seiner Belustigung um keinen Millimeter verschob. Sie standen da mit ihrem hölzernen Glas und mit ihrem hölzernen Lächeln, und vordringen war wie in einen Alptraum eintauchen: du träumst, daß dich jemand umbringen will und möchtest weglaufen, aber deine Beine bleiben steif, und du möchtest um Hilfe bitten, aber deine Zunge ist wie abgeschnitten.

»Richard!« rief sie stumm. »Richard!«

Der Kopf mit dem roten Haar bewegte sich nicht.

Dann verschwand er. Und tauchte wieder auf. Verschwand wieder, tauchte wie ein Trugbild wieder auf: und während Giovanna sich unter Schmerzen in dieses Holzbrett drängte, verlor sie ihn mindestens sechsmal aus den Augen, sah ihn wieder, verlor ihn wieder und sah ihn wieder. Als sie schließlich das Ende des Saales erreicht hatte, war er nicht mehr da.

»Baby, suchst du jemanden?«

Das war Gomez. Seine Stimme klang besorgt. Giovanna faßte sich wieder.

»Nein, danke. Ich dachte nur, ich hätte einen Freund gesehen. Anscheinend habe ich zu viel getrunken.«

»Nicht mal einen Tropfen Wasser hast du getrunken.«

»Ich hatte schon vorher getrunken.«

»Nichts schärft die Augen mehr als Whisky. Kann ich dir irgendwie helfen?«

»Nein. Es war ein Phantom.«

»Hat dieses Phantom auch einen Namen?«

»Den weiß ich auch nicht.«

»Dann gehen wir. Hultz kann jetzt ohnehin nicht mehr bis drei zählen.«

Sie ließen den Aufzug kommen, Giovanna hob plötzlich ihren Kopf.

»Gomez, gibt es eine Gästeliste für diesen Cocktail?«

»Aber nein, wo denkst du hin. Manchmal erfolgen die Einladungen per Telefon. Und oft kommt man nur einfach so und weiß nicht mal, warum der Cocktail gegeben wird. Aber mach dir keine Sorgen, Baby. Die Welt ist klein und New York ist noch kleiner. Wenn du jemanden verloren hast und es steht geschrieben, daß du ihn wiederfindest, dann findest du ihn auch wieder. Ich habe spanisches Blut: ich glaube an Phantome.«

»Aber ich habe niemanden verloren, Gomez.«

»Um so besser.«

Gomez musterte sie, machte den Versuch, ihr ein Lächeln abzugewinnen.

»Kopf hoch. Wo hat sich überhaupt dein schönes goldenes Kleid versteckt?«

»Unterm Mantel.«

»Das Kleid steht dir gut. Du solltest es auch auf der Straße sehen lassen, dann würden die Leute sagen: na, endlich ein ganz goldiges Mädchen!«

Giovanna lächelte unbewegt.

»Sehr freundlich.«

»Soll ich dich ins Hotel begleiten, Baby?«

»Nein, danke. Ich möchte ein bißchen laufen.«

»Dann ciao. Und vergiß die Arbeit nicht.«

»Ciao, Gomez«, sagte Giovanna. Doch sie dachte nicht an Arbeit, sie dachte an Richard. Und sah fragend die Passanten an, suchte ihn, meinte, in jedem von ihnen Richard zu erkennen. Zuerst in einem Mann, der einen ›Herald‹ kaufte, dann in einem, der einem Taxi pfiff, und schließlich in einem, der ihr den Rücken zuwandte und bei ihrem Herankommen ausrief: »Wollen wir, Schöne?« Sie suchte und suchte und sagte sich immer wieder vergebens, wie lächerlich das war. Hätte es sich bei dem Mann vom Cocktail um Richard gehandelt, wäre er von sich aus zu ihr gekommen, und schließlich war Richard ja tot. Richtig. Doch konnte er sie nicht wiedererkennen: denn sie war damals ein kleines Mädchen gewesen. Was sollte das überhaupt? Schließlich wußten alle, daß der Cocktail zu ihren Ehren stattgefunden hatte: und ihr Name hatte sich nicht verändert. Richtig. Aber Gomez hatte auch gesagt, daß die Leute oft zu einem Cocktail kommen, ohne zu wissen, warum und für wen es den Cocktail gibt. Sie mußte nach ihm suchen: und sei es nur, um sich von dieser Zwangsvorstellung zu befreien. Aber wie suchen? Per Telefon, natürlich. Alle Amerikaner besitzen ein Telefon.

Sie betrat eine Snackbar. Alle Telefonzellen waren besetzt. Sie ging in eine andere Snackbar. Ein Mann hastete in die unbesetzte Zelle noch bevor sie ihm zuvorkommen konnte. Sie lehnte sich an den metallenen Tresen, verlangte ein Coca-Cola und wartete, bis der Mann herauskommen würde. Er kam nicht heraus, sondern redete und redete. Und sie wartete. Jetzt kam der Mann heraus. Sie stürzte in die Zelle. Suchte das Telefonverzeichnis. Es gab keines. Sie verließ die Zelle wieder. Griff nach dem Verzeichnis. Aber was war das für eines! Das New Yorker Telefonverzeichnis war sechsbändig. Sie schlug eines aufs Geratewohl auf: das Berufsverzeichnis. Was für einen Beruf übte Richard aus? Pianist. Hatte er nicht gesagt, er wolle Pianist werden? Wie hieß Pianist auf englisch? Wie dumm sie doch war: besser unter dem Buchstaben B suchen.

B wie Baline. Da haben wir das B.

Sieben Seiten Namen, die mit B anfingen. Verflixt! Wie findet man ein menschliches Wesen in mehreren Kilos bedruckten Papiers?

»Bala... Bale... Bali... Balinosky.«

Nein, weiter oben.

»Balifort.«

Nein ... weiter unten.

»Balimas. Balian. Balin!«

Nein. Baline mußte es heißen. Baline mit einem *e* am Ende. Daran erinnerte sie sich ganz genau, denn eines Tages hatte er seinen Namen in ihr Heftchen geschrieben. Ihr Finger rutschte einen Millimeter, den Bruchteil eines Millimeters: es gab kein *e*. Es gab überhaupt keinen Baline mit einem *e* am Ende. Es gab nur diesen Balin ohne etwas. Sie biß sich in den Finger. Und legte ihn wieder auf Balin. Vielleicht könnte er auch so geschrieben werden? Sie würde diesen Balin anrufen, dessen Vorname Laurence war: womöglich Richards Vater. Sie ging wieder in die Zelle, steckte die zehn Cents in den Schlitz. Als sie die Nummer wählte, zitterte ihr Finger so stark, daß er immer ins falsche Loch traf, und so mußte sie dreimal wieder von vorn beginnen.

»Was?!« erwiderte eine ärgerliche Stimme. »Hier gibt es keinen Richard.«

Errötend legte sie den Hörer wieder auf. Warum hätte es ihn auch geben sollen? Richard ist tot, sprach sie vor sich hin. Dann kehrte sie zu dieser Bibliothek von Verzeichnissen zurück. Und wenn sie Joseph anriefe? Joseph Orwell. Dummes Zeug. Joseph hatte gesagt, daß er in Texas wohne. Sie verzichtete auf den Band mit dem Buchstaben O und machte sich auf den Weg in ihr Hotel: schrecklich müde und abgespannt. Was mußte sie auch hinter Phantomen herlaufen! Der Schmerz um Richard war längst vergangen, und die Männer, denen sie in diesen Jahren begegnet war, lieferten den Beweis, daß es unmöglich ist, einer Erinnerung die Treue zu halten. Sie mußte sich beherrschen, durfte ihrer Phantasie nicht erlauben, sie von der Arbeit abzulenken, derentwegen sie nach New York gekommen war. Aber ihre Knie schmerzten sie, und jetzt bekam sie auch Kopfweh. Wenn es ihr wenigstens gelänge, sich Gomez oder Martine anzuvertrauen! Schade, daß sie gewisse weibliche Schwächen gar nicht mochte.

Die ersten beiden Nächte schlief sie nicht. In der dritten Nacht wurde es spät mit diesem jungen Produzenten, der in Kenia gewesen war; neugierig geworden durch ihre Flucht, hatte er sie gesucht. Und die Stunden vergingen so angenehm, daß sie beim Abschied glaubte, von einem geheimnisvollen Übel geheilt zu sein. Von nun an, befahl sie sich selber, keine Sentimentalitäten oder Halluzinationen mehr. Und rief als erstes Martine an und sagte ihr, sie werde nicht zu der Verabredung ins El Morocco kommen. Martine kreischte empört ins Telefon, sie würde ihre Freundschaft aufs Spiel setzen und flehte sie an, doch wenigstens ins Peter zu kommen: ein Restaurant in der Siebenundfünfzigsten Straße, wo sie gegen neun Uhr essen würden. »Ich bitte dich, Liebste. Bill bringt einen Freund mit, der einem wahnsinnig auf die Nerven fällt. Du mußt mich unbedingt von ihm befreien.« Doch sie ließ sich nicht umstimmen und war nach einem eiligen Abendessen um neun im Bett: dachte nach über ihre Verständigkeit, über Selbstgenügsamkeit, über den unanfechtbaren Grundsatz, daß wir uns immer selber unser Schicksal schaffen, o Gott, welche Kälte! Sonderbar, es war noch nicht mal September, wie konnte es da so kalt sein, dachte sie. Und zog vorsichtig ihren Arm unter der Decke hervor und machte das Licht an, um herauszufinden, ob es Kälte oder Fieber war. Ein böses Summen machte sie auf die Klimaanlage aufmerksam: das Zimmermädchen hatte sie höher eingestellt. Noch vorsichtiger erhob sie sich und suchte den Schalter, um sie abzustellen. Sie konnte ihn nicht finden, also schlüpfte sie wieder unter die Decke, um telefonisch Hilfe zu erbitten.

Das Telefon stand zwischen der Bibel und der Biographie des Herrn Sheraton, des Begründers der Sheraton Hotels. Es hatte Nummern wie alle Telefone und noch eine zusätzliche Drehscheibe mit weiteren Nummern, die von den Gästen des Herrn Sheraton je nach Bedarf zu wählen waren. Eine für den Laufburschen, eine für den Zimmerdiener, eine für den Schuhputzer, eine für das Postbüro, eine für den Direktor und eine für den Portier, dann noch eine für die Stadtgespräche und eine für die Ferngespräche. Aber es gab keine Nummer, zu der man sagen konnte, daß man fror und den Schalter für die Klimaanlage nicht fand.

Bebend vor Kälte zögerte Giovanna ein wenig, bevor sie bei der Telefonzentrale anrief und sagte, daß sie fror. Die Telefonzentrale erwiderte, das sei nicht ihre Sache. Sie rief beim Laufburschen und beim Zimmerdiener an, beim Postbüro und beim Portier, beim Direktor und beim Vizedirektor, und alle erwiderten, das sei nicht ihre Sache, sie solle sich an jemand anderen wenden. Wütend legte sie den Hörer wieder auf und suchte in der Biographie des Herrn Sheraton, wo sich die Schalter für die Klimaanlage versteckt hielten: die Biographie berichtete nur, wie mutig dieser Mann gewesen sei, der nur fünfzig Cents hatte und dem es gelungen war, so gut funktionierende Hotels zu bauen. Sie legte die Biographie des Herrn Sheraton wieder hin und griff nach der Bibel: doch nicht einmal die Bibel sagte, wo sich der Schalter für die Klimaanlage befindet und wen man anruft, wenn man friert. So stand sie noch einmal auf, sammelte ihre Mäntel und ihre warmen Sachen und warf sich aufs Bett, wie sie das als kleines Mädchen zu Hause getan hatte, wo es keine Zentralheizung gab, da mußte ein Wärmetopf mit glühender Kohle für alle reichen, und legte sich wieder hin, konnte aber nicht schlafen. Sie zog sich an, schminkte sich, ging in die Bar des Sheraton hinunter, um sich mit einem Kognak zu wärmen.

»Einen doppelten Kognak, bitte.«

Der Barmann rührte sich nicht, erwiderte mit tonloser Stimme:

»No ladies alone in the bar.«

Was hatte er gesagt? Sie hörte wohl schlecht.

»Einen doppelten Kognak, bitte«, wiederholte sie.

»No ladies alone in the bar.«

Was zum Teufel sagte er da? Geduldig wiederholte sie ihre Bestellung.

»Einen doppelten Kognak, bitte.«

Der Barmann rührte sich nicht. Ein Gast schaltete sich amüsiert ein.

»Frauen ohne Begleitung sind in der Bar nicht zugelassen. Sie sind keine Amerikanerin, nicht wahr?«

»Nein. Aber meinen Kognak will ich trotzdem.«

»Dann erlauben Sie, daß ich Ihnen einen Kognak spendiere«, meinte der Gast, kam näher heran und sah ihr in den Ausschnitt.

»Einen Teufel werden Sie!« rief Giovanna und ging, sich in den Hüften wiegend, hinaus auf die Straße.

»Taxi!«

Das Taxi hielt, die Reifen quietschten. Sie stieg ein, schlug die Tür zu.

»Peter restaurant. Siebenundfünfzigste East.«

Sie wurde sich erst dann bewußt, diese Adresse genannt zu haben, als das Taxi vor einem hölzernen Treppchen hielt, das vom Bürgersteig ins Untergeschoß zu einer Tür führte, auf der »Peter« stand. Und da hätte sie am liebsten dem Taxifahrer gesagt, er solle umkehren, sie habe sich getäuscht, sie habe keine Lust, Martine und Bill und diese Nervensäge von Bills Freund zu sehen. Aber das sagte sie nicht. Sie zahlte und stieg das hölzerne Treppchen hinunter. Na, schön: sie würde eben zehn Minuten bleiben, die Zeit, um einen Kognak zu trinken, um Martine den Gefallen zu tun.

Sie öffnete die Tür, trat ein.

Ein kleines dunkles Lokal mit Marmortischchen und mit der Eleganz gewisser Lokale nach englischer Manier. Martine saß unter einer Tintorettokopie und funkelte von Schmuck wie ein Votivbild. Sie führte sich gerade eine

Zigarette an die Lippen, und ihr Gesicht war von zwei Feuerzeugen beleuchtet. Die beiden Männer, einer zu ihrer Rechten und einer zu ihrer Linken, waren zwei Kleckse im Schatten: dort hingesetzt, um Martine die Zigarette anzuzünden. Abgelenkt von ihren kleinen Aufschreien, beachtete Giovanna die beiden kaum.

»Du bist also doch gekommen, du Biest! Ach, wie ich mich freue!«

Dann stellte Martine sie einander vor.

»Giò, das ist Bill. Bill, das ist Giò.«

Bill stand auf und drückte ihr fest die Hand. Er war groß und gerade gewachsen, trug ein spöttisches Schnurrbärtchen, seine Augen waren voll von toleranter Ironie. Er roch aufdringlich nach Tabak und beunruhigte einen schon beim bloßen Ansehen.

»Giò, das ist Dick. Dick, das ist Giò.«

Dick stand auf, und Giovannas Hand stockte auf halbem Wege, Richard Baline entgegen.

IV

Sucht man nach etwas Verlorenem und bittet hysterisch Heilige und Familienangehörige um Hilfe, wird man umso hysterischer, je länger man vergeblicher sucht; doch gerät einem dann das Gesuchte rein zufällig unter die Finger, beruhigt man sich ganz plötzlich und schämt sich fast, so viel Aufhebens gemacht zu haben: geradeso betrachtete Giovanna jetzt den Mann, der solche Unruhe in ihre Jugend und in diese New Yorker Tage gebracht hatte.

Sie empfand weder Freude noch Verwunderung noch Erleichterung. Und dachte nur: dann ist also Joseph gestorben, dann hatte ich mich nicht getäuscht, aber wie sehr hat er sich doch verändert. Aus tiefster Erinnerung erschienen ihr wieder seine präzisen Gesichtszüge, und ihr war, als habe sie einen anderen Menschen vor sich. Die Wangen lagen noch tief, doch in die Vertiefung zog sich eine Falte. Der Mund war nicht mehr traurig, sondern bitter. Sein Körper war nicht mehr so hager, doch geblieben war die Verlorenheit in seinen Augen. Und die Augen, jetzt wußte sie es wieder, waren blau.

»Hallo, Giò«, sagte Richard und griff nach der halb entgegengestreckten Hand, erkannte ganz offensichtlich Giovanna nicht wieder und begriff erst recht nicht, was in ihr vorging. Bill steckte sich die Pfeife zwischen die Zähne. Martine öffnete erstaunt ein wenig die Lippen.

»Erkennst du mich denn nicht wieder, Richard?«

Richard blieb stumm. Bill blies einen Mundvoll Rauch aus. Martine klatschte aufgeregt in die Hände: »Die kennen sich! Nicht zu fassen! Die kennen sich!«

»Du heißt Richard Baline, nicht wahr?«

»Ja. Ich heiße Richard Baline.«

Langes Schweigen.

»Richard, ich bin Giovanna.«

Noch ein Schweigen. Richards Gesicht spiegelte nur matte Unsicherheit. Giovanna schluckte.

»Während des Krieges ... Zusammen mit Joseph Orwell ...«

Richard erstarrte plötzlich: als habe ihm Josephs Namen einen Nadelstich versetzt. Wandte sich dann Bill zu, als bäte er um Hilfe. Und starrte schließlich Giovanna ungläubig an.

Giovanna schluckte noch einmal.

»Ich bin älter geworden, Richard.«

Und Richard wandte sich noch einmal Bill zu.

Aber dann rief er: »Die kleine Giovanna!« Und Giovanna fand sich mit ihrem Gesicht auf seiner Jacke, roch einen starken Lavendelduft, spürte zwei knochige Arme, die sie festhielten, erkannte ohne Rührung diese unsichere Stimme wieder, die ab und zu überschnappte wie bei einem Sänger, und nun sagte »unglaublich, ganz unglaublich, aber weißt du, daß ich dich nicht gekannt hätte, wäre ich dir auf der Straße begegnet? Du bist jetzt eine Frau.«

»Ich bin sechsundzwanzig.«

»Und ich vierunddreißig.«

Er ergriff ihre Hand, ergriff dann ihre beiden Hände. Drückte sie. Zog sie auf den Stuhl neben dem seinen.

»Giovanna! Was machst du in New York?«

»Ich arbeite. Für den Film.«

»Mit wem?«

»Mit einem, der Gomez heißt.«

»Gomez? Den kenne ich!«

Und jetzt war es Giovanna, die sich beinahe hilfesuchend Martine zuwandte. Martine begriff nichts.

»Meine Teuersten, dieses Wiedersehen ist köstlich, aber ich habe keine Lust, noch länger hierzubleiben. Ich will ins El Morocco und tanzen. Ihr beide könntet dann im El Morocco feiern. Hab ich nicht recht, Bill?«

Bill nickte gnädig. Dann stand er auf, breitete die Pelzstola über Martines nackte Schultern und verharrte kurz, um Richard und Giovanna mit den Augen zum Gehen aufzufordern.

Richard und Giovanna reagierten nicht.

»Los, Kinder«, maulte Martine.

Richard und Giovanna reagierten nicht.

»Ich will fort«, kreischte Martine.

Richard und Giovanna reagierten nicht.

»O. K., dann macht, was ihr wollt. Wir sehen uns später im El Morocco«, sagte Martine schließlich ein wenig verärgert und ging; Bill folgte ihr wortlos. In der Tür drehte er sich um: zeigte mit seiner Pfeife auf Richard. Schien etwas sagen zu wollen. Sagte aber nichts.

Sie gingen hinaus. Die Tür schlug zu. Giovanna und Richard sahen sich verwirrt an.

»Richard, jetzt erzähle mir nicht, daß du bei Hultzens Cocktail warst.«

»Ja, da war ich. Jemand hat mich mitgeschleppt, ohne mir zu sagen, was eigentlich der Anlaß war. Ich bin dann gleich wieder weggegangen. Warum die Frage?«

»Ich hab dich gesehen.«

»O Gott! Wo warst du?«

»Dort. Der Cocktail galt mir.«

»O Gott! Jetzt erzähl mir nicht, daß du das Mädchen in dem schrecklichen goldenen Kleid warst. O Gott, natürlich! Du warst das! O Gott, warum hast du mich nicht gerufen?«

»Du warst ganz hinten im Saal. Als ich hinkam, warst du nicht mehr da. Ich hielt dich für ein Phantom. Weißt du, daß ich dachte, du wärst gestorben?«

»Gestorben?!« Ihm schauderte. »Joseph ist gestorben. Er wollte fliehen, wollte sich einer Partisanengruppe anschließen und kam um. Ich wollte nicht fliehen, ich wollte auch nicht zu den Partisanen: aber Joseph mußte man einfach gehorchen. Ich habe euch eine Botschaft überbringen lassen, gleich als ich auf der anderen Seite war. Habt ihr sie nicht bekommen?«

»Doch, aber eine falsche. Das kann passieren.«

»Erinnerst du dich wirklich an all das? Hast du dich wirklich an mich erinnert?«

»Aber natürlich! Nach dem Cocktail habe ich auch versucht, dich telefonisch zu erreichen. Aber ich fand deinen Namen nicht im Verzeichnis.«

Richard lachte etwas kläglich.

»Im New Yorker Telefonverzeichnis gibt es dreitausendeinhundertsechzehn Smith, zweitausendvierhundertvierundvierzig Williams, zweitausendachthundertfünfunddreißig Brown. Und nicht einen Baline. Das unterscheidet mich von den übrigen Amerikanern, meinst du nicht? Ich bin da unter Mammys Namen aufgeführt. Sie zahlt das Telefon. Oregon 4 ...« Er nannte ihr seine Nummer. »Schreib sie dir gleich auf.«

Giovanna notierte sie automatisch. Ihr wurde allmählich klar, wie absurd und zugleich unvermeidlich diese Begegnung war, die sie vor verhaltenem Schrecken zusammenfahren ließ.

»Und ... lebst du allein, Richard?«

»Natürlich, mit wem sollte ich leben?«

»Bist du ... bist nicht verheiratet?«

»Ich?!« Wieder lachte er, und diesmal noch kläglicher. »Und du?«

»Nein. Ich bin allein.« Ihr Schrecken wich jetzt einer großen Zärtlichkeit. »Weißt du, Richard, ich erinnere mich wirklich an alles, was dich betrifft: du wolltest ein Klavierstudium absolvieren ... Hast du es getan?«

»Nein, es war zu spät. Ich hab diese Hände bekommen.« Er streckte Giovanna seine Hände entgegen. Sie hatte sie glatt und blaß in Erinnerung. Nun waren sie dunkel und knotig.

»Ich bin jetzt Fotograf: hauptsächlich Modefotograf. Hast du meine Aufnahmen in ›Harper's Bazaar‹ und ›Esquire‹ nie gesehen?«

»... und was du mir alles über New York erzählt hast: Häuser, die den Himmel berühren, Finger, die den Bauch der Sterne kitzeln ...«

»Mein Gott, was für ein Gedächtnis! Ich habe dir eine Menge Lügen erzählt, nicht wahr?«

»Das waren keine Lügen. Ich habe New York so gesehen.«

Von Richard kam ein kurzes, dankbares Aufleuchten, dann sah er auf die Uhr.

»Bist du müde, Giovanna?«

»Nicht die Spur.«

»Sehr gut. Es ist halb elf, und vor dem Morgengrauen komme ich nie zum Schlafen: ich denke, der Schlaf stiehlt dem Leben Zeit. Gehen wir New York entdecken.«

Er unterbrach sich erschrocken.

»Aber ich will dich zu nichts zwingen. Es ist mir nur so herausgerutscht ... Vielleicht möchtest du lieber zu Martine ... Ich bringe dich zu Martine.«

»Ich will nicht zu Martine.«

»Gut. Sehr gut!«

Er grölte wie ein ausgelassener ungezogener Junge.

»Meine Giovanna! Wie hat dich doch Martine genannt?«

»Giò. Sie nennen mich alle Giò.«

»Gut! Sehr gut! Das gefällt mir! Ich werde dich immer nur Giò nennen.«

»Ich aber werde dich immer nur Richard nennen.«

»Wie Mammy. Auch sie nennt mich immer nur Richard.«

»Und warum nennt man dich Dick?«

»Das ist die Verkleinerungsform von Richard. Zu mir passen eben Verkleinerungen.«

»Zu mir auch, oder?«

Eine leichte Brise wehte an diesem Abend in New York.

Vom Meer kam ein Salzgeruch, der den Gestank nach Benzin und Staub verdrängte: es roch herb und nach Fisch, die gleiche Luft, die wir an einem Strand einatmen, wenn wir glücklich sind. Die Verkehrsampeln waren rote, grüne, gelbe Blicke, der Fahrer, der sie zum Hafen brachte, war gutgelaunt und im Hafen schaukelten die Schiffe in Reihe nebeneinander, und es waren die größten, die weißesten, die schönsten Schiffe, die sie jemals gesehen hatte, und bisweilen fegte ein Geruch von Algen über sie, oder es erhob sich ein majestätisches Tuten und das war das Gebrüll des Ferryboats nach Staten Island.

»Bist du noch nie mit einem Ferryboat gefahren?«

»Nein, nie.«

»Rasch, es legt gleich ab!«

Und jetzt legte es ab, das runde Deck in einem Aufschäumen von Wasser. Fuhr dahin in einem pechschwarzen Meer, unter einem pechschwarzen Himmel, wo es keine Sterne gab, weil die Sterne auf die Erde, auf jene äußerste Spitze der Insel gekullert waren, die Wall Street heißt.

»Sieh mal, Wall Street zittert. Sie zittert immer bei Wind.«

»Und bricht nicht zusammen?«

»Sie kann nicht zusammenbrechen, denn sie ist unvergänglich.«

Sie lachten, albern wie Kinder, und Giovannas Gesicht war frisch unter den Wellenspritzern und Richards Händen. Richard drehte ihren Kopf der großen eisernen Frau zu, die sie Freiheitsstatue nennen, die mit ihrem Mannesarm eine Fackel hochhält und so aussah, als käme sie wie durch ein Wunder aus dem Meer hervor. Dann steckte Richard eine Münze in das Fernrohr, und die große Frau rückte ganz nahe heran, so daß Giovanna fast ihre Nase, ihren Mund, ihr moosgrünes Gewand, ihre Krone berühren konnte, und Möwen umkreisten sie oder verharrten unbeweglich in der Luft mit vorgestreckten Köpfchen, gespreizten Flügeln und angezogenen Füßen und erhoben lautes Klagegeschrei, das gleich wieder in Vergessenheit geriet wegen des neuerlich aufschäumenden Wassers und des anklatschenden Ferryboats, das dich wieder an Land gebracht hat; dann wieder ein Taxi und ein Fahrstuhl, der dich auf den höchsten Turm der Welt bringt.

»Bist du jemals nachts auf dem Empire State Building gewesen?«

»Nein, nie.«

»Rasch, es geht gleich rauf!«

Schon ging es hinauf in einem einzigen Windsog: dabei preßt sich die Luft in deine Ohren, aber das macht dir nichts aus, der Magen scheint sich dir umzukehren, aber das macht dir nichts aus, ihr war, als sei sie noch nie mit einem Aufzug gefahren, als habe sie noch nie die gelben Zahlen gesehen, die beim Vorbeifahren an den Stockwerken aufleuchten, zwanzig, dreißig, vierzig, fünfzig, sechzig, siebzig, »Gott, wie schnell, Richard!«, achtzig, neunzig, hundert, hundertundeins, hundertundzwei, hundertunddrei...

»Wir sind im Himmel!«

»Wie im Flug!«

»Siehst du diese Terrasse unter uns? Ein Flugzeug hat sie einmal gestreift.«

»O Gott! Und sie ging nicht entzwei?«

»Nein. Das Flugzeug ging entzwei.«

Und jetzt hinab, wieder ein pfeifender Windstoß: wobei sich die Luft in deine Ohren preßt, aber das macht dir nichts aus, dein Magen sich dir umzukehren scheint, aber das macht dir nichts aus. Und weiter mit einem anderen Taxi, das in Licht und Lärm und Hunderte von Gesichtern taucht, die dir fröhlich scheinen, weil du selber fröhlich bist.

»Wohin führst du mich, Richard?«

»In die Times Square.«

»Die kenne ich doch, Richard!«

»Nein, du kennst sie nicht.«

Natürlich hatte sie die Times Square in diesen Tagen schon mehrmals gesehen. Aber es war ihr, als sei sie das erste Mal hier, und über ihre Lippen kam ein leises, glückliches Lachen, als Richard auf dieses Inferno von Licht deutete, das Wände, Dächer, Straßen verbrannte, dann auf den Dampf, der unten aus dem Asphalt quoll, dann auf die Silberkaskade, die von einem vierten Stock sprudelte, um für ein gewisses Mineralwasser zu werben, dann auf das Feuer, das an einem dritten Stock glomm, um eine gewisse Sorte von Zigarren zu empfehlen, dann auf die goldenen Schotten, die vor einem zweiten Stock tanzten, um eine gewisse Whiskymarke anzupreisen, dann auf den Wildbach aus Platin, der das Gebäude der ›Times‹ umspülte, um die Verhaftung eines gewissen Gangsters bekanntzugeben, dann auf das blaue, grüne, violette Wetterleuchten, das aufzuckte und wieder verging und wieder aufzuckte, um einen gewissen Film mit Marilyn Monroe anzukündigen.

»Gefällt dir das? Na, bitte, gefällt dir das?«

»Es ist wunderbar, Richard!«

Nicht alles war wunderbar in der Times Square. Auf einem Bürgersteig schlief ein Bettler, an einen Hydranten geklammert, und die Teddy Boys versetzten diesem Lumpensack von Körper Fußtritte. Auf dem anderen Bürgersteig hob eine Hysterische von der Heilsarmee ihr Gesichtchen, das in einer Riesenschleife zu ersticken drohte, und rief: »Die Verdammten sind dem Untergang geweiht! Der Herr wird sie töten!« Die Menge feixte: »Huuu! Wie wir uns fürchten!« Vor den Bareingängen boten sich Prostituierte an, Betrunkene übergaben sich, Alleingelassene weinten: aber die beiden konnten sie in dieser Nacht nicht sehen, denn sie waren noch einmal Kinder.

»Kaufen wir uns Krokant, Richard?«

»O ja!«

Der Duft dieser mit Zucker und Butter vermengten Mandeln drang wie eine Wiedergutmachung in Giovannas und Richards Nasen. Hatte ein Krokant jemals so gut geschmeckt? Als er noch klein war, hatte Mammy ihn nie Krokant essen lassen: sie sagte, das sei unhygienisch. Als sie noch klein war, hatte Mama sie nie Krokant essen lassen: sie sagte, das sei unverdaulich.

»Gehen wir schießen, Richard?«

»O. K. Gehen wir.«

In der Times Square gab es auch Schießbuden. Und im Saloon des Riesen, der Schuhe mit Pompons und eine Kappe mit Halbmond nach alter Perserart trug, konnte man auf Papierenten und auf Indianer aus Plastik schießen und noch tausend andere Dinge tun, wie eine falsche ›Times‹ mit einem absurden Titel versehen, sich in fünfzig Sekunden ablichten und von einer Maschine seine Zukunft wahrsagen lassen. Sie legten lachend ihre Gewehre an. Zielten auf achtzehn Kerzen, die in einer Reihe auf einer Bank standen: eine jede mit einem einzigen Schuß zu löschen. Hinter ihr flöteten die Gassenjungen: »Schlag ihn, Baby!«

»Ich verteidige Amerika!« kreischte Richard. Und löschte sechzehn.

»Ich verteidige Europa!« erwiderte Giovanna. Und löschte siebzehn.

»Du hast mich geschlagen, das mag ich«, kreischte Richard.

»Siebzehn ist eine Unglückszahl, bad luck.«

»Ist eine Glückszahl, good luck.«

»Und jetzt machen wir ein Foto.«

Sie setzten sich in die Kabine wie brave Schüler und starrten mit aufgerissenen Augen ins Objektiv, und die Fotografie kam gleich zum Vorschein: unscharf und braun, genau wie in der Schulzeit, wenn man sich neben den Jungen oder die Freundin setzt, die man besonders mag.

»Jetzt lassen wir uns von der Maschine die Zukunft sagen.«

Die Maschine war aus Eisen. Man legte einen signierten Karton auf, der perforiert war wie Strom- oder Gasrechnungen, betätigte einen Hebel und die Maschine trat mit einem schrecklichen Lärm in Aktion, stählerne Nadeln bohrten sich in die Löcher des signierten Kartons und ein automatischer Arm übergab den Wahrspruch: gedruckt vor deinen Augen. Richards Wahrspruch lautete: »Sie hassen persönliche Verantwortung. Nichts, was Sie tun, haben Sie überlegt oder gewollt. Sie werden für sich allein leben.« Giovannas Wahrspruch: »Ihre Ziele verfolgen Sie mit Hartnäckigkeit. Alles, was Ihnen widerfährt, ist gewollt. Sie werden für sich allein leben.«

»Richard! Das kann doch nicht wahr sein!«

»Schmeiß es weg, Maschinen irren. Hier haben wir eine Sonderausgabe für dich.« Er überreichte ihr mit komischer Verbeugung eine falsche ›Times‹, auf die er in Riesenlettern einen falschen Titel hatte drucken lassen: *Giò arrived in New York! Dick very happy.*

»Du bist zauberhaft, Richard!«

»Aber an dich komme ich nicht heran!«

Eine leichte Brise wehte an diesem Abend in New York. Vom Meer kam ein Salzgeruch, der den Gestank aus Benzin und Staub verdrängte: es roch herb und nach Fisch, die gleiche Luft, die wir an einem Strand einatmen, wenn wir glücklich sind. Und keiner sagte ihnen: »Jetzt reicht es aber, Kinder.« Die Verkehrsampeln waren rote, grüne, gelbe Blicke, ein gefährliches Schweigen ließ die Dinge, ihre eigene Unruhe, die ganze Stadt fermentieren. Sie verharrten vor der Vitrine eines Restaurants. Da schlief ein gerupfter Kapaun, der so groß war wie ein Strauß, neben Avocados, die so groß waren wie Kürbisse, Mortadellas, die so groß waren wie Säulen, und Salatköpfen, die so groß waren wie Kohlköpfe und deren einzelne Blätter grün bemalte kleine Schüsseln waren: all dies so kolossal, als sei es auf einem anderen Planeten gewachsen, um den unstillbaren Hunger eines Riesen oder Giovannas Staunen zu befriedigen.

»Und wohin gehen wir jetzt?«

»Zum Radio City. Ich will dir das größte Kino der Welt zeigen.«

Sie kauften Erdnüsse, gingen in das größte Kino der Welt, setzten sich im Dunkeln nebeneinander: um John Wayne auf dem Pferd zu sehen.

»Erdnuß?« fragte Giovanna und reichte ihm die Tüte.

»Erdnuß.«

Richard nahm die Tüte und zugleich Giovannas Hand. Ihre Finger verschränkten sich, zwar ein wenig verklebt vom Salz der Erdnüsse, doch keiner von beiden merkte das.

Sie bemerkten nicht einmal John Wayne, wie er jetzt vom Pferde stieg und schoß und jemanden erschoß.

Sie gingen.

Die Uhr des Radio City zeigte halb eins. Wiederum ließ ein gefährliches Schweigen die Dinge, ihre eigene Unruhe, die ganze Stadt fermentieren. Beide wußten sie, daß sie sich hätten voneinander verabschieden sollen: weil es schon spät war, weil sie müde waren, weil sie nicht mehr zwölf und zwanzig, sondern sechsundzwanzig Jahre und vierunddreißig Jahre alt waren. Statt dessen: »Bist du müde, Giò?« – »Nein, ich bin nicht müde.« – »Möchtest ... möchtest du noch anderswohin?« – »Ja, das möchte ich.« So machten sie ihren letzten Fehler.

Der letzte Fehler nannte sich Palladium und war ein Tanzsaal für Schwarze. Die Schwarzen saßen auf dem Boden und schlugen den Takt mit ihren rosa Handflächen. Vorgegeben wurde der Takt von einer Trommel, und die Trommel war riesengroß und auch der Schwarze, der sie schlug, war riesengroß. Er hatte riesengroße Füße und riesengroße Waden, einen riesengroßen Magen und riesengroße Finger, mit denen er aus der Trommel einen besessenen, grausigen Rhythmus holte, den die Schwarzen Twist nennen. Doch mehr als ihn herauszuholen, erfand er ihn mit der schwermütigen Überheblichkeit eines gesunden Volkes, und bald reichten ihm für seine Erfindung die Finger nicht mehr: also schlug er noch mit den Ellenbogen, und da ihm auch diese bald nicht mehr reichten, schlug er noch mit dem Kopf, stärker und immer stärker, bis viele Schwarze aufstanden und Hüften, Schultern, Arme schwenkend sich auf die Tanzfläche begaben, die unter diesen Hüften, verzerrten Gesichtern und all dem Schweiß zu beben begann, und einer »Come, young lady! Come!« schrie und andere »Go, young lady! Go!« schrien. Hundert, zweihundert, dreihundert, allesamt schwarz und riesengroß, umgaben sie, die so klein und weiß war, und schlugen den Takt und lachten mit riesengroßen Augen und riesengroßen Zähnen und traten beiseite, um sie durchzulassen. Die Erregung wuchs an.

»Komm schon, Richard!«

»Bist du verrückt?«

»Go, young lady! Go!«

»Ich bitte dich, Richard!«

»Beruhige dich, Giò!«

»Come, young lady! Come!«

Der Schwarze, der sie zuerst gerufen hatte, kam unerbittlich auf sie zu. Die Trommel dröhnte immer lauter. Dreihundert Augenpaare starrten sie an, teils belustigt, teils beleidigt. Dreihundert Kehlen feuerten sie an, teils feindlich, teils freundlich. Der Schwarze war jetzt zwei Schritte, war einen Schritt vor ihr, ergriff sie an den Armen, zog sie.

»Willst du nicht mit einem Schwarzen tanzen, young lady?«

Die Trommel schlug schwächer, ringsum wurde es fast still.

»Willst du nicht?«

Sie erhob sich. Blieb einen Augenblick unschlüssig stehen, Angst und Trotz hielten sie zurück. Dann stürzte sie sich plötzlich auf die Tanzfläche mit all den zuckenden Hüften, den verzerrten Gesichtern, dem Schweiß, und während die Trommel wieder lauter schlug, riefen die Schwarzen »Go, young lady, go!« und Richard rief erleichtert mit ihnen »Go, Giò! Go!« und zuckte mit Hüften und Schultern. Und tanzte, tanzte in perfektem Einklang mit der Trommel, den rosa Handflächen, die den Takt schlugen, den Schreien, dem Schütteln der Köpfe: bis alles glorreich abriß, ein letzter Aufschrei Richards, und sie fand sich mit zerzaustem Haar, schweißgebadet und verwirrten Sinnes Leib an Leib mit einem kleinen

Jungen, den sie begehrte, und der sie in einem Taxi zur Washington Square brachte, jetzt mit ihr unter dem Bogen des Washington Square ausstieg, und der war von Bäumen umstanden und schwarz, so sonderbar für New York und unvermutet. Er sah sie an, als ob es nichts mehr zu sagen gäbe.

Da sagte sie: »Martine wohnt hier.«

Und er sagte: »Auch ich wohne hier. Drei Häuserblocks weiter.«

Und sie sagte,: »Trinken wir noch einen Whisky?«

Und er sagte: »Ich ... ich weiß nicht, ob ich Eiswürfel habe.«

Sie sagte: »Natürlich hast du welche.« Und schob ihn fast zu dem zweistöckigen Haus, zu dem Eingang mit dem steinernen Löwen, zu der kleinen grün lackierten Tür, die sie aufstieß. Hinter der Tür ein Gang, dann ein großes Wohnzimmer mit einem braunen Samtsofa, zwei braunen Samtsesseln, einem ganz mit Fotografien und Fotoapparaten bedeckten Schreibtisch. Rechts im Wohnzimmer zwei Türen: die eine in die Küche, die andere ins Bad. Links eine Schiebetür, durch die man ein Schlafzimmer sah: mit einem Doppelbett, einem Bücherschrank, einer Kommode. Am Fußende des Bettes ein Fernsehapparat. Das Bett war ungemacht.

Mit linkischen Bewegungen zog Richard Leintuch und Decke straff, versteckte ein Paar Socken zwischen den Büchern. »Der Whisky steht auf dem Schreibtisch. Ich hole etwas Eis.« Das Eis war in der Küche. Als er vom Wohnzimmer zur Küche ging, zog er sich die Jacke aus und war nun in Hemdsärmeln. Das Hemd hing ihm lose über die knochigen Schultern und die etwas schmächtige Brust. Giovanna fühlte, wie ihr eine Woge von Zärtlichkeit den Leib zusammenpreßte.

Sie tranken ihren Whisky: sie ganz ganz langsam, als brauche sie ihn gar nicht, er in einem einzigen Schluck, als wolle er sich Mut machen. Beide schwiegen. Unterbrochen wurde dies Schweigen nur durch ein Geräusch von Schritten, das von der Decke heruntersickerte: rhythmisch, ruhig und unerbittlich wie von einer Person, die auf und ab ging und auf jemanden wartete, der sich zwar verspätet hatte, aber kommen mußte. Eins, zwei. Eins, zwei. Eins, zwei ... Richard blickte zur Decke und ging rasch zum Plattenspieler, um drei oder vier Platten aufzulegen. Dann zog er sich die Schuhe aus und ließ sich aufs Bett fallen. Durch das Fenster mit den geöffneten Vorhängen drang, in präzisen Abständen an- und ausgehend, der Schein einer blauen Leuchtreklame von Gordon's Gin. Giovanna dachte, daß er mit dem blauen Licht auf seinem Gesicht wie ein Erzengel aussehe. Und von Erzengeln hatte er auch die weibliche Anmut und das etwas lange Haar, das sich über Ohren und Stirn kringelte.

»Oh, diese Passage! Und diese Stimme! Gefällt sie dir, Giò?«

»Wer ist das?«

»Die Fitzgerald. Mir dringt sie mitten ins Herz.

Von ihr habe ich sechs Platten in einem Jahr abgenutzt. Oh! Das ist ›Love for Sale‹. Nachher kommt ›Night and Day‹. Und dann ›Ace in the Hole‹. Oh, das ist göttlich! Bist du traurig, Giò?«

»Nein. Warum?«

»Du sprichst so wenig. Manchmal nur einsilbig. Dafür spreche ich zuviel. Ich kann nicht ruhig sein. Niemals. Und wenn ich glücklich bin, schon gar nicht. Bist du glücklich, Giò?«

»Ja.«

»Ich bin in diesem Augenblick so glücklich, daß man Angst haben könnte. Angst vor was, wirst du mich fragen. Ach, ich weiß nicht. Vor allem und vor nichts. Vielleicht, weil ich mir wie ein Zwanzigjähriger vorkomme. Du lieber Gott! Es wird doch keinen Alarm geben! Es werden doch nicht die Deutschen kommen!«

Freudig kippte er noch einen Whisky. Danach verschränkte er seine Hände unter dem Kopf und blickte zur

Decke: wie an jenem Tag, als sie zu ihm aufs Bett gekommen war und Joseph sich ins Bad eingeschlossen hatte.

»Wahrhaftig zwanzig Jahre. Wenn ich mir vorstelle, daß ich vorgestern beim Cocktail nur zerstreut auf ein Mädchen in goldenem Kleid gesehen habe! Wer hätte auch gedacht, daß dieses Mädchen das Kind gewesen war, das mir sein Bett überlassen hatte? Die Welt ist wirklich klein! Und wie schön du bist! Du müßtest mir Modell stehen. Wirklich. Du hättest dich selber beim Tanzen sehen müssen. Diese Schwarzen haben dich mit ihren Augen verschlungen. Weißt du, ich hatte Angst, als dieser Riesenaffe dich aufforderte. Und danach! Danach packte mich helles Entsetzen. Ich dachte: jetzt wird sie gefressen. O Gott! Jetzt wird sie gefressen.«

Giovanna stellte ihr fast unberührtes Glas Whisky beiseite und setzte sich vorsichtig aufs Bett. Er redete und redete wie an jenem Tag, die Hände unter dem Kopf: und ihr stieg ein Zittern die Beine hoch wie an jenem Tag, an der linken Schläfe pochte ihr ganz stark eine Ader wie an jenem Tag und alles setzte genau da wieder ein, wo es an jenem Tag unterbrochen worden war. Sie rückte auf dem Bett noch etwas näher zu ihm heran. Und sah ihm in die Augen.

»Richard.«

»Ach, ich langweile dich! Verzeih. Ja, ich verstehe, es ist schon ziemlich spät. Ich bring dich gleich in dein Hotel. Aber willst du nicht noch ein bißchen dableiben, nur ein bißchen? Willst du fernsehen? Ich mach den Fernseher an.«

Wieder kippte er einen Whisky hinunter: aber diesmal nervös. Er machte den Fernseher an, auf dem Bildschirm erschien ein Mädchen im Hemd, das auf einer Matratze hüpfte: Nachtwerbung.

»Komisch, jetzt müßte es doch ein gutes Programm geben. Aber ja, vielleicht hast du recht, es ist ja auch schon halb drei. Und du willst ins Hotel. Aber nein, warte noch damit, bitte.«

»Richard«, sagte Giovanna entschieden, »ich will nicht fernsehen. Und ich will nicht ins Hotel.«

Dann drängte sie sich noch näher an ihn heran, und alles kam, wie es kommen mußte: während ein Mädchen im Hemd für eine Matratze Werbung machte, während die Fitzgerald ›Ace in the Hole‹ sang, während die Leuchtreklame von Gordon's Gin auf ihnen an- und ausging: wie in einer abgeschmackten Filmszene. Richard hatte das Licht ausgemacht und atmete tief wie einer, der einen Lauf hinter sich gebracht hatte. Sie aber hielt ihren Atem an wie damals, als die Fliegerbomben fielen. Sie empfand weder Freude noch Zufriedenheit noch Entsetzen: nur ein großes Schlafbedürfnis, dann eine große Unlust, dann wieder ein großes Schlafbedürfnis und schließlich einen großen Schmerz wie an jenem Tag, als der Arzt sie an einer Ohrenentzündung mit einem heißen Eisen operiert hatte. Und da öffnete sie die Augen, und über ihren Augen waren Richards Augen: weit aufgerissen, verzweifelt, bestürzt. Und Richard war es, der klagte.

»Oh! I am sorry, sorry, sorry!«

»Aber nicht doch, Richard. Warum?«

»Oh, I am sorry, sorry, sorry!« wiederholte Richard. Und löste sich von ihr, krümmte sich auf der anderen Seite des Bettes, schlug die Hände vors Gesicht, zuckte stöhnend. Ein Stöhnen, das bald zu einem Schluchzen, dann zu einem Weinen wurde: verzweifeltes, ohnmächtiges Weinen wie von einem Kind, das sich etwas hat zuschulden kommen lassen und nicht recht weiß weshalb und sich vor der Strafe fürchtet.

»Ich bitte dich, Richard, weine nicht. Es gibt nichts zum Weinen. Bitte, Richard! Eigentlich müßte ich weinen, findest du nicht? Sieh mich an, Richard: weine ich vielleicht?«

In der Tat hatte sie trockene Augen und spürte auch kein Würgen im Hals. Und hatte kein Gefühl von Reue oder Bedauern oder Erleichterung oder Schuld. Sie spürte nur diesen Schmerz da unten: beharrlich jetzt wie ein Zahnweh.

»Verzeih mir, Giò, verzeih mir.«

»Richard, sei brav. Ich mag keine Leute, die weinen. Hör auf.«

Aber er hörte nicht auf. Da suchte sie sich seinen Schlafrock, zog ihn an, machte Licht, stellte den Plattenspieler und dann das Fernsehgerät ab, holte ein Taschentuch und kehrte zu ihm zurück wie eine Mama, die ihren Sohn tröstet, trocknete ihm das Gesicht so gut sie konnte, zog das Leintuch und dann die Decke über ihn, richtete ihm das Kissen unter dem Kopf, legte sich wieder ins Bett und machte das Licht aus. Schweigend ließ er alles geschehn. Dann nahm er das Taschentuch, wischte sich noch einmal die Augen, putzte sich die Nase. Danach legte er seinen Kopf an ihre Schulter. So verharrten sie lange und baten sich schweigend für alles um Entschuldigung, während die Nacht zur Dämmerung wurde, die den Morgen ankündigt.

Als im Morgengrauen die Reklame von Gordon's Gin zu blinken aufhörte, tat Richard einen langen Seufzer und ließ sich auf sein Kopfkissen fallen: das feuchte Taschentuch zwischen den Zähnen. Giovanna wartete, bis er eingeschlafen war, kroch vorsichtig aus dem Bett und griff sich ihre Kleidungsstücke, die auf dem Fußboden lagen. Als sie die Wohnung verließ, hatte sie ihre Schuhe in der Hand, um Richard nicht aufzuwecken. Draußen war es kalt und etwas windig: ein Blatt Papier, das durch die Luft flatterte, versetzte dem Milchmann eine Ohrfeige, und der fluchte. Ein Taxifahrer hielt an und sagte: »Feine Nacht, was, Baby?« Sie meinte trocken: »Park Sheraton Hotel.« Aber nach ein paar Metern hieß sie ihn umkehren. Er fuhr zurück, und sie blickte lange auf das Haus und auf den Eingang mit dem steinernen Löwen und bemerkte gar nicht das Frauengesicht im zweiten Stockwerk, das sie verstohlen beobachtete.

»Wieder anders überlegt?« fragte der Taxifahrer.

»Nein, danke. Fahren Sie nur.«

Als sie im Hotel war, schlief sie gleich ein.

* * *

Sie erwachte am Nachmittag: mit einem unbestimmten Gefühl, daß etwas geschehen sei. Doch wußte sie nicht mehr, was.

Sie erinnerte sich an die Geschichte mit der Klimaanlage. Aber das war es nicht.

Sie erinnerte sich an ihren Streit mit dem Barmann. Aber das war es nicht.

Sie erinnerte sich an ihre Taxifahrt zu Peter und Martine, die gekreischt hatte »ihr kennt euch!«. Aber das war es nicht.

Sie erinnerte sich an die Kerzen im Schießstand und an Richards Ausruf »du hast mich geschlagen, das mag ich!«. Aber das war es nicht.

Sie erinnerte sich an die Szene im Palladium mit dem Schwarzen, der sie angefahren hatte »willst du nicht mit mir tanzen?«. Aber das war es nicht.

Sie erinnerte sich an Richard im Bett, der geschluchzt hatte »I am sorry, sorry, sorry!«. Und plötzlich wurde ihr bewußt, was geschehen war.

Zuerst überkam sie eine große Verwunderung, dann eine riesengroße Angst: als öffne sich dieses Zimmer über einer schwarzen Schlucht, die sie geradewegs in die Hölle fahren ließ. Sie betastete ihren Leib, um zu prüfen, ob er sich verändert habe: er war noch der gleiche. Sie betastete ihre Arme und ihre Beine und den Rest ihres Körpers, als sei er überall scheußlich geworden: es waren noch die gleichen Arme und die gleichen Beine und der gleiche Körper. Sie suchte jenen körperlichen Schmerz, der ihr so widerlich gewesen war, und fand ihn nicht. Sie fand nur eine angstvolle Frage: »Und was jetzt?«

»Nichts jetzt«, sagte sie mit lauter Stimme. »Ich nehme ein Bad.«

Sie stand auf, um das Badewasser einzulassen. Und als sie durchs Zimmer ging, sah sie den Brief.

V

Richards Koffer waren gepackt, der Papierkorb neben dem Schreibtisch war voller Blätter. Beim fünfzehnten Blatt stieß Richard einen Fluch aus, sprang auf und lief im Zimmer hin und her. Das Mädchen hatte die Fenster zum Lüften weit geöffnet, doch meinte er im Zimmer ein Parfüm zu riechen: nicht den gewohnten Lavendel für Männer, sondern ein Frauenparfüm. Was ihn störte. Er ging ins Schlafzimmer; das Bett war gemacht, doch auf dem Plattenspieler lag noch die Platte mit der Fitzgerald, und das versetzte ihm einen Stich. Er ging in die Küche hinüber, wo die gesäuberten Gläser aufgereiht waren, doch ihr Anblick brachte ihn aus dem Gleichgewicht. Er ging ins Bad, rasierte sich, doch auf seiner Haut erschien ein Blutstropfen, und er errötete plötzlich: legte sich die Hand auf die Augen. Arme Giò. Es war schrecklich, jenes zu tun: wie einem Kind einen Dolchstoß versetzen. Welcher Narr konnte da noch von einem Ritus, von einem heiligen Augenblick sprechen! Es ist eine schmutzige, schmerzliche Sache: Mammy hatte schon recht. Er beendete rasch seine Rasur, warf das Handtuch ärgerlich beiseite, kehrte ins Wohnzimmer zurück, ließ sich in den Sessel fallen: starrte zur Decke. Und von der Decke tropfte, wie von einem undichten Wasserhahn, das Geräusch der Schritte.

Sie bewegten sich von der einen Wand zur anderen und von der anderen zur einen: rhythmisch, ruhig, unerbittlich, als würde derjenige, der da ging, auf jemanden warten, der sich zwar verspätet hatte, aber doch kommen mußte. Eins, zwei. Eins, zwei. Eins, zwei. Jetzt setzten sie aus, würden aber bald von neuem beginnen, und in dieser Pause glaubte er Mammys schweres Atmen zu hören, die stur auf den Anruf wartete: »Hallo, Mammy!« So spielte sich das immer ab, wenn er zu Hause war. Wollte

Florence mit ihm sprechen, wanderte sie so lange hin und her, bis er eine Antwort gab. Eins, zwei. Eins, zwei. Eins, zwei. »Hallo, Mammy!« – »Da bist du ja, mein Sohn!« Wirklich wie ein Wächter, der seinen Gefangenen nicht aus den Augen läßt. Richard biß wütend die Zähne zusammen. Für gewöhnlich blieb er ja dann im Sessel sitzen: mit ausgestreckten, gespreizten Beinen, den Ellenbogen auf den Armlehnen, den Händen über dem Magen, und dachte, jetzt werde er sie ein bißchen warten lassen, und noch ein weiteres bißchen, noch zwanzig, dreißig, vierzig Minuten, damit sie begriff, daß er herangewachsen war und allein sein wolle; oder er ging rasch zum Plattenspieler und legte seine geräuschvollste Platte auf, die er dann so laut spielen ließ, daß man die Schritte nicht mehr hörte. Aber dann klingelte das Telefon und alles hatte ein Ende. Es war ihm kaum möglich, nicht ans Telefon zu gehen. Das Klingeln brachte ihn zur Verzweiflung, und ihre samtweiche Stimme beruhigte ihn: ebenso wie die Tatsache, daß Florence sich an die Übereinkunft hielt und nie zu ihm herunterkam, um zu sehen, was er tat.

Die Übereinkunft besagte, daß keiner der beiden des anderen Hoheitsgebiet verletzen dürfe, und Florence respektierte sie selbst dann, wenn sie das allergrößte Verlangen hatte, hinunterzugehen, und ihre Fingerknöchel aufeinanderpreßte, daß sie knackten. Was jedoch dies liebevolle Gefecht nur noch dramatischer, gleichsam zu einer schauerlichen Umarmung werden ließ, die sie zwar völlig erschöpft, doch mit der erneuten Gewißheit überstanden, daß sie einander brauchten. Wie hätte denn auch der eine auf den anderen verzichten können! Für Florence war Richard ein Schatz, der sogar mit jeder Schändlichkeit verteidigt werden mußte. Für Richard war Florence das finsterste Symbol dessen, was er am meisten fürchtete, die Frauen: immerhin war sie eine Frau, auf die er sich verlassen konnte, eine starke Frau, die ihn zu verteidigen wußte. Sie gab sich keinen Schwächen hin, wie er und sein Vater: dieser traurige, gedemütigte Mann, der nicht imstande war, sich allein eine Krawatte zu kaufen, und der keine Aggression kannte. An jenem Tag, als die Jungen des Village sich über ihn lustig machten, weil er mit den Blumen sprach, hatte sein Vater nicht das mindeste getan, um ihm beizustehen. Florence ja! Und an jenem Tag, als die Lehrerin erklärt hatte, daß die Kinder aus dem Bauch kommen, hatte sein Vater auch nichts unternommen, ihn zu beruhigen. Florence ja!

Florence hatte stets gesagt, daß die Kinder vom Wind gebracht werden: sie liegen wie Blätter vorm Fenster, hundert auf einmal, und die Mama sucht sich das Kind aus, das ihr am besten gefällt. Darum hatte ihn die Enthüllung der Lehrerin verstört, und er war weinend nach Hause gekommen: doch Florence erwiderte, die Lehrerin habe gelogen. Er solle vor den anderen Schülern laut rufen: »Die Lehrerin hat gelogen!« Natürlich rief er es nicht. Doch vertraute er es allen als Geheimnis an, bis die Lehrerin verlangte, mit Mammy zu sprechen. »Ihrem Sohn fehlt jedweder Realismus. Ihr Sohn hat eine Liebe für Engel, Madam!« – »Und Ihnen fehlt jedwede Anmut: Sie brauchen eine Diät.« Die Lehrerin war in Tränen ausgebrochen. Wie viele Wiedergutmachungen, wie viele Hinweise, wie viele glückliche Tage verdankte er Mammy! Im Sommer fuhr er mit Mammy nach Coney Island. Sie nahmen ihren Proviant mit, und Mammy saß am Steuer. Sie fuhren durch die lange Palmenallee, stiegen dann vor ihrem kleinen Privatstrand aus und blieben bis Sonnenuntergang: und himmelten sich an. Der Rest des Strandes war übervoll von Menschen, leeren Flaschen und Brötchen. Mädchen im Badekostüm umarmten halbnackte Männer, küßten sie auf den Mund, Mammy sagte: »Sieh nicht hin, das ist eklig.« Auf jenem bißchen Strand aber war alles sauber, keusch und vollkommen. Wenn es bei Sonnenuntergang Zeit wurde, nach Hause zu fahren, weinte er. Denn bei Sonnenuntergang gingen in allen Buden die Lichter an, die Karussells drehten sich, die Achterbahn sauste mit eisernem Dröhnen, die Hot dogs brieten in einem angenehm aufdringlichen Fettgeruch: wie gern hätte er sich unter die Menge gemischt und sich die Meerjungfrau oder den Eselsmann angeschaut, statt nach New York zurückzufahren. Mammy aber sagte nein und nochmals nein und führte ihn allenfalls ins Kiddieland, wo es für jedes Kind einen Polizisten gab, bis sie ihn eines Tages doch vor die Meerjungfrau stellte, die scheußlich und ganz nackt war und statt der Beine einen Schwanz hatte. Er schrie auf, und Florence: »Siehst du? Ich wollte dir nur zeigen, daß Mammy immer recht hat.« Aber ja, das wußte er, es stimmte, daß Mammy immer recht hatte: aber diesmal würde er nichts auf ihren Rat, auf ihre krankhafte Liebe geben. Als es zu klingeln begann, zog er den Telefonstecker heraus und griff nach dem sechzehnten Blatt Papier, um Giò einen Brief zu schreiben. Er warf auch dies sechzehnte Blatt weg. Und wenn er endlich einmal darauf verzichtete, wegzulaufen? Was hatte ihm denn sein Weglaufen in den Krieg eingebracht? Doch nichts weiter als eine Verschlimmerung der Dinge ... Nein, er durfte nicht weglaufen ... nein, ja ...

Damals war er achtzehn, und Papa war nach einem Streit mit Mammy gestorben: »Ich sag dir, du wirst ihn ruinieren. Du wirst ihn ebenso ruinieren, wie du mich ruiniert hast, du Hexe!« – »Ach, ja? Ich habe dich ruiniert? Wo ich dich nur beschütze, dich verteidige, dir helfe!« – »Florence, mir geht es nicht gut.« – »Aber ja, dir geht es nicht gut. Was kannst du auch schon außer dieser dreckigen Sache, die du einen Ritus, einen heiligen Augenblick nennst!« – »Florence, ich sterbe.« – »Er ist gestorben, Mammy!« – »Und was machen wir nun, mein Sohn, da uns dein Vater verlassen hat?« – »Ich habe beschlossen, mich freiwillig zu melden, Mammy.« – »Aber es herrscht Krieg, mein Sohn.« – »Eben deshalb, Mammy.« – »Du bist nicht für den Krieg gemacht, mein Sohn.« – »Trotzdem muß ich hin, Mammy.«

Er hoffte, der Krieg werde ihn von der Gleichgültigkeit

gegenüber seines Vaters Tod und von seinen im mütterlichen Gefängnis anerzogenen Schwächen erlösen: und werde ihn töten. Doch Florence behielt wiederum recht: er war nicht für den Krieg gemacht, für keinerlei Krieg. Die Soldaten lachten über seine Schüchternheit, über seinen zierlichen Körper, trieben ihren Spott mit ihm: eines Tages schleppten sie ihn in ein Bordell, wo ... Die Kampfeserwartung strapazierte seine Nerven: er hatte Lärm, Gefahr, den Anblick von Blut nie ertragen können. Hatte nie an einem Kampf teilgenommen, bevor sie ihn in Sizilien landen ließen, und konnte sich auch nicht vorstellen, was ihn erwartete, als am Vorabend der General, Zigarre im Mund, die Truppe angebrüllt hatte: »Kein verdammter Bastard hat jemals einen Krieg gewonnen, wenn er für sein verdammtes Land in den Tod gezogen ist. Kriege wurden immer dadurch gewonnen, daß man andere verdammte Bastarde für ihr verdammtes Land in den Tod geschickt hat.« Der General hatte ihn aufgeputscht. Mutig und entschlossen hatte er sich gefühlt, als das Schiff durch die Dunkelheit fuhr: entschlossen zu leben, entschlossen zu töten. Und dann welches Grauen in der Morgendämmerung! Die Landungsboote jagten mitleidslos auf den feuerspeienden Strand zu. Vom Strand her versprühten Sprengbomben Lichtfontänen, explodierten dann in Gischt: hart wie Mammys Lachen. Aber dort gab es Mammys Lachen nicht. Es gab Schreie und Wehklagen und Explosionen und Jungen wie er, die entschlossen ins Wasser sprangen und gleich hinabfielen: mitsamt ihrem nutzlos gewordenen Gewehr. Ein kleiner und blonder Soldat war genau vor ihm gefallen, das Gesicht im Wasser wie in einem Kopfkissen vergraben, die Arme aufs Wasser gebreitet, als bitte er um Gnade. Gnade? Hier gab es kein Entrinnen und keine Gnade; nicht im Himmel, nicht auf See und nicht an Land. An Land fielen die Jungen in immer absurderen Stellungen, kugelten, stolperten, bogen sich alle mit einem »Aah!«-Schrei, und dann war betroffenes Schweigen. Vom Himmel schwebten Fallschirmtruppen, langsam wie die Papierblättchen bei den Broadwayparaden, aber das waren keine Papierblättchen, das waren Menschenleben, die an einem Fetzen hingen. Manchmal kamen sie schon tot zur Erde, und dann sah er sie mit dumpfem Aufschlag zusammenfallen. Ein Toter, zwei Tote, hundert Tote, tausend Tote: mit jedem Toten fühlte er sich lebendiger, immer lebendiger, hatte es doch den Toten getroffen und nicht ihn. Wie viele Stunden hatte die Hölle von Gela gedauert? Er würde es niemals wissen. Und ebensowenig, ob er jemanden getötet hatte: er schoß mit geschlossenen Augen, manchmal schrie er dabei, um sich Mut zu machen, dann sagte jemand in seiner Nähe: »Der ist besoffen.« Er war wirklich besoffen: von der Angst, von den Explosionen, von der Verzweiflung. Im Dunkel war es dann viel besser gewesen. Die Explosionen hatten nachgelassen und er hatte sogar geschlafen: eine halbe Stunde in einem Loch, die Ohren taub für den Lärm. Aber dann kam wie ein Fluch schon wieder die Morgendämmerung: und sie schickten ihn mit Joseph auf Patrouille. Das geschah im Juli. Sizilien war ein abgeholzter Olivenhain. Nach dem Olivenhain kam ein Orangenhain, die Orangen standen wie goldene Tupfer auf dem Grün, er betrachtete sie schlaftrunken und verzaubert. Sie gingen nebeneinander: er, Joseph und der andere. Es schien, als seien alle Italiener und Deutsche abgezogen, und unter den Goldtalern lag nur dieser eine Tote: ein Italiener, gefallen neben seinem Maschinengewehr. Er hatte einen Krümel Blut mitten auf der Stirn, fast wie eine Kirsche, und saß da, den rechten Daumen beinahe am Abzug. Es ist schon schrecklich genug, einen Toten zu sehen, der wie ein Lebender dasitzt: aber was dann geschah! Plötzlich durchfuhr den Toten ein Schauer und er fiel vornüber, der Daumen war am Abzug, das Maschinengewehr schoß, die Garbe teilte den dritten Soldaten in zwei Hälften. O Gott! Bei dieser höllischen Landung hatte er so vieles gesehen: aber noch keinen Toten, der auf einen Lebenden schießt und ihn zweiteilt. Er schrie und schrie und rannte und rannte, und Joseph rief hinter ihm: »Schweig, du Idiot! Was tust du denn, wohin rennst du denn?« Und da hatten sie diese zehn Deutschen vor sich.

Der Rest war Demütigung, war stiller Schrecken. Eine Gefangenenbaracke, ein Eisenbahnzug, der nach Deutschland fuhr, Joseph, der ihn überredete, aus dem Zug zu springen, was er zunächst nicht wollte, dann aber doch tat, ein Kugeln über die Böschung, Arme um den Kopf geschlungen, damit der Kopf heil blieb, und der Mann, der sie in das Haus mit dem hübschen Mädchen brachte, das ein so komisches Englisch sprach: Giovanna. Nein, diese dauernde Angst in dem Haus, dieses dauernde Spähen durch die heruntergelassenen Jalousien, dieses Gefaßtsein auf die Deutschen hätte er nicht ausgehalten: wäre da nicht Giovanna gewesen. Joseph hatte seine Zärtlichkeit Giovanna gegenüber nicht begriffen: eine noch nie für eine Frau empfundene männliche Zärtlichkeit, eine fast liebende Dankbarkeit. Joseph schalt ihn: »Idiot! Verstehst du denn nicht, daß sie in dich verliebt ist?« – »Aber Joseph, eine Zwölfjährige!« – »Als Zwölfjährige beginnen sie zu fühlen, was eine Frau fühlt. Du Idiot!« Was wußte der schon! Hatte er jemals eine Frau gehabt außer diesem Ungeheuer im Bordell? Und war sie nicht eine kleine Frau, die er auf dem Bett umarmte, als Joseph so wütend wurde? Und dann wurde Alarm gegeben, Joseph hatte ihn zur Flucht gezwungen, Joseph war gestorben. Wer weiß schon: wäre Joseph nicht gestorben, hätte er vielleicht Heilung gefunden. Er hatte ihn beschimpft wie ein Bruder, hatte ihm zugehört wie ein Beichtvater. Doch an seiner Stelle gab es jetzt Bill. Und über Bill hatte sich jetzt Giovanna gestellt. Giò! Wie rührend, als sie ihm die Erdnüsse im Kino angeboten hatte. Sie hatte ihn so in Stimmung versetzt beim Tanz mit den Schwarzen. Nachher hätte er selber nicht sagen können, wie es passiert ist und warum es passiert ist. Er wußte nur, daß er einige Minuten lang im Bett die Bewegungen eines Mannes wiedergefunden hatte: leicht, solang sie unbewußt waren. Und dann: Gott, welch Unglück! Unglück? Vorsehung! Mann oder nicht, keine Giovanna würde jemals seine Schwäche ausnutzen, um einen anderen Richard in die Welt zu setzen. Mit fester Hand ergriff er das siebzehnte Blatt und schrieb endlich den Brief.

Um vier Uhr nachmittags hatte er ihn beendet. Er steckte ihn in einen Umschlag, nahm seinen Koffer und die Tasche mit den Fotoapparaten, zauderte, ob er Mammy und Bill anrufen sollte, unterließ es jedoch. Mammy hätte ihn zurückgehalten und Bill hätte gespöttelt: »Dick, du willst doch nicht beweisen, daß du ohne mich zurechtkommst?« Er bestellte ein Taxi, betrat fünf Minuten später das Sheraton Hotel, gab den Brief ab und rannte wieder hinaus wie ein gehetzter Hund. Um fünf Uhr stieg er ins Flugzeug und fühlte sich erst dann ganz in Sicherheit, als das Flugzeug über den Wolken war. Wie dumm, sich so viele Gedanken zu machen. Lächelnd betrachtete er seine abgekauten Fingernägel und den Ring am rechten kleinen Finger, ein Geschenk von Florence, und strahlte siegessicher. Im dreißigsten Stock des Park Sheraton Hotels las Giovanna in diesem Augenblick den Brief.

»Liebe Giò, mein Lebtag habe ich noch keinen so schwierigen Brief geschrieben und mich in keiner so grausamen Situation befunden: demnach ist es durchaus möglich, daß auch dieses Blatt wie die anderen im Papierkorb landet und ich verreise, ohne Dir mein Bedauern und meine Verwirrung erklärt zu haben. Liebe Giò, was gestern nacht passiert ist, war zumindest nicht vorauszusehen: und ich frage mich, warum es mich, ausgerechnet mich getroffen hat. Schließlich kannten wir uns nicht genug, kennen wir uns überhaupt nicht: ein Monat bei Dir zu Hause, als Du noch ein kleines Mädchen warst, reicht nicht aus, damit ich verstehen kann, wer Du bist, und damit Du verstehen kannst, wer ich bin. Einige mit Preisschießen, Kinobesuch und Whisky gemeinsam verbrachte Stunden helfen da auch nicht viel. Und jetzt verreise ich. Auch wenn ich hierbliebe, hätte diese Begegnung überhaupt keine Aussicht, sich zu einer seriösen und dauerhaften Beziehung zu entwickeln. Aus Gründen, die ich Dir nicht erklären kann und die mir nicht zur Ehre gereichen, liebe Giò, bin ich nicht in der Lage, Dir gegenüber die erforderlichen Verantwortlichkeiten zu tragen. Zu meinem und Deinem Unglück habe ich mir bereits eine sehr große aufgebürdet: nicht die größte, wie ich hoffe, und wenigstens deshalb kann ich Dich um Verzeihung bitten. Wegen der anderen kann ich Dich nicht einmal um Verzeihung bitten, es wäre eine absolute Tragödie. Um wie vieles besser wäre es doch gewesen, liebe Giò, wir hätten weiter die Fitzgerald-Platten angehört, wir wären uns überhaupt nicht wiederbegegnet: denn ich bin wie Peer Gynt in die Hexenhöhle hinabgestiegen und suche nach einer Erlösung, die mir keiner verschaffen kann. Liebe Giò, ich hätte Dir schon heute früh diese Dinge sagen sollen, als Du aus meinem Zimmer gingst und dachtest, ich schliefe. Aber ich habe nicht geschlafen: ich hielt meine Augen geschlossen, damit Du nicht reden solltest. Denn reden wäre gleichbedeutend mit diskutieren gewesen, und diskutieren will ich nicht. Ich möchte Dich nur bitten, mir zu glauben, wenn ich Dir schwöre, daß ich tief bewegt bin über Dich und über die Schuld, die wir gemeinsam begingen. Dein Richard.

P.S. Ich würde Dir raten, einen Arzt oder eine Ärztin aufzusuchen. Ich wohne im Plaza Hotel in San Francisco. Wie lange, weiß ich nicht.«

* * *

In diesem Brief gab es keine einzige Streichung: keine Verbesserung, keinen Fehler. Kein zwischen Zynismus und Naivität schwankendes Mädchen hätte ein leichteres Opfer und einen gefährlicheren Henker finden können, und kein anderes hätte auch nur einen Augenblick gezögert, dies zu begreifen und sich mit Anstand zurückzuziehen. Doch mit dem Optimismus jener, die sich selbst vor einer offenkundigen Niederlage nicht geschlagen geben und nach jeder Niederlage ihren Kopf blindlings wieder aufrichten und meinen, daß es ja noch schlimmer hätte kommen können und daß noch nicht alles verloren sei, wollte Giovanna nicht begreifen: und sich schon gar nicht mit Anstand zurückziehen.

Eine erste flüchtige Lektüre ließ sie ahnen, daß man sie vor die Tür gesetzt hatte. Eine zweite, aufmerksamere Lektüre ließ sie verstehen, welchen Kampf es Richard gekostet haben mußte, sich einen solchen Brief abzuzwingen. Erst eine dritte, sehr genaue Lektüre offenbarte ihr, was in dem Brief nicht stand, sie sich aber darin gewünscht hätte. Folglich verurteilte sie nicht den aberwitzigen Ratschlag, einen Arzt aufzusuchen und deutete auch nicht die Anspielungen auf die Hexen. Und dachte nur, wenn Richard seine Adresse in San Francisco mitteilte, komme dies einer Aufforderung gleich, ihm nachzufahren oder ihm zu schreiben. Doch welches der beiden Dinge sollte sie tun? Natürlich konnte sie nicht zu ihm nach San Francisco: unmöglich mit Gomez auf den Fersen. Also werde sie ihm antworten. Und sie stellte ihm ganz und gar arglistig die folgende Falle.

»Mein lieber Peer Gynt, Dein Brief könnte die Überschrift tragen: ›Wie man sich ein lästiges Mädchen vom Halse schafft‹: danke, daß Du so freundlich und ehrlich warst. Doch bist Du im Irrtum, wenn Du mich um Verzeihung bittest und Dich vor Verantwortlichkeit fürchtest. Gibt es eine solche, dann ist sie bei mir: und schließt Dich nicht unbedingt mit ein. Du bist im Irrtum, wenn Du von Schuld sprichst: Schuld wofür? Du bist im Irrtum, wenn Du Dich über das wunderst, was passiert ist. Es ist richtig, daß ich wenig über Dich weiß. Es ist richtig, daß Du wenig über mich weißt. Doch ungeachtet der

Erinnerung, die uns verbindet, und des Umstandes, daß wir füreinander nie zwei Fremde gewesen sind, halte ich es für nötig, den Adressaten und die beiderseitigen Sünden zu bekennen, um nachzuempfinden, was wir gestern abend bei unserer Wiederbegegnung empfunden haben. Im Leben gibt es oft so etwas wie eine Fatalität. Diese Fatalität hat das bestimmt, was geschehen mußte, und nicht wir. Geschah es zu rasch? Möglich. Aber die wichtigen Dinge, wie Geburt, Liebe und Tod, schauen nicht auf die Uhr, mein lieber Peer Gynt. Und im Vertrauen darauf erwarte ich Deine Rückkehr: wenn es sie gibt, bin ich Dir dankbar, wenn es sie nicht gibt, kann ich Dich verstehen. Sollte es sie nicht geben, erlaube mir, Dir das Wichtigste zu sagen: mach Dir wegen der Hexen keine Gedanken, welcher Art auch immer sie sein mögen. Das menschlichste Drama in Peer Gynts Geschichte begibt sich, wenn er in die Hexenhöhle hinuntersteigt und sich dann von ihnen befreien kann. Ich muß aus dem gleichen Stoff wie Solvejg sein: Hexen können mich nicht erschrecken, auch sie haben ein Recht auf Leben. In Freundschaft, Deine Giò.

P.S. Ich brauche keinen Arzt. Ich habe mich noch nie so wohlgefühlt wie jetzt.«

Sie verschloß den Brief, ging in den Gang hinaus, steckte ihn in das Preßluftrohr, wiederholte also das, was sie bei ihrem Brief an Francesco getan hatte, und wartete nun, äußerlich unbewegt, auf die weitere Entwicklung der Dinge. Es war ja auch möglich, daß Richard wie eine Maus auf die Falle zuging und in den Käse biß. Tat er es nicht, auch gut: dann würde eben Richard in ihr Leben als das romantische Werkzeug eingehen, das sie wie von einem bösen Zahn von ihrer Jungfräulichkeit befreit hatte. Früher oder später hätte dies ja doch geschehen müssen: so betrachtet, mußte sie ihm sogar dankbar sein. War sie denn jetzt nicht eine wirkliche Frau? Und mit ganz anderen Bewegungen ließ sie das Wasser in die Wanne laufen, tauchte hinein und genoß es, sich unter der Seife sauber zu fühlen. Nichts ist besser als ein gutes Einseifen, um ein Übermaß an Emotionen loszuwerden: das sagte auch Francesco. Da erinnerte sie sich, daß es Francesco gab, und ihre Sicherheit verflog. Sie machte den Mund weit auf, starrte wie eine Ertrinkende auf das Wasser und schlug beinahe auf den kalten, weiß emaillierten Rand.

»Morgen«, sagte sie, und hatte sich gleich wieder in der Gewalt, »morgen ziehe ich zu Martine.«

VI

Martine bewohnte eine kleine dreistöckige Villa in der Washington Square: mit Schieferdach, mit efeubewachsener Hausfront und zum übersteigerten Preis einer Antiquität. Man betrat es durch eine kleine weißlackierte Glastür mit Tüllvorhängchen und sodann durch einen Flur, erfüllt von »Jolie Madame«, das Martine täglich in der Art von DDT versprühte. Neben der Türschwelle war eine Alarmanlage, die jedesmal ertönte, wenn die Tür aufging: und das Dienstmädchen mußte dann immer gleich den Hörer abnehmen und der aufbruchbereiten Polizei mitteilen, sie brauche sich nicht zu bemühen, es sei nur die Hausherrin oder ein Freund. Martine, die von stetiger Panik ergriffen war, ausgeraubt oder ermordet zu werden, hatte diese Anlage mit Hilfe eines gewissen Jemand des FBI einbauen lassen, und dies war der einzige Schönheitsfehler an dieser auf die Spitze getriebenen Sophistication einer Wohnstatt, in der es nichts gab, was fehl am Platze gewesen wäre: nicht ein Aschenbecher, nicht ein Teppichbelag, nicht einmal die Samtbespannung im Farbton welker Blätter um das Treppengeländer innen.

Die Treppe führte in den ersten Stock mit dem Eßzimmer und dem Wohnzimmer voller Bilder, Nippsachen und Spiegel, die Martine mitsamt ihrer verträumten Verrücktheit aus Europa mitgebracht hatte, sodann in den zweiten Stock mit ihrem Zimmer und dem des Verflossenen: das Giovanna bewohnte. Die Zimmer waren durch ein Boudoir getrennt und blickten auf die Washington Square: mit den Platanen, den Bänken, der Garibaldi-Büste, der katholischen Kirche, den Jungs in Blue jeans und der alten, von Homosexuellen, intellektualistisch angekränkelten Modellen und Beatniks besuchten Bar, die den französischen Namen Monocle trug. »Auch die Kultur hat ihre Rechte, n'est-ce pas? Und außerdem, chérie, kann ich die East Side, diese Aufzüge nicht ausstehen. Das einzige, was mich mit Bill entzweien kann, ist der Umstand, daß er im achtzehnten Stock in der East Side wohnt.«

Giovanna fand die Gäste des Monocle, die falsche Ungeniertheit des Village abscheulich: sie beharrte darauf, daß ihr an New York die stabilen gläsernen Wolkenkratzer und die raschen Aufzüge besser gefielen. Allerdings hatte Martines Haus den Vorzug, daß es nur drei Häuserblocks von Richards Wohnung entfernt war. Zudem war Martine eine hervorragende Gastgeberin. Sie sparte nicht mit Aufmerksamkeiten, hörte sich jede Klage an, stellte schon allein durch ihren Ausruf »Christian Dior!« die gute Laune wieder her: so übersetzte sie nämlich die italienische Verwünschung »Cristo di Dio«. Selbst als sie die Sache mit Richard erfahren hatte, rief sie nur »Christian Dior!«; und schlug dann eine kleine Reise vor. »Man hat mich zu einer Garden Party nach New England eingeladen: komm mit, mon petit chou. Da kannst du Dutzende von Richards kennenlernen, die alle nicht zu verschmähen sind.«

»Danke, Martine. Aber ich bleibe doch lieber in New York: falls er zurückkommt und mich anruft.«

»Aber er kann dich ja nicht erreichen. Das Herrchen denkt, du bist noch im Park Sheraton.«

»Ich habe den Portiers Trinkgeld gegeben, damit sie ihm meine neue Telefonnummer durchsagen.«

»Um so schlimmer für dich: jeder hat ein Recht auf seine Dummheit. Aber entferne dich um Gottes willen von diesem Telefon! Sonst bekomme ich noch Lust, zur Klingel zu werden und zu läuten.«

»Ich hab nur den Staub abgewischt, Martine.«

»Christian Dior! Das ist Sache des Dienstmädchens. Aber Giò, wo sind eigentlich deine schönen Vorsätze geblieben, dir den lästigen Zahn zu ziehen?«

»Ich hab es mir anders überlegt.«

»Verzeih ihr, heiliger Lukas, verzeih ihr!«

»Schweig, Martine!«

Seit sie ihren Brief abgeschickt hatte, dachte Giovanna, waren jetzt schon vier Tage vergangen, und die Situation mußte innerhalb der nächsten achtundvierzig Stunden auf die eine oder andere Art geklärt werden. Lieber keine kleinen Reisen riskieren und allein in New York bleiben. Gleich nach Martines begeisterten Abreise zu ihrer Garden Party setzte sie sich, Zeitschriften durchblätternd, wieder neben das Telefon; und als es klingelte, griff sie blitzschnell nach dem Hörer.

»Tag, Giò. Erinnerst du dich an mich? Ich bin Bill.«

»Ach! Gewiß ... wir haben uns vorgestern abend bei Peter kennengelernt. Martine ist nicht da. Sie ist nach New England unterwegs.«

»Ich wollte nicht Martine, ich wollte dich sprechen. Können wir uns sehen?«

»Wenn du magst.«

»Ich bin im Monocle und trinke einen Whisky. Willst du nicht herunterkommen?«

»Eigentlich ... Ja, natürlich.«

Sie schärfte dem Dienstmädchen ein, ihr gleich Bescheid zu geben, falls Herr Baline anrufen würde; und fragte sich, während sie die Treppe hinunterging, warum Bill sie ausgerechnet in Martines Abwesenheit sprechen wolle. Vergebens versuchte sie sich an Bills Aussehen zu erinnern. Und dachte, daß sie ihn gewiß nicht wiedererkennen werde: die Vorstellung war zu hastig erfolgt, und nachher hatte sie nur noch Augen für Richard gehabt. Doch sie erkannte ihn noch bevor er sich umdrehete.

Bill saß auf einem Barhocker, hatte den Rücken absichtlich der Tür zugekehrt und trank seinen Whisky, indem er das Glas zwischen Daumen und kleinem Finger der linken Hand hielt: den Daumen am oberen Rand, den kleinen Finger am Boden des Glases. Er trug einen tadellos sitzenden dunklen Anzug, sein Nackenhaar war silbermeliert. Als sie hereinkam, drehte er sich mit gemachter Langsamkeit um, erhob sich mit gemachter Langsamkeit, bot das Schauspiel eines aus dem Halbschatten tauchenden Felsens mit einem ernsten, irritierenden, von wenigen Falten eines nicht mehr jugendlichen Alters etwas verhärteten Gesichts, das durch den scheußlichen Schnurrbart kaum aufgeheitert wurde. Alles an Bill rief schon beim bloßen Ansehen Respekt und Abneigung hervor: die Übergröße, die kräftigen Schultern, der verächtliche Mund und schließlich die Autorität, mit der er sich bewegte und die Dinge aussprach: fast als zähle außer ihm selbst nichts und niemand. Er vermittelte den Eindruck eines Mannes, der nie in die Knie gegangen ist; und wenn Richard zerbrechlich erschien, so erschien Bill in gleichem Maße unzerstörbar: leibhaftiges Symbol eines Amerika, das auf seine Wolkenkratzer, seine Riesenkürbisse, sein vitamin- und blutvolles Volk eitel stolz war.

»Tag, Giò. Ich kann dich doch Giò nennen: wir haben ja einige Vorlieben gemeinsam.«

»Tag, Bill.«

Giovanna kletterte auf einen Hocker und hielt, nun von gleich zu gleich, dem erbarmungslosen Blick dieser Augen stand, die unter den halbgesenkten Lidern jedes Geheimnis des Gegenüber zu ergründen suchten.

»Wie schön, dich zu sehen. Nach deiner umwerfenden Begegnung mit Dick haben wir ja so wenig Zeit gehabt, uns anzufreunden. Umwerfend, nicht wahr? Ihr habt sogar die Verabredung mit Martine und mir im El Morocco vergessen.«

»Wir haben uns vierzehn Jahre lang nicht mehr gesehen, und ich hielt ihn für tot. Unglaublich, nicht wahr?«

»Keineswegs. Dinge, die geschehen, sind nie unglaublich, wenn sie nun mal geschehen. Die Realität, meine Liebe, übertrifft stets die Phantasie. Beim Schreiben halte ich mich immer an den Grundsatz, reale Personen und Situationen zu schildern und nie der Phantasie freien Lauf zu lassen. Wo seid ihr denn gewesen? Aber ich will ja nicht indiskret sein.«

»Hier und dort, wie's die Touristen machen. Im Kino, auf einem Ferryboat, an einem Schießstand.«

Plötzlich wurde sie rot und ärgerte sich sehr darüber. Das war ihr schon seit langer Zeit nicht mehr passiert. Bill tat so, als habe er nichts bemerkt und bestellte ihr mit einem kleinen Wippen des Zeigefingers einen Whisky.

»Ja, natürlich: New York bei Nacht. Dick ist davon hingerissen. Dick ist wie ein Kind: er freut sich über ein Nichts und bekommt gleich danach apokalyptische Depressionen. Vielleicht kennst du den Ausspruch von Camus: ›Wie hart und bitter ist es doch, ein Mann zu werden!‹ Als hätte er das für Dick geschrieben. Er wird nie und nimmer ein Mann werden: die Anstrengung des Heranwachsens ist für ihn zu groß.«

»Ich kenne ihn nicht genug.«

»Ich lernte ihn nach Kriegsende kennen: wenn man ihn sah, hätte man glauben können, wir wären die Verlierer. Schon möglich, daß ich mich deswegen für ihn interessierte. Er hat, wie soll ich sagen, an meine schlimmsten väterlichen Instinkte gerührt. Da ist zum Beispiel sein Weinen. Weinst du eigentlich, Giò? Ich würde nein sagen. Deine Augen sind unberührt. Unberührt und wunderschön. Hat dir Dick schon gesagt, daß du wunderschöne Augen hast? In diese Augen kann man sich wahrhaftig verlieben.«

Er streckte seine Hand aus und tippte an ihre Augenbrauen. Giovanna wunderte sich, daß ihr dies nicht unangenehm, sondern auf undefinierbare Weise angenehm war: o ja, Martine hatte recht. Der Mann besaß Charme. Gleichzeitig aber fühlte sie, wie ihre Abneigung wiederkehrte, und da fragte sie sich, wie Martine behaupten konnte, sie seien füreinander geschaffen.

»Martine behauptet, wir seien dafür geschaffen, einander zu verstehen«, fuhr Bill fort. »Sie sagt, wir seien beide stark, könnten uns aber nicht vor Weichherzigkeit schützen, besonders dann nicht, wenn uns jemand braucht. Wer weiß, vielleicht hat Martine recht. Ein großartiges Verstehen oder ...«, das Schnurrbärtchen zitterte, »... schlimmster Streit.«

Giovanna trank fast den ganzen Whisky und sagte kein Wort.

»Übrigens: weißt du vielleicht, Giò, wo Dick ist? Ich suche ihn schon seit vier Tagen. Spurlos verschwunden. Trinken kannst du aber, Kompliment.«

Giovanna nahm noch einen Schluck, um Zeit zu gewinnen. Dann zuckte sie die Achseln.

»Ich weiß es nicht.«

»Und ich hätte darauf geschworen, daß du es weißt. Hat er dir gesagt, daß er verreisen würde?«

»Nein.«

»Ich mach mir Sorgen um Dick. Er ist so eigenartig: man dürfte ihn nie allein lassen. Weißt du, er ist das typische Beispiel für eine Generation ohne Götter. Er ist kein Katholik, kein Jude, kein Marxist. Er glaubt nicht einmal an Geld und Erfolg. Er lebt in einer totalen Anarchie, aber da muß man sich selbst genügen, und das kann Dick nicht. Bist du nicht auch meiner Meinung?«

»Vielleicht.«

»Daß du eine redselige Frau bist, kann man ja gerade nicht behaupten. Andererseits kann ich Frauen wie Martine nicht ausstehen, die einen mit ihrem Reden zur Verzweiflung bringen. Stell dir vor, eines Abends hat sie mir zwei Stunden lang über die Bewahrung deiner Tugend berichtet. Dem mußt du noch hinzufügen, daß Martine stottert, wenn sie beschwipst ist. Zum Davonlaufen: Tu-Tugend. Du-du lebst. Du-du lebst. Schließlich rief ich: ja, Martine, ich lebe. Aber wenn du so weitermachst, sterbe ich. Sorry: dich kann ich nicht zum Lachen bringen, oder?«

»Doch, doch. Es war recht amüsant.«

»Du schwindelst. Du findest das überhaupt nicht amüsant. Du kannst dich auch gar nicht amüsieren. Du bist viel zu nervös.«

Sie war es. Um fünf Uhr nachmittags ging das Dienstmädchen in den Drugstore: das Telefon würde unbewacht bleiben. Sie stieg augenblicklich von ihrem Hokker.

»Entschuldige, Bill. Ich muß gleich nach Hause.«

»Ich verstehe, aber trinken wir erst den Whisky. Kann ich dann mitkommen? Ich habe heute keine Lust zum Schreiben und fühle mich einsam: deswegen habe ich auch bei dir angerufen. Weißt du, die Amerikaner fürchten besonders zwei Dinge: die Einsamkeit und das Schweigen. Wenn sie das Schweigen vernehmen, stecken sie sich die Finger in die Ohren, um zu prüfen, ob sie vielleicht taub sind, oder sie machen das Radio an. Das Radio ist ihr Sauerstoff. Hast du's bemerkt? Wenn sie aus dem Haus gehen, nehmen sie sogar ihr Radio mit: den Transistor. Gestern habe ich etwas gesehen, was zu deinem Film passen könnte: Mann und Frau spazierten Arm in Arm im Park, aber jeder von den beiden hatte seinen eigenen Transistor am Ohr.«

»Du redest, als ob du Amerika nicht leiden könntest«, erwiderte Giovanna. Und ging rasch zum Ausgang.

»Oh, doch! Ich liebe es sogar. In der Art, wie ich unglückliche Menschen liebe.«

»Hältst du Martine für unglücklich?«

»Ich habe nicht behauptet, daß ich Martine liebe.«

Sie überquerten die Straße: zwei Mädchen, Bücher unter dem Arm, drehten sich nach Bill um und pfiffen bewundernd, worauf Bill aber nicht reagierte. Er ging langsam, sie ging rasch. Beim Öffnen der Tür ertönte die Alarmanlage, und kein Dienstmädchen benachrichtigte die Polizei, sie solle sich nicht bemühen. Das Dienstmädchen war ausgegangen. »Dummes Stück!« rief Giovanna ärgerlich. Und griff mit noch mehr Ärger nach dem Hörer: »Alles in Ordnung, danke.« Dann ging sie ins Wohnzimmer hinauf und setzte sich neben das Telefon. Auch Bill setzte sich neben das Telefon.

»Warum setzt du dich nicht auf den Sessel dort, Bill? Dort ist es viel bequemer.«

»Ich sitze hier ausgezeichnet, danke.«

»Aber nicht doch! In dem Sessel sitzt du bequemer.«

»Ich sagte doch, daß ich hier gut sitze.«

Sie sahen sich schweigend an: sie ganz ernst und er lachend. Dann begann Bill, mit dem Telefon zu spielen. Hob den Hörer ab und legte ihn wieder auf. Wenn er ihn abhob, hielt er ihn einige Sekunden lang ans Ohr, als lausche er mit Vergnügen dem Summen, und währenddessen empfand Giovanna so etwas wie einen Stich im Herzen. Langsam und stetig verhundertfachte sich ihre Abneigung zusammen mit etwas anderem, das sie nicht hätte definieren können. Ein Bedürfnis nach Streit, gewiß: doch gleichzeitig ein Bedürfnis, seine tiefe und angenehme Stimme zu hören. Ein Bedürfnis, ihn fortzujagen, gewiß: doch zugleich ein Bedürfnis, ihn hier zu haben und mehr über ihn zu erfahren. Bill war bei all seiner Deutlichkeit ein so rätselhafter Mann. Für sie war er anregend, auch wenn er ihr unbequeme Dinge sagte. Wenn er nur das Telefon in Ruhe ließe! Sie wollte Zeit gewinnen.

»Bill, es tut mir leid, daß du Martine nicht liebst.«

»Wieso?«

»Weil Martine dich wirklich zu lieben scheint.«

»Martine liebt keinen: nicht einmal sich selber. Warum schreibst du nicht ein Treatment über Martine? Sie ist amüsant, unberechenbar, bewegt sich in einer humoristischen Welt: und humoristische Geschichten gefallen sehr in dieser Epoche ohne sichtbare Tragödien.«

Er fuhr fort, mit dem Telefon zu spielen. Giovanna versuchte, ihn abzulenken.

»Noch einen Whisky?«

»Nein, danke. Ich hätte lieber eine Tasse Tee.«

»Tee?!«

Sie sah ihn haßerfüllt an: um Tee zu machen, mußte sie in die Küche hinunter. Machte er sich einen Spaß daraus, sie vom Telefon fernzuhalten? Und warum? Sie erhob sich mißmutig, ging in die Küche hinunter, füllte die Teekanne mit lauwarmem Leitungswasser, stellte hastig noch die Tasse und den Zucker aufs Tablett und ging wieder hinauf: um mit einem ironischen Blick begrüßt zu werden.

»Unglaublich schnell.«

»Amerikanische Art.«

Sie goß den Tee in die Tasse: genoß im voraus voller Bosheit Bills Grimasse. Bill trank ohne Grimasse.

»Schmeckt er dir?«

»Ausgezeichnet.«

»Ihr Amerikaner! Wenn ihr nur trinken könnt, schluckt ihr selbst eine Tasse übelsten Tee.«

»Derlei Flachheiten sind deiner nicht würdig, liebe Giò.«

»Flachheiten?«

»Eben. Ihr Europäer habt für uns Amerikaner immer nur beleidigende Flachheiten übrig. Ihr haltet uns für stumpfsinnige und gutmütige Leute, die sich dauernd mit Whisky, jedenfalls mit Flüssigkeit vollaufen lassen. Als einzige Erfindung gesteht ihr uns den Chewing Gum, bestenfalls noch die Jukebox zu. Und ihr nehmt uns nicht einmal dann ernst, wenn wir Kriege gewinnen, die ihr vom Zaun gebrochen habt. Wenn ihr herkommt, seid ihr erst begeistert und dann empört, schreibt Abhandlungen gegen uns, schreibt Bücher gegen uns, macht Witze über uns. Und versteht uns nicht im geringsten. Wenn wir schon nicht mit eurem Verständnis rechnen können, so hört wenigstens damit auf, uns verächtlich zu machen.«

Er stellte die Teetasse hin, zog seine Pfeife heraus, stopfte sie langsam und fing wieder an, mit dem Telefon zu spielen: mit einem geheimnisvollen Lächeln. Sie hob rasch ihren Kopf.

»Hör mal, Bill. Hier hat kein Mensch von Verächtlichkeit oder mit Verächtlichkeit gesprochen. Die Geschichte mit den Transistoren im Ohr hast schließlich du aufgetischt. Irre ich mich, oder bist du von uns beiden besonders nervös? Ich liebe Amerika. Ich liebe seine Herzlichkeit, seine Effizienz, seine Überzivilisation. Ich fühle mich mehr zu diesem Land als zu jenem anderen gehörig, in dem ich geboren bin. Was verlangst du noch mehr? Und laß die Finger vom Telefon, verflixt!«

»O là là! Du kannst also auch reden, du bist gar nicht so wortkarg! Und kannst auch zornig werden, du bist also gar nicht so ruhig. Interessant! Du verdienst es, daß ich das Telefon nicht anrühre.«

Er legte behutsam den Hörer wieder auf die Gabel: und lächelte dazu noch geheimnisvoller.

»Es ist noch zu früh, um deine Liebe zu Amerika in Erwägung zu ziehen. Liebe auf den ersten Blick gewährleistet nie eine große oder dauerhafte Liebe. Wirkliche Liebe erwächst aus Gleichgültigkeit oder Haß. Du wirst sehr bald lernen, daß unsere Herzlichkeit nur Verteidigung, unsere Effizienz nur Angst, unsere Überzivilisation nur Übermechanisierung ist. Aber wenn du das gelernt hast, wirst du auch merken, daß dir Amerika ins Blut gedrungen ist wie ein Gift, für das es kein Gegengift gibt. Wir sind eine grausame Krankheit, Giò, und zum Überleben gibt es kein anderes Mittel als das von uns erfundene: die Schwachen unterwerfen, um die Stärkeren zu retten, die anderen umbringen, um selber zu leben. Bei uns ist kein Platz für Liebe und Barmherzigkeit. Ich oder du: so lautet das Gesetz, das uns beherrscht. Wenn du es nicht glaubst, dann laß dir von Dick erzählen, was ein Orkan in Amerika ist. Niemand kann besser als Dick erklären, was ein Orkan in Amerika ist.«

Giovanna erhob sich mißgestimmt.

»Bill, ich habe zu arbeiten.«

»Sei nicht albern, Giò. Ich sage dir gerade etwas Ernsthaftes. Du kannst diesem Land und den Menschen dieses Landes nicht blauäugig gegenübertreten. Du mußt erst das Gesetz verstanden haben.«

»Bill, ich habe zu arbeiten.«

»Bitte sehr. Um so schlimmer für dich.«

Er stand auf, ging auf sie zu und richtete ihr eine Locke,

die ihr dauernd über die Augen fiel. Sie fuhr zurück, als hätte sie etwas gestochen.

»Bill, ich habe zu arbeiten.«

»Aber ja, ich gehe schon.« Das Schnurrbärtchen zitterte. »Siehst du, Giò, wie alles verkehrt ist auf der Welt? Ein Mann und eine Frau, die dazu bestimmt sind, sich zu verstehen, begegnen einander an einem Nachmittag des Wartens. Sie reden und trinken und gehen dann in ein gemütliches Haus, dessen Eigentümerin den guten Geschmack besaß zu verreisen und dessen Dienstmädchen den guten Geschmack besaß auszugehen; und sogar versäumte, das Telefon zu hüten. Der Mann und die Frau haben alle Gründe, sich zu hassen, doch offenkundig mißfallen sie einander nicht. Sie weicht vor ihm zurück, als werde sie von etwas gestochen, als er ihr eine Locke richtet, und er richtet ihr doch gern diese Locke. Schlußfolgerung? Die beiden könnten diese Zeit auch angenehm verbringen: könnten einander entdecken oder, was weiß ich, sich lieben ...«

Er knöpfte sich die Jacke zu, löschte die Pfeife, indem er den Tabak in den Aschenbecher neben dem Telefon ausklopfte, und feixte zweideutig: schwer zu erraten, ob er das nur zum Spaß sagte oder ernst meinte.

»Damit wir uns recht verstehen: ich rechne nicht damit, daß wir zusammen ins Bett gehen; der Schauer einer Minute ist doch immer der gleiche, sei's mit einer Hure, sei's mit der Frau, die du verehrst. Und wegen des Schauers was für eine Verschwendung von Gefühlen, wie viele Verpflichtungen, welches Bangen vorher und welche Langeweile nachher. Aber da der liebe Gott nun mal nichts Besseres erfunden hat, hätten wir's ja probieren können. Doch sie sagt: verschwinde, mein Lieber, ich arbeite. Und er verschwindet. Er ist Amerikaner und respektiert die Arbeit. Wer arbeitet, hat Erfolg. Er ist Amerikaner und respektiert den Erfolg. Ach ja, liebe Giò: heutzutage reden sie alle von Sex, aber sie reden nur, und damit hat sich's. Wir sind auf dem besten Weg, hermaphroditisch zu werden wie die Schnecken. Du weißt doch, nicht wahr, welches Privileg diese glücklichen Kreaturen ihr eigen nennen: sie verfügen über alle notwendigen Organe, um sich auch ohne Liebesberührungen vermehren zu können. Früher oder später werden sich die Männer und die Frauen auch ohne Liebesberührungen vermehren. Von den Schnecken unterscheidet uns doch nur eines: wir laufen mehr. Aber wohin? Ins Büro, ins Theater, überallhin, wo wir uns Erfolg versprechen. Wir sind bereit, unser Leben für ein bißchen Erfolg zu verkaufen. Da hast du ein Thema, das dir kein Mensch abkaufen wird: Die Schnecken auf Erfolgsjagd.«

Das Telefon klingelte.

Beide streckten sie rasch ihre Hand aus, doch Bill war schneller, ergriff den Hörer und hielt ihn sich spöttisch vors Herz.

»Gib ihn mir, Bill.«

»Hallo? Yes.«

»Gib ihn mir, Bill.«

»Hallo? Hallo?«

»Bill! Gib ihn mir, hab ich gesagt. Wer ist es?«

Bill ließ den Hörer nicht los, den Giovanna zu nehmen versuchte.

»Das Dienstmädchen, Giò. Nur das Dienstmädchen. Sie will wissen, ob sie Joghurt kaufen soll. Soll sie?«

Giovanna gab keine Antwort.

»Keinen Joghurt«, sagte Bill. Und legte den Hörer wieder auf. Und ging zur Tür.

»Ciao, mein liebliches Schneckchen: dieses Warten wird schon lächerlich. Jetzt gehe ich wirklich. Falls Dick anruft, grüße ihn von mir. Du hast dir Dick ins Bett geholt, nicht wahr? Aber ja, doch: ich lese es in deinen Augen. Und dann hast du ihn weglaufen lassen, nicht wahr? Aber ja, doch: ich lese es in deinen Augen. Und wärst du nicht so tugendhaft oder paßte es in deine romantischen Vorstellungen, würdest du auch mich ins Bett holen, nicht wahr? Was heißt da Schneckchen: du bist eine Meduse, die jeden verbrennt, der sich ihr nähert.«

»Geh zur Hööölle!« rief Giovanna. Und knallte mit einem Fußtritt die Tür zu.

Hermaphroditen, Schnecken, Medusen! Und sie, die ihm mit offenem Mund zuhörte! Sie, die ihn mit den Augen verschlang! Widerlich! Wie kam er überhaupt dazu, sich über sie lustig zu machen, seine Nase in ihre Angelegenheiten zu stecken, sie zu beschimpfen, ihr vielleicht nachzustellen! Was für eine Wut! Wenn sie nur daran dachte, bekam sie einen schrecklichen Hunger. So ging sie in die Küche hinunter, machte sich ein ordentliches Sandwich und verschlang es. Öffnete dann eine Flasche von dem Champagner, den Martine für besondere Gelegenheiten verwahrte, und trank ihn zur Hälfte. Stieg dann wieder in ihr Zimmer hinauf, setzte sich an den Schreibtisch und spannte einen Bogen in die Maschine. »Lieber Commendatore, erinnern Sie sich noch an Martine? Schön: als ich Martine hier in New York begegnete, kam mir eine Idee. Nämlich die weibliche Hauptperson mit einem Typ wie Martine zu besetzen. Sie ist amüsant, unberechenbar, bewegt sich in einer humoristischen Welt. Humoristische Geschichten gefallen in dieser Epoche ohne sichtbare Tragödien ...«

In dieser Nacht schlief sie besonders schlecht. Sie träumte von den langen öden Sommern ihrer Kleinmädchenzeit, von Wellen, die sich wie zu weißen Schneckengehäusen türmten, vom Meer, das auf dem Strand einen durchsichtigen Teppich von Medusen ausrollte. Im Morgengrauen kam der Bademeister. Er hatte ein Holzbrett, das er wie ein Schwert erhob; und mit dumpfem Schlag zweiteilte er die noch lebenden Medusen. Anschließend benutzte der Bademeister das Brett wie einen Löffel, schöpfte jenen Gallertbrei in einen Würfelbecher und vergrub ihn weit weg unter dem Sand. Er bezeichnete dies als Leichenbegängnis der Medusen, und sie folgte ihm andächtig, meinte sie doch, daß auch Quallen ein

Recht auf einen kleinen Leichenzug hätten, bevor sie begraben wurden. Und als der Badewärter das Grab aushob, stand sie da und schaute zu und stellte sich Fragen. Fragte sich, ob die Medusen litten, während sie in der Luft erstickten: aus dem Wasser geschleudert zu werden, mußte doch für sie wie ein Ersticken in der Luft sein. Fragte sich, ob die Medusen litten, während der Badewärter wie mit einem Schwert auf sie einhieb. Eines Tages wollte sie es selber versuchen. Sie nahm das Brett, und es war schwer, hob es bis über ihren Kopf und schlug es auf eine Meduse, die ein letztes Lebensplantschen von sich gab.

Doch es erfolgte nichts als ein stilles Ausfließen von Wasser.

VII

Zwei Tage danach kehrte Richard nach New York zurück: die Falle war zugeschnappt, wenn auch mit einigen Schönheitsfehlern. Als seine hagere Gestalt unter den Fluggästen aus San Francisco erschien, ging eine gebieterische Gestalt mit vertrauter Langsamkeit auf ihn zu. Bill.

»Etwas vergessen?«

»Warum?«

»Unvermittelte Abreise, unvermittelte Rückkehr. Mit deinem Telegramm hast du es doch fertiggebracht, mich zu verblüffen.«

»Nichts weiter. Eine Arbeit.«

»Und diese Niedergeschlagenheit?«

»Nichts weiter. Eine Arbeit, die nicht geklappt hat.«

Schon bereute Richard, ihm das Telegramm geschickt zu haben und schien nicht die mindeste Lust zu haben, sich zu rechtfertigen oder etwas zu sagen. Sein Gesicht sah müde aus, die Lider waren geschwollen wie bei einem, der nächtelang nicht hatte schlafen können, und beim Verlassen des Flughafens stolperte er. Immerhin bemühte er sich um eine ungewohnt entschlossene, männliche Miene: die eines Mannes, der sich vorgenommen hat, einer zu sein und der niemanden um Hilfe bitten will.

Er schwieg: und brachte auch Bill zum Schweigen. Und brach dieses Schweigen nicht einmal, als Bills roter Wagen in den Queens Tunnel einfuhr, der gleich in die Stadt mündete. Für gewöhnlich ging ihm der Tunnel arg auf die Nerven. Erschien er ihm doch als ein gelber Alptraum, wo in gewissen Abständen ein Gehenkter von der gekachelten glänzenden Wand auf ihn herabsah: folglich redete er in einem fort. Doch an diesem Tag präsentierte sich ihm der Tunnel als das, was er war: eine Durchfahrt mit Anfang und mit Ende, und alle hundert Meter ein Verkehrspolizist.

»Ich habe deine kleine italienische Freundin gesehen«, sagte Bill und sah ihn forschend an.

»Ach, ja?«

»Ich habe sie gefragt, ob sie wisse, wo du bist. Sie hat nein gesagt. Wußte sie es?«

»Nein.«

»Sonderbares Mädchen. Auf ihre Art bezaubernd. Sie redet wenig und hat wunderschöne Augen. Wenn sie sich ärgert, wird sie wild.«

»Ach, ja?«

»Sie hat mich zur Hölle geschickt. Mir wäre es recht, wenn wir einmal abends mit ihr ausgingen, damit ich meine Beziehung zu ihr wieder normalisieren kann.«

»O. K.«

Richard bejahte zerstreut und fiel dann wieder in sein Schweigen zurück: das von Bill erst unterbrochen wurde, als sie vor Richards Hauseingang standen.

»Nun, Dick, spendierst du mir einen Whisky?«

»Tut mir leid, Bill. Ich bin total erschöpft.«

»Das merke ich, mein Lieber. Dann ruhe dich jetzt aus.«

Obwohl Bill ein verdrossenes Gesicht machte, zeigte er sich verständnisvoll und geduldig.

»Das tue ich, Bill. Wiedersehen. Und danke, daß du gekommen bist.«

»Wiedersehen. Dann komme ich um sieben und hole dich ab. Ich habe mir zwei Theaterkarten gekauft, um deine Rückkehr zu feiern. Weißt du, dieses neue Musical ›Giamaica‹. Die Horne ist großartig. Montalban nicht übel.«

»Tut mir leid, Bill. Heute abend bin ich beschäftigt.«

»Los, Dick. Ich habe keine Lust, Martine zu sehen.«

»Aber ja, geh du nur mit Martine.«

»Wie Sie wünschen, Madame.«

Bill holte die Koffer aus dem Wagen, und seine Lippen unter dem Schnurrbärtchen zuckten vor Ärger. Und er schien etwas sagen zu wollen, als er die Wagentür öffnete.

Doch fuhr er ohne eine weitere Erwiderung ab. Richard wandte sich nicht um, sah ihm nicht nach.

Er fühlte sich wie ein Kranker, der einen Boxkampf bestehen wollte und zu Boden gegangen ist, noch bevor er sich hatte wehren können. Der Koffer war ja so schwer: wie sollte er ihn ganz allein die Treppe hinaufschaffen? Keuchend schob er ihn Stück um Stück vorwärts, zauderte dann vor der grünlackierten Wohnungstür und öffnete sie schließlich mit der Umsicht eines Mörders, der an den Ort seines Verbrechens zurückkehrt. Dann trat er ein. Aber er war so verschwitzt, daß er gleich ins Bad lief, um sein Gesicht zu waschen. Auf dem Boden lag noch das Handtuch, das er ärgerlich weggeworfen hatte. Er hob es mit unsicheren Fingern auf, betrachtete sich im Spiegel. Der spiegelte ein Gesicht, das alle seine vierunddreißig Jahre zeigte. Was ihm Kraft und Ruhe verlieh. Als das Telefon klingelte, reagierte er ohne Übereilung.

»Du bist wieder da, mein Sohn. Ist etwas passiert, mein Sohn?«

»Nein, Mammy. Alles in Ordnung.«

»Nicht einmal ein Brief, mein Sohn. Nur dieses Telegramm. Du weißt doch, wie mir solche Dinge weh tun.«

»Mir fehlte die Zeit, Mammy.«

»Du bist ohne Abschied verreist, mein Sohn.«

»Es war zu spät dazu, Mammy. Ich hätte das Flugzeug verpaßt.«

»Du hast nicht mal gesagt, daß du verreist.«

» Warum hätte ich das tun sollen, Mammy?«

»Richard!«

»Fang nicht schon wieder an, Mammy.«

»Ist Bill bei dir, mein Sohn?«

»Nein, Mammy.«

»Weißt du, was ich dir sage, mein Sohn? Bill verschwendet zu viel Zeit an diese Martine.«

»Er hat ganz recht, Mammy.«

»Bist du verrückt, mein Sohn? Die ist so eine, die ihn

seiner Familie, seinen Freunden, überhaupt allen abspenstig macht. Eine typische Männerverschleißerin.«

»Bill hat keine Familie, Mammy.«

»Er hat dich, mein Sohn.«

»Mammy, du redest eine Menge unnützes Zeug und gehst mir auf die Nerven. Ich würde dich bitten, dich in Zukunft um deine verdammten eigenen Angelegenheiten zu kümmern und deine Nase nicht in die meinen zu stekken. Einverstanden? Und laß das Hin- und Herlaufen: ich komme doch nicht hinauf. Und laß die Anruferei: ich höre doch nicht zu. Ich bin erwachsen, bin geimpft und zahle Steuer. Meine Fehler will ich selber machen. Hast du das begriffen, Mammy?«

Er warf den Hörer auf die Gabel und fühlte sich jetzt wie in jener Nacht, als der General mit der Zigarre im Mund die Truppe animiert hatte, die am Strand von Gela landen mußte: entschlossen zu leben und sogar entschlossen zu töten. Er würde mit Giovanna zusammenkommen, würde ihr alles sagen und sie um die nötige Unterstützung bitten, sich zu retten. Giovanna würde Verständnis haben: hatte sie nicht geschrieben, daß sie sich um die Hexen nicht scherte? Aus diesem zweiten Kampf seines Lebens würde ein neuer Richard hervorgehen, der imstande wäre, auf die bedingte Freiheit zu verzichten, die ihm Mammy zugestand, und der zu Bill sagen könnte: »Ich brauche dich nicht.« O Gott! Womit sollte er denn seine Rede beginnen? Unsinn: das würde er sich später überlegen. Zuerst einmal würde er sie ins Theater bringen. Vor sich hinpfeifend wählte er die Nummer des Winter Garden und bestellte zwei gute Parkettplätze, die er anstandlos bekam: »Für Sie immer, Mister Baline.« Dann rief er im Park Sheraton an, und da verging ihm das Pfeifen.

»Sie ist fort, Mister.«

»Fort? Wieso denn?! Das kann nicht sein!«

»Einen Augenblick, Mister. Wir haben hier ihre neue Nummer.«

»Oh! Danke!«

Er mußte sie sich zweimal wiederholen lassen und notierte sie mit vielen Krakeln, weil ihm die Finger dabei zitterten. Und sie zitterten noch, als er Martines Nummer wählte. Von der Zimmerdecke tropfte wieder das Geräusch von Schritten.

* * *

»Er hat angerufen, Martine! Er hat angerufen!«

Martine, noch im Reisekostüm, besprühte ihr Haus mit »Jolie Madame«. Sie sprühte weiter und hob die eine Augenbraue.

»Wenn dich das so freut!«

»Er hat mich ins Theater eingeladen.«

»Wie originell. Auch ich gehe heute abend ins Theater. Bill hat Karten für ›Jamaika‹ besorgt. Irgend etwas an ihm gefällt mir jetzt nicht mehr, aber er hat so darauf bestanden. Was hat er eigentlich vorgestern von dir gewollt?«

»Nichts: er langweilte sich nur und wollte reden.«

»Worüber?«

»Hohe Philosophie. Er hat mir einige Geheimnisse des Kosmos erklärt. Ach, Martine! Ist es nicht etwas Besonderes, daß Richard zurückgekommen ist?«

»Geh jetzt lieber zum Friseur und laß dir die Haare waschen. Die sehen aus wie Spinat ohne Chlorophyll. Das sage ich natürlich nicht wegen Dick, diesem schmächtigen Pflänzchen. Das sage ich wegen der anderen. Und noch eines: Männer sind wie Schmuckstücke. Sie sind teuer und schwer zu haben. Aber du bist schlau genug, du kannst dir immer einen an den Finger stecken. Du mußt dann nur aufpassen, daß er dir nicht verlorengeht.«

»Sei doch nicht immer so zynisch, Martine.«

»Ich bin nicht zynisch. Ich habe sehr viel für Schmuck und Männer übrig: natürlich die richtigen. Übrigens, wohin bringt dich dein Richard nach dem Theater? Zu dem gewohnten Schwulen- und Lesbentreff?«

»Wenn du damit das Monocle meinst: da bin ich nur einmal gewesen. Und mit Bill, nicht mit Richard. Martine, leihst du mir dein weißes Kleid?«

»Nimm, was dir gefällt.«

»Martine: steht es mir?«

»Wieso nicht? Du siehst aus wie eine Jungfrau beim ersten Rendezvous.«

»Wenn du denkst, daß du mir die Laune verderben kannst, irrst du dich«, sagte Giovanna und eilte zum Friseur. Noch nie war ein Nachmittag so lang gewesen: es wollte nicht sieben Uhr werden. Um halb sieben war sie schon auf der Straße und sagte dem Fahrer, er solle sich beeilen. Um Viertel vor sieben stand sie schon auf dem Bürgersteig vor dem Winter Garden und wartete auf Richard: griff sich ins Haar, weil es nicht halten wollte, ans Kleid, weil es etwas zu weit war, an die Wimpern, weil zuviel Tusche daran war, an die Uhr, weil sie immer langsamer ging. Warum hatte Richard sie nicht zu Hause abgeholt? Warum kam er denn nicht? Ja, jetzt kam er. Mit seinem zaudernden Gang, die langen Beine stets ein wenig abgebogen, die langen Arme stets ein wenig hängend, die roten Locken stets ein wenig durcheinander. Und jetzt ertönte auch seine Stentorstimme: »Sorry, ich habe mich wegen Bill verspätet. Höchste Zeit. Hat es schon angefangen?« Das war alles. Und er schob sie in die Vorhalle, reichte die Karten einem rot gekleideten Theaterdiener, führte sie einen rot ausgelegten Gang entlang, ließ sie auf einem roten Sessel Platz nehmen, während das Orchester schon spielte und die Leute zischten.

»Sitzt du bequem? Siehst du auch gut von hier aus?«

»Ich sitze sehr bequem und sehe sehr gut, danke.«

»Bitte Ruhe!«

»Alles in Ordnung?«

»Ja, Richard. Ich freue mich.«

»Bitte Ruhe!«

»Aber nein! Ich meine ...«

»Ruhe endlich!«

»Was meinst du, Richard?«

»Nichts, nichts.«

»Pssst!«

Das Musical hieß ›Westside Story‹. Richard hatte es schon zweimal gesehen: aber er sah unverwandt zur Bühne. Giovanna verfolgte es uninteressiert, bewegte aber ihren Kopf nicht. Beide saßen sie stocksteif da und hatten sogar Angst, daß sich ihre Ellenbogen berühren könnten: fast als hätte es dieses verzauberte Beisammensein vor sechs Nächten gar nicht gegeben und sie säßen jetzt als Fremde nebeneinander. Die Pause kam wie eine Befreiung.

Sie begaben sich mit den anderen auf den Bürgersteig hinaus. Richard war gleich von Leuten umgeben. Giovanna hatte die Lippen zusammengepreßt und forderte ihn vergebens mit ihren Blicken auf, seine vorhin durch das Zischen unterbrochene Rede fortzusetzen. Hingehalten durch die Furcht, seine neue Schlacht von Gela bestehen zu müssen, und abgeschirmt durch das Aufeinanderprallen der Worte, mied Richard ihre Blicke und tauchte in dieses Meer von Konversationen und Polemiken: »Zu viel Stimme«; »nein, zu wenig Stimme«; »hervorragend das Ballett, nicht wahr?«; »nein, nur mittelmäßig«. Als sie zu ihren Parkettplätzen zurückgingen, hatten sie kein Wort miteinander gesprochen und saßen wieder stocksteif da und hatten sogar Angst, daß sich ihre Ellenbogen berühren könnten: er dachte, die Beichte sei doch viel schwieriger als er sich vorgestellt hatte, und sie dachte, es sei kein Kunststück, eine Falle zuschnappen zu lassen, aber was tust du danach? Unvermutet und dummerweise wurde ihr Sieg zu dem eines Soldaten, der einen Gefangenen gemacht hat und ihn jetzt mitnehmen, ernähren, erdulden, an der Flucht hindern und darauf gefaßt sein muß, seinerseits zu dessen Gefangenem zu werden, ihn gar zu lieben. Zur Erhöhung dieses Risikos geschahen aufregende Dinge auf der Bühne: Maria liebte Tony und

Tony liebte Maria, was sie mit Pirouetten und Liedern in einem fort wiederholten, und nun umarmten sie sich voller Leidenschaft auf dem Bett, was bei ihr das Verlangen auslöste, Richard zu umarmen und die Sache noch einmal zu machen. Als der Schlußvorhang fiel, wandte sich Giovanna mit Entschiedenheit an Richard.

»Gehen wir nach Hause?«

»Nicht doch! Gehen wir etwas trinken im Monocle.«

»Das kenne ich schon! Ich bin mit Bill dort gewesen.«

»Ach, ja. Er hat's mir erzählt. Verzeih mir übrigens, wenn ich dich habe warten lassen und dich auch nicht abgeholt habe. Bill hatte nämlich angerufen, daß er mich sprechen wolle: er wohnt in der Fünfundfünfzigsten. Für mich war es bequemer, von dort aus gleich ins Broadway zu kommen.«

»Natürlich. Und was wollte er?«

»Nichts Besonderes. Er ist mit Tallulah Bankhead gut bekannt und hat mir eine Reportage über sie besorgt«, antwortete Richard mit einem Stirnrunzeln. Denn er vermeinte, noch Bills Lachen zu hören: »Also, heute abend ist das Match. Ein Schauspiel, das ich zu gerne sehen würde!«

Sie gingen ins Monocle. Giovanna sah sich unwirsch in der Dunkelheit um: bemühte sich, ihre Augen daran zu gewöhnen. »Das ist doch eigenartig! Die New Yorker Restaurants und Cafés sind alle dunkel. Von außen ist die Stadt ein einziges Strahlen, aber kaum bist du drinnen, mußt du dich wie ein Blinder vorwärtstasten. Man könnte sagen, die Amerikaner schämen sich, einander ins Gesicht zu sehen, wenn sie sich innerhalb von vier Wänden befinden.«

»Das tun sie auch, Giò: sie schämen sich und fürchten sich. Deswegen lieben sie die Dunkelheit. Doch andererseits ist es romantisch, oder?«

»Sicher«, sagte Giovanna und strengte ihre Augen an. Nach und nach begann sie zu sehen: und je mehr sie sah, desto verdrossener wurde sie. An dem Nachmittag, als sie sich hier unten mit Bill getroffen hatte, war das Monocle leer gewesen: es sah so aus wie alle anderen Cafés im Village. Doch um diese Zeit bewegten sich hier merkwürdige Gestalten: in einer Ecke führten zwei Jungen ein intensives Gespräch und streichelten dabei einander die Jackenärmel. In einer anderen Ecke verabschiedeten sich zwei behoste Mädchen: die häßlichere von ihnen weinte; ihre Tränen quollen unter der beschlagenen Brille hervor und plumpsten auf den Tisch.

»Warte doch, geh nicht gleich weg.«

»Ach, du langweilst mich!«

»Ich bitte dich so sehr, mein Schatz!«

»Und nenne mich nicht deinen Schatz!«

»Was hat die denn, was ich nicht habe?«

»Sie ist schön. Und sie ödet mich nicht an.«

Giovanna verzog unwillkürlich ihr Gesicht. »Was für Menschen. Es ist doch kaum zu fassen: du läßt sie in Rom hinter dir und findest sie in Paris wieder. Du läßt sie in Paris hinter dir und findest sie in London wieder. Du läßt sie in London hinter dir und findest sie in New York wieder.«

»Du hast ja recht, Giò. Hier ist nicht der richtige Ort, um zu reden. Gehen wir anderswohin.«

»Warum? Ich bin ja kein kleines Kind. Warum sollten sie uns stören? Ich finde sie nur komisch und köstlich. Bist du oft im Monocle?«

»Ja, natürlich. Hierher kommen die Cover Girls, die Models: Rohmaterial für meine Reportagen. Bill sagt, hier ist mein eigentliches Büro.«

»Richard, wie oft hast du dich in deine Cover Girls verliebt? Wäre ich ein Mann, würden mir die Cover Girls den Kopf verdrehen.«

Sie fühlte sich modern und voller Verständnis. Er aber fühlte sich noch verlassener als an jenem Tag, als die Landungsboote auf den Strand zugefahren waren. Er strich sich mit den Händen übers Gesicht, als wollte er es waschen, und als die Hände das Kinn erreicht hatten, sah sein Gesicht noch eingefallener, noch gespenstischer aus.

»Ich muß mit dir reden, Giò. Möchtest du etwas trinken?«

»Einen Whisky, danke.«

Der Whisky wurde serviert. Richard trank ihn mit einem einzigen Schluck, bestellte gleich einen zweiten.

»Dein Brief war sehr nett, Giò. Sehr freundlich und sehr nett. Ich habe ihn mehrere Male gelesen, und ...«

Ein junger Mann kam an den Tisch und unterbrach ihn.

»Tag, Dick. Wir haben uns schon ein Jahrhundert nicht mehr gesehen. Würdest du mich diesem deliziösen Geschöpf vorstellen? Was macht sie? Wie heißt sie? Du gibst uns einen Korb, Dick.«

»Sie heißt Giò, ist Italienerin und schreibt fürs Kino. Entschuldige mich jetzt: ich bin beschäftigt.«

Er trank noch einen Whisky.

»Ich sagte: ich habe ihn mehrere Male gelesen und lange darüber nachgedacht. Siehst du, Giò, ich bin zurückgekehrt, will dir aber nicht weh tun. Man tut ja so leicht jemandem weh, der nicht darauf vorbereitet ist: wie du. Also will ich von vornherein ehrlich sein und ...«

»Tag, Dick.«

»Tag.«

»Wo hattest du dich denn verkrochen?«

»Ich war nicht in New York.«

»Du solltest einen nicht versetzen, nicht wahr.«

Richard unterdrückte eine Verwünschung. Dann legte er seine Hand auf die Giovannas, die dachte: »Sie ist glühend heiß, er hat Fieber.«

»Also, ich sagte ... Ach, ja. Ich sagte, um mich zu verstehen, müßtest du erst einmal dieses Land verstehen: so groß, so gleich, so betörend. Reist du zum Beispiel von New York nach Chicago, dann ist das so weit wie von einem Land in ein anderes: was weiß ich, wie von Rom nach Paris. Und reist du von New York nach Los Angeles, dann ist das so weit wie von Rom nach Moskau:

nein, noch weiter. Aber wenn du dort bist, ist es doch immer das gleiche Land, der gleiche Flugplatz, die gleiche Sprache: fast als wärst du auf einer Rolltreppe, die dich an denselben Ort zurückbringt, von dem du gekommen bist. Wenn du das verstehst, dann verstehst du auch die Einsamkeit, die daher kommt, und die Angst, die von der Einsamkeit kommt, und die Schwäche, die von der Angst kommt ...«

»Tag, Dick. Wie geht's?«

»Tag.«

»Also, ich sagte ... Was sagte ich? Ja, ich sagte, daß die Einsamkeit in diesem Land zugleich Ursache und Wirkung ist. Sieh dir unsere Sozialstruktur an: und du wirst sehen, daß sie für einen alleinstehenden Mann oder für eine alleinstehende Frau keinen Platz hat. Unverheiratete, Geschiedene, Verwitwete werden überall zurückgewiesen, weil sie offiziell als Alleinstehende gelten: kommt also jemand auf dich zu ... Folgst du mir?«

»Ja, gewiß ... Weißt du, auch Bill hat mir davon berichtet ..«

»Bill?!«

Richard schluckte, machte eine Pause. »Laß jetzt Bill aus dem Spiel. Ich sagte, die Begegnung mit einem Menschen, der dich nicht abweist, weil du allein bist, wird zu einem Wunder: wer auch immer dieser Mensch sein mag. Und wenn dieser Mensch sich wirklich für dich interessiert, dann ist das Wunder doppelt so groß. Weil sich bei soviel Einsamkeit keiner wirklich für dich interessiert. Zum Beispiel fragt man dich, wie es dir geht, aber in Wahrheit will man gar nicht wissen, wie es dir geht, und du darfst nicht antworten ›Gut, danke‹, sondern du mußt antworten ›Wie geht es dir?‹ Wenn man sich nach mehr erkundigen will, dann sind es nie wichtige Dinge, sondern man fragt dich zum Beispiel: ›Did you enjoy your scrambled eggs?‹ Haben dir die Spiegeleier geschmeckt? Und du denkst: was für eine Herzlichkeit, er will sogar wissen, ob mir die Spiegeleier geschmeckt haben, vielleicht kann ich mir einen Rat über die Existenz Gottes einholen. Du lächelst, erwiderst: ›Ja, danke. Aber glauben Sie an die Existenz Gottes?‹, und siehst, wie er davonläuft. Schau mich nicht so verblüfft an: ich spinne nicht, Giò. Ich bin nur logisch und komme gleich zu dem für mich wichtigen Punkt. Dem Himmel sei Dank, daß du nicht wie die anderen Frauen bist. Versteh das! Daher habe ich beschlossen, daß du es wissen sollst. Wir können danach Freunde oder Feinde sein: als Feinde werden wir uns niemals wiedersehen, aber als Freunde ...«

»Tag, Dick.«

»Tag, Mary.«

»Kannst du mich nicht gebrauchen, Liebling?«

»Nein, danke. Keine Mode im Augenblick. Ich bereite eine Reportage über die Bankhead vor.«

»Ruf mich trotzdem an, Liebling. Du weißt, daß ich immer gern mit dir ausgehe.« Dann, zu Giovanna: »Finden Sie ihn nicht verdammt attraktiv?«

Das Mädchen war auch verdammt attraktiv. Giovanna preßte die Lippen zusammen und dachte verwundert, daß sie auf dem besten Weg sei, eifersüchtig zu werden; es störte sie, daß Richard mit so vielen Schönheiten zu tun hatte. Und als Mary nun Richard küßte, sah sie weg: und verpaßte dabei die Szene, als er den Kuß wie eine lästige Fliege abwehrte.

»Gott! Was müssen die einen dauernd mit ihrem ›Tag‹ unterbrechen! Den nächsten, der mich unterbricht, knalle ich an die Wand. Nein, du brauchst keine Angst zu haben: ich bin nicht betrunken. Ich kann eine ganze Flasche Whisky trinken und bin noch so klar bei Verstand wie ein Antialkoholiker. Das ist auch das einzige, was ich wirklich kann. Bedienung, noch zwei Whisky, bitte. Also, was sagte ich? Ach ja, daß ich deswegen einmal zum Psychoanalytiker gegangen bin. Aber dann ist der Psychoanalytiker gestorben, und ich war nicht oft genug bei ihm gewesen, damit es mir etwas eingebracht hätte. Ich war erst bis zu Papas Tod gekommen, stell dir vor. Ich hätte ihm noch von meiner Einberufung berichten müssen, von dem makabren Scherz, den gewisse Soldaten in einem Bordell mit mir gemacht hatten, von der schrecklichen Landung in Sizilien ... Oh, ich weiß! Ihr Europäer lacht über die Psychoanalyse. Ihr haltet sie für eine Manie von uns Amerikanern. Ihr Europäer habt dafür anderes: zum Beispiel die Priester. In gewissem Sinne hören die euch auch gratis zu: erpressen euch allenfalls mit dem Märchen von der Hölle. Wir aber müssen unsere Priester im weißen Kittel bezahlen und haben nicht einmal die Vergünstigung, durch ein Gitter hindurch beichten zu können. Hier sehen sie dir ins Gesicht, starren dir allenfalls auf den Nacken, und du liegst auf der Couch und spürst diese Augen, die sich in deinen Nacken bohren, und schämst dich und ziehst die Sache so sehr in die Länge, wie du nur kannst: wie ich es jetzt vor dir tue.

Folgst du mir?«

Ja, sie folgte ihm, und wie! Sie folgte ihm mit den Augen, mit den Ohren, mit dem Verstand: vor allem aber mit einer ungeheueren Angst. Was schickte er sich an, ihr zu sagen? Was hatte er dem Psychoanalytiker schon gesagt? Was hatten diese Andeutungen, was hatte dieses Zaudern zu bedeuten? Der eine Teil von ihr wollte wissen, der andere nicht. Der eine Teil war bereit, den Stoß zu empfangen, der andere Teil war drauf und dran, Augen, Ohren und Verstand zu verhüllen: nur um keine Wunden zu erhalten. Dabei ging es nicht allein um Willen oder um Gefühl: ihre Lebenserfahrung wies noch zu viele Lücken auf, um sie hier den wahren Grund erahnen zu lassen. Sie ahnte nur von ungefähr, daß er ein verfehlter Mann und sie eine verfehlte Frau war: und würde sie ihm helfen, würde er ihr helfen. Die Barrikade zwischen Mann und Frau ist nur ein dünner Faden, der mit der gleichen Leichtigkeit zerrissen wie überwunden werden kann.

»Ja, ich folge dir, Richard«, sagte Giovanna ernst.

»Es geht darum«, sagte Richard entschieden, »daß ich ...«

Er brachte den Satz nicht zu Ende.

»Da sind sie ja!« kreischte Martine freudig. »Es ist doch gut, daß wir zu euch gekommen sind? Bill hat ja gesagt, daß wir euch im Monocle finden. Er hat den richtigen Riecher! Es ist ein Uhr morgens, meine Süßen, und ich vergehe vor Hunger. Wir essen jetzt alle vier. Bill hat ein japanisches Restaurant entdeckt, das erst im Morgengrauen schließt. Er hat ein Tempura bestellt.«

Giovanna erhob sich resigniert. Und während sie einen stechenden Schmerz im Kopf verspürte, gewahrte sie Bills boshaftes Lächeln, der auf Richard sah und sich über das Schnurrbärtchen strich.

VIII

»Was hattest du mir sagen wollen, Richard?«

Es war ein mißratenes Abendessen gewesen: Martine in ihrer Betroffenheit frostig, Bill noch provozierender als sonst, Richard vorwiegend damit beschäftigt, an seinen Fingernägeln zu kauen, und Giovanna mit Anstand feindselig. Der japanische Kellner hatte sie überredet, sich die Schuhe auszuziehen: was in Anbetracht der Situation ziemlich grotesk war. Das Tempura war nichts weiter als gebackener Krebs, den Martine nicht ausstehen konnte. Martine hatte gekreischt, sie wolle etwas anderes, so daß der Kellner die in den Tisch eingearbeitete Herdplatte erwärmt und Fleisch mit Zwiebeln auf ihr gebraten hatte, was in die vier ärgerlichen Gesichter noch einen widerlichen Fettgeruch aufsteigen ließ. Das Ganze hatte Bill Gelegenheit gegeben, einen brillanten Diskurs über die Heimtücke der Frauen loszuwerden: auf den Giovanna mit giftigen Worten reagierte. Schließlich waren dann die beiden Paare zur allgemeinen Erleichterung ihre eigenen Wege gegangen: Bill und Martine zu Bill nach Hause, Giovanna und Richard per Taxi in Richtung Washington Square.

»Was hattest du mir sagen wollen, Richard?« wiederholte Giovanna.

»Wann?« fragte Richard und riß wie ein Unschuldsengel überrascht den Mund auf.

»Als wir im Monocle waren, bevor Bill und Martine dazukamen«, sagte Giovanna und tat so, als würde sie ihm die Überraschung glauben.

»Ich erinnere mich nicht. Wahrscheinlich irgendeine Nebensächlichkeit, die mir während dieses Musicals eingefallen war. Hat es dir gefallen? Ja? Hat es dir gefallen?«

»Ja, Richard: aber wechsle nicht das Thema. Was hattest du mir im Monocle sagen wollen?«

Richard betrachtete ausgiebig seine abgekauten Fingernägel, zuckte die Schultern: als erinnerte er sich wirklich nicht. Bills und Martines Erscheinen hatten seinen einzigen mutigen Augenblick ausgelöscht. Und diesen Mut würde er nie wiederfinden. Verdammter Bill! Er hatte ihm doch gesagt, er solle ihm nicht in die Quere kommen, »wenn du kommst, schaffe ich es nicht«. Wieder zuckte er die Achseln und versuchte, sich eine erschöpfende Antwort zurechtzulegen.

»Weißt du, Giò, es gibt drei Arten von Menschen: solche, die ihr eigenes Leben leben, solche, die über ihr Leben diskutieren und solche, die über ihr Leben schreiben. Bill schreibt, du diskutierst und ich lebe. Was soll's, wenn wir uns einander erklären, als wären wir Personen in einer Komödie! Ich bin wieder da, das ist alles. Taxi, stop!«

Der Fahrer hielt fast an der Kreuzung Fünfte Avenue und Washington Square. Giovanna und Richard stiegen aus.

»Ich begleite dich«, sagte Giovanna.

Doch Richard schob sie zärtlich in die Richtung von Martines Haus.

»Es ist an mir, dich zu begleiten.«

»Ich begleite dich zuerst und dann kannst ja du mich begleiten«, versuchte Giovanna zu scherzen.

»Giò, ich bin müde. Du darfst nicht vergessen, daß ich heute früh noch in San Francisco war.«

»Daran hatte ich nicht gedacht. Gute Nacht, Richard.«

»Gute Nacht, Giò.«

Er küßte sie, wie man eine Schwester küßt: auf die Schläfe. Mit einem verlegenen Lächeln.

»Giò, wie heißt es doch immer in einem Melodrama? ›Ich brauche dich.‹ Also: ich brauche dich. Und deshalb sollst du gut schlafen und dich ausruhen.« Und er entfernte sich zaudernden Schrittes: ein schmächtiger Schatten vor der Wand. Und sie lief frohgemut nach Hause. Was kümmerte es sie schon, wenn dieser zweite Abend eine Katastrophe gewesen war? Richard hatte gesagt: »Ich brauche dich«: nur das zählte. Sie schloß die Augen, faßte sich an die heiße Stirn, streifte mit ihren Lippen das Kopfkissen und stellte sich vor, es sei kein Kopfkissen, sondern Richard. Sie lächelte über ihre Erregung, dachte, daß sie gern und möglichst bald die Sache wiederholen würde. Es heißt allgemein, das zweite Mal sei viel schöner: morgen würde sie es erfahren. Morgen würde sie durch die grünlackierte Tür gehen und es erfahren, sagte sie sich noch einmal. Und schlief vertrauensvoll ein, um an einem vielversprechenden Morgen wieder zu erwachen.

Waren diese grünen Platanen etwa kein Versprechen? Waren diese Glocken, die von der Kirche gegenüber läuteten, etwa kein Versprechen? Waren diese Jungen und Mädchen, die da Hand in Hand, die Bücher in der anderen Hand, auf der Straße gingen, etwa kein Versprechen? Und war es nicht schön, im Village zu wohnen, in diesem bunten, bizarren Viertel mit seinen elisabethianischen kleinen Villen und den Außentreppen und verrosteten Eisengeländern? Sie rief mit einem freudigen Aufschrei nach Martine, und als Erwiderung kam unter dem Kopfkissen ein Knurren hervor. Martine tauchte aus lila Leintüchern auf, war schlaftrunken unwillig, hatte große Ringe unter den Augen: wie jemand, der gerade geweint hat.

»Was willst du, Giò?«

»Mein Gott, Martine! Was ist denn mit dir?«

»Was soll mit mir sein? Ich bin um sechs Uhr früh nach Hause gekommen. Gib mir eine Zigarette und laß mir einen Pfirsichsaft mit Champagner bringen.«

Sie gab ihr die Zigarette und beauftragte das Dienstmädchen, den Pfirsichsaft mit Champagner zu bringen.

»Um diese Zeit, Martine! Wäre da nicht ein Kaffee besser?«

»Schweig!«

»Ich verstehe. Du bist auf mich böse wegen gestern abend. Martine, ich muß dich um ...«

»Ich hab mich mit Bill gestritten. Du kannst dir deine Entschuldigung sparen.«

»Oh, nein! Es war meine Schuld.«

»Es war nicht deine Schuld.«

»Und doch war es meine. Es tut mir so leid, Martine.«

»Und mir kein bißchen.«

»Aber du warst doch so in ihn verliebt!«

»Jetzt nicht mehr.«

»Was ist denn passiert, Martine?«

»Und wo bist du gewesen?«

Martine sah sie prüfend an. Ihr aufgelöstes Haar fiel ihr über die Schultern, ihr Gesicht war hinter dem Zigarettenrauch halb versteckt.

»Nirgends. Ich bin gleich schlafen gegangen. Richard war müde.«

»Gut so. Wirst du ihn wiedersehen?«

»Natürlich werde ich ihn wiedersehen. Du weißt ja gar nicht, wie lieb er ist, Martine. Einen wie Richard habe ich noch nie kennengelernt.«

»Daran zweifle ich nicht.«

»Oh! Du bist aber wirklich schlecht aufgewacht, Martine. Ciao, ich gehe in die Küche hinunter und trinke einen Kaffee.«

»Giò, komm her.«

»Ja, Martine. Was denn?«

Martine drückte die Zigarette aus, trank einen kräftigen Schluck Pfirsichsaft mit Champagner und verkroch sich wieder unter den Leintüchern.

»Nichts. Ich wollte dir nur sagen, daß das Telefon klingelt.«

»Ich hab's gehört.«

»Dann geh doch hin: worauf wartest du? Begreifst du nicht, daß ich das Klingeln nicht ertrage, daß mir der Kopf zerspringt? So melde dich, verflixt! Vielleicht ist es dein allerliebster Richard.«

Giovanna zuckte die Achseln und verstand überhaupt nichts.

»Hallo?«

* * *

Es war Richard. Auch er war gut aufgelegt. Und abends war er es noch mehr. Zum Essen führte er sie in ein ungarisches Restaurant und machte sich einen Spaß daraus, erst Käsecracker wie ein Monokel auf seinem Augenlid zu befestigen und dann so zu tun, als rauche er ein Brotstäbchen. Er bestellte Sauerkraut à la Kolozsvàà und Châteauneuf-du-Pape. »Ich verabscheue Eier mit Schinken, Popcorn und Coca-Cola. Ach, Giò: wie mir doch die gute europäische Küche schmeckt!« Er gab den beiden geigenden Zigeunern ein übertriebenes Trinkgeld. Anschließend brachte er sie in einen hochfeinen Nightclub, wo vier talentierte, doch unbekannte Künstler über Amerika spöttelten. »Das New York, das du kennst«, sagte Richard, »ist nicht das echte. Es ist das von Bill: erbaut aus Zement, Haferflocken und Hochmut. Ich will dir das wahre New York zeigen, das so geistreich, elegant und international ist wie keine andere Metropole. Sag mir doch, wo du in Europa noch das alte Ungarn, das alte Rußland, das alte Frankreich und das alte Italien finden kannst! In Europa gebt ihr euch Mühe, Amerika zu kopieren, ihr seid schon fast Amerikaner. Und hier findest du die Europäer, die vor hundert Jahren ausgewandert sind: wir haben sie nicht verheizt. Ach, Giò! Du sollst begreifen, warum ich New York liebe. Weil es nämlich in New York die ganze Welt gibt: London, Paris, Petersburg, Tokio, Beirut, Shanghai. Alles: sogar den Sinn für Humor. Schau dir diese Kerle an: sind sie nicht köstlich?« Und er erzählte ihr von den zweihunderttausend Katzen, die in den Subways leben, von den fünftausend Falken, die auf den Wolkenkratzern leben: »Ja, wir haben sie alle einzeln gezählt: in der Statistik sind wir unerreichbar, weißt du. Wir bringen es sogar fertig, eine Bestandsaufnahme von Katzen und Falken zu machen.« Er erzählte ihr auch die Geschichte des Herrn Roosevelt Zanders, Chauffeur eines Rolls-Royce, der aber selber so reich ist, daß er sich von seinem eigenen Fahrer zur Arbeit bringen läßt. Kaum war er wieder auf der Straße, tanzte er einen Tip-Tap um einen verärgerten Passanten herum, und als der ihn anschrie, rief er ihr zu: »Nimm's nicht tragisch, der ärgert sich nur, weil er's nicht fertiggebracht hat, Präsident der Vereinigten Staaten zu werden. Alle Amerikaner ärgern sich, weil sie es nicht fertiggebracht haben, Präsident der Vereinigten Staaten zu werden.«

»Willst du's nicht auch werden?«

»Darauf pfeife ich: ich bin Fotograf. Ach, Giò, kennst du nicht diese sublime Freude, die einen jedesmal erfüllt, wenn man mit einem Bild eine Geschichte erzählt? Das Bild braucht nur eine Sekunde, den Bruchteil einer Sekunde: und trotzdem hast du es eingefangen, und das war so, als würdest du die Zeit in eine Flasche stecken. Wenn ich die Zeit in eine Flasche stecke, fühle ich mich als Magier, als Alchimist, als Hexe. Du kommst doch in mein Atelier, um dir meine Reportagen anzuschauen? Du kommst doch, nicht wahr?«

»Auch sofort. Gehen wir hin.«

»Sofort? ... Ausgeschlossen ... Um diese Zeit ist dort niemand ... Es wäre nicht korrekt.«

»Was ist denn dabei, wenn wir dort allein sind? Den ganzen Abend sind wir unter so vielen Leuten gewesen.«

»Natürlich, du hast recht: aber ich habe einen schrecklichen Hunger bekommen. Ach, warum habe ich denn immer Hunger? Giò, verzeih mir einen Stilbruch: ich spendiere dir zwei Eier mit Schinken in der Snackbar.«

Sie betraten die Snackbar, setzten sich zwischen die Einzelpersonen, die dort melancholisch ihren Kaffee tranken und ihre Eier mit Schinken aßen, und er nahm seine Phantastereien wieder auf. Der Vorwand dazu: eine Radiowerbung.

»Hörst du? Hörst du diese Stimme, die herunterregnet, und man weiß nie, wo sie herunterregnet? Das ist die Stimme des amerikanischen Gottes, den man zwar nicht sieht, der aber existiert, und wenn er nicht singt, dann befiehlt er dir etwas: ein Flugzeug zu besteigen, einen Tomatensaft zu trinken, den Kongreß nicht zu beleidigen. O Gott, schenk mir ein wenig Schweigen!«

»Gehen wir nach Hause, Richard. Dort ist Schweigen.«

»Gehen wir, gehen wir. Ich will etwas laufen.«

Die Glocke im Village schlug drei Uhr, als sie endlich zur Washington Square kamen. Also wagte Giovanna in dieser Nacht erst gar nicht, ihn zu fragen, ob sie ihn bis hinter die grünlackierte Tür begleiten dürfe: und das war der Anfang einer betörenden und absurden Reihe betörender und absurder Abende.

Richard rief sie für gewöhnlich morgens an: um auszumachen, wohin sie abends gehen würden. Am Abend holte er sie dann gegen sieben Uhr ab, und sie gingen erst in irgendein teueres und exotisches Restaurant, anschließend bis in die Morgenstunden in irgendein Theater oder in einen Nightclub oder in ein Kino: wo Richard ganz zusammengekauert wie eine Katze dasaß, seine Hand in Giovannas Hand, und wenn sie diese zurückzog, weil sie ihr eingeschlafen war, ausrief »Wo bist du? Gib mir die Hand zurück!« Oder sie gingen zu einem Cocktail, zu einer Vorpremiere oder sonst wohin, wo es stets viele Menschen gab, wo dieses geschwätzige, herzliche, unvollkommene Vergnügen bis drei Uhr oder gar bis vier Uhr morgens dauerte. Und Giovanna kehrte nach Hause zurück, Schuhe in der Hand, um Martine nicht aufzuwecken, und sank, noch halb angekleidet, aufs Bett und fand keinen Schlaf, unzufrieden wie sie war, und fragte sich, was denn falsch sei an ihrer Beziehung zu Richard, der acht Tage lang nicht mehr den Mut aufgebracht hatte, sie wieder in sein Bett zu holen.

»Soll ich dich begleiten?«

»Nein, heute bin ich an der Reihe, dich zu begleiten.«

»Kommst du mit herauf?«

»Nein, es ist ja schon fast Tag.«

»Soll ich dich morgen abholen?«

»Nein, da bin ich an der Reihe, dich abzuholen.« Und mit der Erinnerung an solche Wortplänkeleien, an peinliche Diskussionen und an stets vergebliche Versuche schlief sie ein: um am nächsten Morgen mit schwerem Kopf, belegter Zunge und steifen Beinen wieder aufzuwachen, den Arm zum Telefon ausgestreckt, um seinen Anruf entgegenzunehmen. In dieser Periode wurden die Tage zu Abständen zwischen einem Anruf und dem anderen, zwischen dem Augenblick, da Richard die Treppe zu ihr heraufkam, um sie zu holen, und dem Augenblick, da er sich unten an der Treppe von ihr verabschiedete. Und in den Zwischenräumen konnte sie nichts Ernstliches tun. Das Filmsujet war ein Alpdruck, der immer wieder verschoben wurde, das Vertrauen von Gomez eine Beklommenheit, die sie nicht loswurde. Um diesem etwas vorzuspiegeln, ging sie hie und da ins Büro und wies das Mädchen mit der Brille an, irgend etwas zu recherchieren und die Notizen abzuschreiben, die sie sich in ihr Heftchen gemacht hatte: Richards Sätze, Bemerkungen und Gedanken. Oder sie versuchte, irgendeine Geschichte zusammenzubringen. Aber die Worte wurden in ihrem vernebelten Verstand zu Nummern; und auf jeder Seite erschien wie ein Kehrreim derselbe Anfang: »Elena hob die Arme zum Himmel und rief: ›Christian Dior!‹ Elena war schön, hatte ein unregelmäßiges Gesicht, um dessen unwiderstehliche Faszination sie wußte, und trug am linken Ringfinger einen Brillanten von der Größe eines Pfefferminzbonbons.« Eine dieser Seiten war bei Martine gelandet, die sich zwar geschmeichelt fühlte, sich aber doch mit den Händen in die Haare fuhr.

»Christian Dior! Sieht so dein berühmtes Talent aus?«

»Gib mir Zeit, Martine. Es fehlt noch die Inspiration, aber sie wird schon kommen.«

»Du hast noch nie wirklich gelitten. Deshalb fehlt dir die Inspiration.«

»Weißt du überhaupt, was leiden heißt, Martine?«

»Natürlich nicht, mon petit chou. Du hast ganz recht.«

In Anbetracht der Vorzugsbedingungen, unter denen sie ihre Reise angetreten hatte, dachte Giovanna, und der wenigen vergangenen Wochen bestand kein Grund, sich allzu viele Gedanken zu machen. Zu allem Überfluß hatte ihr der Produzent geantwortet, die Idee sei ausgezeichnet und sie solle sich nur Zeit lassen. Immerhin wuchs ihr Schuldgefühl und gleichzeitig ihr Verlangen, so einen Aufenthalt besser zu nutzen; vergebens wiederholte sie sich immer wieder, sie solle sich nicht in Skrupel verlieren: erlebe sie doch die faszinierendste, sorgloseste, ergiebigste Zeit ihres Lebens ...

Ergiebig? Sie schlief zu wenig, stand um zehn Uhr verkatert auf und trank literweise Kaffee, damit sie wach wurde und Richard mit fröhlicher Stimme erwidern konnte: »Natürlich treffen wir uns. Um sieben.« Dann gab sie sich alle Mühe, Energien für den Abend zu sammeln und verließ das Haus, um sich die Füße im Village zu vertreten, wozu Martine nur den Kopf schüttelte. Doch geriet sie unvermeidlich unter die Fenster von Richards Haus und sah auf den Eingang mit dem steinernen Löwen oder auf die erloschene Reklame von Gordon's Gin. Sie sprang in ein Taxi. Das Taxi setzte sie in der Midtown ab: da ließ sie sich von der Trägheit in die Kaufhäuser fortziehen, in ein Automatenrestaurant, konnte dem Schild, jenen roten Buchstaben nicht widerstehen, dem Sinnbild von Bills grausamem Amerika, das sie jeden Abend zusammen mit Richard verriet. Sie näherte sich den in die Abteilungen Warmspeisen, kalte Speise, Süßigkeiten und Getränke unterteilten makabren Glaswänden, steckte die Geldstücke in den Schlitz, drehte die Kurbel und nahm sich mit der gleichen naiven Freude, die sie in den ersten New Yorker Tagen ergriffen hatte, einen Hamburger und einen zusammengefallenen Salat: die sie aber nicht am Tisch aus Plastik essen würde. Als sie wieder draußen war, ging sie die Zweiundvierzigste Avenue entlang, tauchte dann in die Fünfte Avenue und setzte sich auf die Treppen der Public Library zu Studenten und Stadtstreichern.

Der neoklassische Bau der Public Library mit seinen weißen Säulen, mit seinen von Taubendreck gesprenkelten Balustraden und seinen grauen Bäumen war ihr topographischer und sentimentaler Ruhepunkt. Hier hatte sie den Eindruck, von Richards Amerika, dem Village, und von Bills Amerika, den Wolkenkratzern des Rockefeller Center, gleich weit entfernt zu sein. Da saß sie zusammengekauert auf einer Stufe, hatte die Arme um die Knie und das Kinn auf die Knie gelegt und konnte beobachten und nachdenken. Sie beobachtete den grausamen Verkehr längs der Fünften Avenue, die grünen Busse, die gelben und sperrigen Taxis, die Autos der Wahlkampagne mit den gröhlenden Lautsprechern, die Zeitungsverkäufer, die pausenlos ihre bald in die Abfallkörbe geworfenen Zeitungen verkauften, all die Füße, die ununterbrochen gingen, und all die Gesichter, die ununterbrochen vorbeizogen. Und ihr kamen Zweifel: warum mochten so viele dieses Gelobte Land nicht und hielten es für eine Hölle? Und sie dachte an sich selbst, an die Sache, an Richard: und es überkamen sie angstvolle Zweifel. Warum war die Sache nicht wiederholt worden? Warum ließ er es jeden Abend so spät werden? Wo er sie hinbrachte, war es zwar nett, doch stets voller Menschen. Warum begriff er nicht, wie peinlich es für eine sechsundzwanzigjährige Frau war, sich mit demselben Mann, dem sie sich das erste Mal in ihrem Leben hingegeben hatte, in eine platonische Beziehung verstrickt zu sehen. Was hatte es schon genutzt, das Höllentor aufgestoßen zu haben, wenn man nicht hineinging? Sie war erwachsen und er war erwachsen, sie war frei und er war frei: wurde diese alberne Keuschheit nicht mit jedem Tag absurder?

Unfähig zu begreifen und mit dem Vorsatz, nicht zu begreifen, ersetzte sie ihre Ahnungen mit Fragen. Erhob sich dann lustlos und stieg in einen Autobus, den sie an der Ecke von Richards Straße wieder verließ. Und hier explodierte mit bitterer Ironie die letzte Frage: hatte es die Sache denn wirklich gegeben? Zu ihren inzwischen geweckten Sinnen kam jetzt noch die brennende Neugier, das Bett hinter der grünlackierten Tür wiederzusehen und sich davon zu überzeugen, daß die Sache wirklich stattgefunden hatte. Sie suchte nach Ausreden, nach Vorwänden, um wieder hinkommen zu können, bis Richard sie eines Tages anrief und sagte, daß er sie gegen acht Uhr abholen werde. Da erwiderte sie: »Um die Zeit bin ich nicht zu Hause. Ich komme bei dir vorbei. Ciao. Entschuldige, ich hab's eilig.« Dem Dienstmädchen schärfte sie ein, Herrn Baline zu sagen, falls er anrufen würde: »Das Fräulein ist nicht da. Ich kann ihr auch nichts ausrichten, weil ich nicht weiß, wo sie ist und wann sie zurückkommt.« Herr Baline rief zurück, das Dienstmädchen sagte, was sie sagen sollte, und Martine hatte dafür nur einen schiefen Blick ohne jeden Kommentar. Giovanna war pünktlich um acht Uhr dort.

»Komm nur herein«, rief Richard mit seiner Stentorstimme aus dem Bad. »Es ist nicht abgeschlossen.«

Vorsichtig drehte Giovanna den Knauf und öffnete die Tür.

»Mach dir's bequem. Der Whisky steht auf dem Tisch.«

Noch vorsichtiger ging Giovanna durch den Gang bis ins Wohnzimmer.

»Ich rasiere mich nur zu Ende.«

Schweigend setzte sich Giovanna in einen Sessel. Und alles war wie in ihrer Erinnerung: der Schreibtisch voller Blätter und Fotografien, das braune Samtsofa, die Schiebetür zum Schlafzimmer. Aber die war geschlossen.

»Giò, bist du da?«

»Natürlich bin ich da.«

»Bringst du mir netterweise ein Hemd? Schlafzimmerkommode, dritte Schublade.«

»Schon gut.«

Sie hatte feuchte Hände, die ihr an der Schiebetür nicht nur einmal ausrutschten. Schließlich gelang es ihr, sie zu öffnen; und für einen Augenblick stockte ihr der Atem, als sie die weiße Decke, den Fernseher am Fußende des Bettes und den Plattenspieler sah: die Sache war wirklich geschehen. Aber sie fing sich gleich wieder, und der Schlafzimmerspiegel zeigte das Gesicht eines gefaßten Mädchens, das eine Schublade öffnete, ein Hemd herausholte und wieder ging. Als sie die Schiebetür schloß, hatte sie trockene Hände. Sie reichte Richard das Hemd, der seinen Arm zum Bad herausstreckte, kehrte zurück und goß sich etwas Whisky ein. Dabei stieß die Flasche mit leichtem Klirren ans Glas.

»Giò, bist du da?«

»Natürlich bin ich da.«

»In was für eines sollen wir denn heute abend gehen? Ins polynesische, ins spanische, ins französische, ins chinesische? Wir sind ja schon fast überall gewesen.«

»Wir gehen dahin, wohin du willst, Richard.«

»Spiel doch nicht die Unterwürfige. Das paßt überhaupt nicht zu dir.«

»Ich und unterwürfig?«

»Nein, das wirst du gottlob nie sein. Aber du versuchst es in den unpassendsten Augenblicken: wenn es beispielsweise darum geht, ein Restaurant auszusuchen. Weißt du, daß es die Amerikaner gar nicht leiden können, vor die Wahl gestellt zu werden? Achte einmal darauf, wie sie die Speisekarte in der Hand haben: sie zittern dabei. Um Gottes willen, scheinen sie zu sagen: was esse ich jetzt nur? Heute abend fühle ich mich als Amerikaner bis zur Speisekarte. Ich will keine Auswahl treffen.«

Er war aus dem Bad gekommen und knöpfte sich das Hemd zu. Jetzt steckte er es in die Hose, die seine schöne schmale Hüfte umkleidete. Und lächelte: in der Art eines matten Erzengels. Giovanna sehnte sich mehr denn je nach ihm.

»Essen wir doch hier. Wir holen uns unten im Drugstore irgend was Komisches und essen hier. Paßt es dir, Richard?«

»Nein.«

»Warum nicht? Das wäre lustig.«

»Nein. Ich hasse Zwiebelgestank, siedendes Öl und schmutzige Teller. Gehen wir wieder zu Peter. Sein Menu ist festgelegt, und ich muß keine Wahl treffen.«

»Gut. Dann setz dich jetzt hin, und wir trinken etwas.«

»Giò! Ich falle um, ich sterbe vor Unterernährung. Ich habe den ganzen Tag lang eine verdammte Kleiderkollektion fotografiert und habe Hunger. Ich bitte dich, gehen wir gleich essen.«

Giovanna stellte sich zornig vor ihn hin.

»Ist es dir lästig, mich hier zu haben?«

»Lästig? ... Das ist doch Unsinn, Giò. Warum ... sollte es mir lästig sein?«

Er war einen Schritt zurückgewichen.

Sie trat mit Entschiedenheit auf ihn zu. Legte ihm ihre Hände auf die Schultern, hielt sie fest.

»Richard, diese Geschichte ist unmöglich. Richard, wir sind doch keine Kinder. Richard, ich muß ...«

Das Klingeln des Telefons erstickte ihr die Worte im Hals. Richard lief hin.

»Ja, Bill. Nein, Bill. Unmöglich, Bill. Ja, ich gehe mit Giò aus. Ja, Giò ist hier. Einverstanden. Ja, später oder morgen früh rufe ich dich an.«

Er legte fast widerwillig den Hörer auf. Kratzte sich am Ohr, kniff sich in die Nase und tat so, als würde er krampfhaft nach etwas suchen.

»Verzeihe, Giò. Was sagtest du gerade?«

»Nichts. Ich sagte nichts.«

»Dann gehen wir doch gleich.«

An diesem Abend verfiel Richard in deprimierende Melancholie. Er schickte das gefüllte Huhn zurück, ließ fast den ganzen Wein in der Flasche. Schließlich begann er ohne jeden Anlaß, über den Tod zu reden. »Ach! Wie kann man nur in so einer Stadt der Leichen leben! Du weißt es nicht, aber sie ist auf Leichen erbaut. Schau zu einem Wolkenkratzer hinauf, und da drinnen liegt zwischen Eisen und Zement die Leiche mindestens eines der Arbeiter, die ihn errichtet haben. Laufe auf irgendeiner Straße, und unter deinen Füßen liegt die Leiche mindestens eines der Arbeiter, die sie erbaut haben. Steige in eine Subway hinunter, und über deinem Kopf befindet sich eine Decke mit Leichen: Leichen von Arbeitern, die in den Zementbrei gefallen und darin geblieben sind, denn hätten die Bauherren das Einschütten gestoppt, wäre ihnen kostbare Zeit verlorengegangen. Geh zum Angeln an ein Flußufer, und unten im Schlamm liegt die Leiche eines Selbstmörders mit einem Stein am Hals oder die eines Gangsters, der von einem Rivalen beseitigt wurde. Besuche einen Freund, und du siehst, daß seine Fensterscheibe beschlagen, mit schwarzen Krümchen gesprenkelt ist. Du fragst ihn, warum die Scheibe beschlagen ist und was die schwarzen Krümchen sind, und er antwortet dir unbewegt, daß sich gleich nebenan ein Mortuary Home befindet und daß sicher in diesem Augenblick eine Leiche verbrannt wird. Jene schwarzen Krümchen sind das, was von einem Menschen übrigbleibt. Was macht das schon, bezahlst du doch wegen dieser banalen Unannehmlichkeit weniger Miete! Oh, nein! Ich bin nicht dazu geschaffen, in einer Stadt zu leben, wo die Scheiben beschlagen, weil sich nebenan ein Krematorium befindet. Ich bin nicht dazu geschaffen, in einer Welt zu leben, wo die Flugzeuge in den Himmel schreiben ›Trinkt Pepsi Cola‹. Sehe ich ein Flugzeug, denke ich an einen Engel. Sag mal, Giò: kann ein Engel ›Trinkt Pepsi Cola‹ in den Himmel schreiben?«

»Iß, Richard.«

»Iß, iß! Alle lösen hier alles mit dem Essen: bist du denn eine von ihnen? Iß, iß! Das sagen auch die Psychiater: überfällt dich der Schmerz, dann iß. Als besäße die Seele einen Verdauungsapparat. Sagst du das auch?«

»Ich sage das nicht, Richard. Aber ich komme aus einem Land, wo der Verdauungsapparat noch mehr leidet als die Seele, denn die Seele füllt sich mit Träumen und der Verdauungsapparat nicht. Ich habe gelernt, praktisch zu sein und ich habe schon zu viele Tote gesehen, um mir erlauben zu können, über die Leichen zu weinen, die New York erbaut haben. Aber ich verstehe dich. Du brauchst nicht zu essen, wenn du nicht willst.«

»Oh, Giò! Welch ein Trost, dir zuzuhören und zu wissen, daß du mich verstanden hast. Siehst du, Giò, dir kann ich es ja sagen: denn wenn ich es Bill sage, komme ich mir erbärmlich vor. Es gibt Augenblicke, da sehne ich mich nach dem Tod wie ein Dürstender, der sich nach einem Glas frischen Wassers sehnt. Weißt du, einmal habe ich sogar den Versuch gemacht: mit dem Revolver meines Vaters. Da war ich gerade aus dem Krieg zurück. Ich hielt ihn an meine Schläfe, drückte ab und es machte klick. Er war nicht geladen. Welche Schande, Giò! Welche Schande! Ich hatte nicht die Kraft, ihn zu laden und es noch einmal zu versuchen. Ich werde nie diese Kraft dazu haben. Selbstmord ist keine feige Handlung, Giò. Er ist eine mutige Handlung, eine Tat der Freiheit: höchste Tat einer höchsten Freiheit. Es ist die höchste Wahl zwischen Besitz und Nichtbesitz des einzigen, was wir besitzen: Leben. Schlimm ist nur, daß derjenige, der nicht die Kraft hat, sich zu töten, nicht einmal die Kraft hat zu leben ...«

Giovanna hörte ihm etwas überrascht und etwas erschrocken zu: hörte auch gleichzeitig auf die Musik vom Plattenspieler, wie sie in den Restaurants üblich ist. Es waren sanfte, nostalgische Klänge, die sie mehr beeindruckten als Richards Worte. Sie rochen förmlich nach Dachstuben, nach Menschen, die mit dem Rad fuhren, nach allzu starkem Kaffee in allzu kleinen Täßchen, nach Europa. Was war es doch? Ach, ja: *I love Paris.* Sie hörte genauer hin: *»I love Paris in the springtime, I love Paris* *in the fall, I love Paris in the winter when it freezes, I love Paris in the summer when it ...«*

Wie gern wäre sie in diesem Augenblick in Paris gewesen, dachte sie, in einem Bistro am Ufer des Flusses, der nicht an Leichen denken ließ, wie gern wäre sie durch Straßen gegangen, die keine Leichen einschlossen, wie gern wäre sie in eine Métro hinabgestiegen, deren Decke keine Leichen verbarg. Seine Stimme weckte sie aus diesen Gedanken.

»Gehen wir, Giò. Diese Schmachtmusik bringt mich um.«

An dem Abend hörten sie sich noch Volkslieder an, und Richard hielt sie die ganze Zeit an sich gedrückt. Um Mitternacht machte er den Vorschlag, schlafen zu gehen. Und schien an der Straßenecke von neuer Ungewißheit befallen zu sein: er küßte sie lange.

»Falls du noch nicht müde bist ... Falls du für einen Augenblick heraufkommen willst ...«

»Nein, danke. Ich bin müde und ich muß schlafen«, erwiderte sie.

»Wirklich?«

»Wirklich.«

»Dann ciao. Morgen abend können wir uns leider nicht sehen. Wir sehen uns Sonntag vormittag. Einverstanden? Weißt du, Giò, da fällt mir gerade ein: wir beide haben uns noch nie tagsüber gesehen. Immer erst nach Sonnenuntergang. Sonntag vormittag sehen wir uns bei Sonnenlicht. Einverstanden?«

Giovanna sagte ja und ging ins Haus, wo sie hoffte, Martine vorzufinden und fragen zu können, ob sie an dieser Geschichte etwas begriff. Zum Beispiel: warum Richard nach seinem Versuch, ihr zu sagen: »Ich sehne mich nach dir« vom Tod gesprochen hatte. Und warum sie nicht mit hinaufgegangen war, nachdem ihr Richard endlich die ersehnte Frage gestellt hatte: »Willst du für einen Augenblick heraufkommen?« Martine war nicht da. Sie hatte einen Zettel dagelassen: »Ich esse mit einem

Blonden. Vielleicht komme ich nicht zurück. Sag dem Dienstmädchen, es soll Joghurt kaufen.« Unter dem Zettel lag ein Brief von Francesco. Sie öffnete ihn mit fliegenden Fingern und versuchte beim Lesen, sich über die Gefühle klarzuwerden, die er bei ihr erweckte.

»Giovanna, meine Liebe, welcher Kummer, mich von Dir vergessen zu fühlen. Nicht eine Zeile, nicht eine Ansichtskarte: diese Trennung fällt mir schwerer, als Du glaubst. Ich muß zugeben: vom Augenblick meines Erwachens bis zum Augenblick meines Einschlafens frage ich mich in einem fort, wie es Dir wohl gehen mag, was Du tust, wie Du mit Deiner Arbeit vorankommst. Ich habe vom Commendatore erfahren (ist es nicht ein wenig traurig, dies vom ihm zu erfahren?), daß Du schon eine Idee für Dein Sujet hast: Martine. Bei der Nachricht mußte ich lächeln: ist es denn möglich, daß Dir New York nichts Besseres bietet? Gewisse Personen aus dem Luxusmilieu der weißen Telefone sind mir schon immer zuwider gewesen: im Leben wie im Film. Man fragt sich, wie sie sich durchs Leben bringen, ob sie überhaupt ein festes Einkommen haben. An Deiner Stelle würde ich die Figur Martine nur flüchtig in Erscheinung treten lassen: und mehr auf Amerika eingehen. Hast Du von Deiner männlichen Hauptperson schon ein Konzept? Ich schreibe Dir in Eile, weil ich knapp vor der Abreise stehe: es geht nach Paris, wo ich mich an einem Drehbuch beteilige. Ich bleibe dort zwei Wochen. Wenn Du willst, kannst Du mir über das Pariser Büro schreiben. Du schreibst mir doch! Ich möchte wissen, was geschehen ist. Ich umarme Dich. Francesco.«

Nein, sie konnte keinerlei Gefühle ausmachen, während sie den Brief las: nur einen Hauch von Neid, weil er sich um diese Stunde in Paris befand. Folglich würde sie ihm antworten und die Wahrheit gestehen. Sie setzte sich vor ein Blatt Papier und antwortete.

»Lieber Francesco, Du fragst mich, was geschehen ist, und Du kennst mich als loyale Frau. Es ist genau das geschehen, was Du befürchtet hattest: ich habe jenen Toten wiedergefunden. Bisweilen sind die Toten lebendiger als die Lebenden: Du hattest recht. Also brauche ich Dir gar nicht erst die unglaubliche Geschichte zu erzählen, wie ich ihn wiedergefunden habe. Je mehr ich daran denke, um so mehr komme ich mir wie eine Fliege vor, die sich in einem Spinnennetz verfangen hat, oder auch wie ein Bauer in einem aberwitzigen Schachspiel, dessen Figuren von einem Unsichtbaren bewegt werden. Richard Baline kann Dir in keiner Weise das Wasser reichen: das weiß ich. Ich glaube, daß ich ihn trotzdem und gegen meinen Willen liebe. Manchmal komme ich mir schon arm vor, wenn ich nur daran denke, daß ich für einen Abend darauf verzichten könnte, ihn zu sehen. Verzeih mir also, Francesco: jedenfalls mußte ich Dir das sagen. Unsere Beziehung war ja nicht so, daß ich ein Gefühl von Untreue haben müßte. Wir waren kein Liebespaar und auch nicht verheiratet oder verlobt. Wir waren innige Freunde, und ich hoffe, das sind wir noch. Und dem innigen Freund sage ich: ich weiß nicht, kann nicht wissen, wie das endet, wann es endet, ob es endet. Aber ich werde alles tun, damit es nicht endet. Nochmals: verzeih mir. Giò.«

Es war fast ein Uhr morgens. Auf dem Platz vollführten die Beatniks den üblichen Freitagslärm. Drei Häuserblocks weiter, hinter der grün lackierten Tür, wählte ein hagerer Finger die gewohnte Telefonnummer.

»Hallo. Bill?«

IX

Martine wollte einfach nicht erzählen, was es in der Nacht nach dem japanischen Restaurant mit Bill gegeben hatte. Wenn Giovanna fragte, verstummte sie oder schüttelte den Kopf oder wechselte das Thema. Und wenn sie nachher allein war, betrachtete sie nachdenklich ihre Fingernägel oder murmelte etwas vor sich hin: als sei sie von einer fixen Idee, von einer Zwangsvorstellung ergriffen.

Ihr Leben bewegte sich in einer festen Kreisbahn von Theaterpremieren, Cocktails und Flirts, die alle nicht länger als vierundzwanzig Stunden dauerten. Und doch, meinte Giovanna, war sie nicht mehr dieselbe. Sie war, wie soll man das sagen?, nicht mehr ganz Martine. So konnte es beispielsweise geschehen, daß sie einem besonders willkommenen Anbeter erwiderte, sie sei wegen unaufschiebbarer Verpflichtungen oder wegen Kopfwehs nicht imstande, sich mit ihm zu treffen: dann blieb sie im Bett, hörte laute Schallplattenmusik, döste vor sich hin und wiederholte ständig, sie wolle sich einen Hund kaufen, vielleicht einen Yorkshire Terrier, weil er der kleinste auf dem Hundemarkt war. »Sag mal, sieht er nicht aus wie ein behaartes Kind?« Wenn sie zum Abendessen fortging, kam sie zu einer vernünftigen Zeit wieder nach Hause. Und wenn sie morgens ausgeschlafen aufwachte, gab sie sich weise und verständnisvoll; und sagte: »Mon petit chou, du mußt schlau sein!« Eines Nachmittags wollte sie unbedingt zu Hammacher and Schlemmer begleitet werden, und hier geschah etwas, das Giovanna verblüffte.

In diesem Kaufhaus gab es einen Stand für Hundeartikel. Martine ging verträumt um ihn herum, ihr Blick fiel auf eine Schachtel mit Regenschühchen: so winzig, daß sie nicht einmal einem Neugeborenen gepaßt hätten. Sie legte ihre Hand aufs Herz, riß die Augen auf, runzelte die

Stirn und verkündete dann, schwer atmend: »Die will ich haben.«

»Was machst du denn damit, Martine? Du hast doch keinen Hund!«

»Ich will sie aber. Den Hund werde ich mir kaufen.«

»Martine! Man kauft doch zuerst den Hund und dann die Hundeschuhe. Es könnte ja die falsche Größe sein.«

»Dann kaufe ich eben einen Hund, dem diese Schühchen passen.«

»Das ist dumm, Martine.«

»Nein. – Bitte ein Paar.«

Der Verkäufer sah sie mit teilnahmslosem Gesicht an. Dann nahm er die durchsichtige Plastikschachtel mit den Schühchen, verpackte sie und überreichte sie Martine.

»Bitte, Madam. Vier Dollars und fünfundzwanzig Cents.«

Martine starrte ihn an, als träume sie.

»Ich sagte ein Paar.«

»Das ist ein Paar, Madam.«

»Das ist nicht ein Paar, das sind vier. Was mache ich denn mit vier?«

»Wie sagten Sie, Madam?«

»Ich sagte, daß mir ein Paar genügt.«

Der Verkäufer zuckte mit den Wimpern.

»Ist Ihr Hund ein normaler Hund, Madam?«

»Natürlich ist er ein normaler Hund, wird ein normaler Hund sein. Was erlauben Sie sich eigentlich, meinen Hund als ein Monster hinzustellen!«

»Darf ich bemerken, Madam, daß ein normaler Hund vier Pfoten hat und nicht zwei!«

Martine starrte ihn an, immer noch verträumt, wurde erst weiß und dann rot und brach schließlich in ein so eisiges Lachen aus, wie Giovanna es ihr Lebtag noch nie gehört hatte. Ergriff lachend das Päckchen, verließ lachend das Geschäft, ohne zu kaufen, was sie eigentlich gewollt hatte, und kehrte lachend nach Hause zurück. Da entdeckte Giovanna eine Träne, die über ihre Wange lief.

»Martine! Was hast du? Du weinst ja.«

»Ach, ja. Wegen des vielen Lachens.«

Und nun standen die Schühchen eines Hundes, den es nicht gab, dort im Wohnzimmer unter dem alten Nippes, den Aschenbechern aus Jade und den Eiern aus Marmor, und Martines Finger mit dem rotlackierten Nagel streichelte sie, während sie Giovanna fragte: »Warst du heute nacht in Sorge um mich?«

»Nein. Du hattest ja gesagt, daß du nicht nach Hause kommst.«

»Du fragst nicht, was ich gemacht habe?«

»Nein. Du hast mit einem Blonden zu Abend gegessen.«

»Nur zu Abend gegessen?«

»Martine, den Rest will ich nicht wissen.«

»Hier wollte ich dich haben. Nachher bin ich die ganze Nacht gelaufen. Allein.«

»Verflixt! Warum denn?«

»Ich habe überlegt. Giò, ich muß dir eine große Neuigkeit sagen. Ich habe mich entschlossen, mein Leben zu ändern.«

Giovanna, die noch im Pyjama war, saß ihr gegenüber. Sie hätte sich alles mögliche vorstellen können, als sie Martine nach Hause kommen sah, nur nicht, daß sie ihr Leben ändern wolle.

»Martine, willst du dich zur Ruhe setzen?«

»Machst du Witze?«

»Bekommst du etwa ein Kind?«

»Willst du lästern?«

»Willst du ins Kloster gehen?«

»Giò, dir fehlt es an Phantasie. Sieh mich gut an. Fällt dir nichts Neues auf?«

»Wo?«

»Das Kleid. Betrachte es genau.«

»Ich sehe. Ein beigefarbenes Chanel mit goldenen Bordüren. Sehr schön. Wahrscheinlich hast du es heute früh zusammen mit dem Hut gekauft.«

»Giò, sieh mich besser an.«

Martine steckte die Zigarette in eine Spitze, ging hin und her und blieb schließlich stehen, die Zigarette mit Spitze in halber Höhe.

»Ich sehe eine Zigarettenspitze. Eine lange, vielleicht aus Gold.«

»Giò, du bist deprimierend. Und ein bißchen blind. Siehst du denn nicht, daß ich eine Uniform anhabe?«

»Eine Uniform?«

»Nun: wie nennt man denn ein Arbeitskleid?«

»Das ist ein Arbeitskleid?«

»Ja.«

Martine kauerte sich auf das Sofa und kostete im voraus, was sie sagen würde.

»Von nun an werde ich arbeiten.«

»Verzeihung, Martine. Ich habe nicht verstanden.«

»Du hast genau verstanden. Von nun an werde ich arbeiten. Oh, ich weiß sehr wohl, daß bei einem so ungeordneten und frivolen Individuum wie ich das bin, eine derartige Ankündigung verblüfft. Von jener sozialen Klasse, die man die arbeitende nennt, habe ich keine Ahnung. Gebraucht jemand das Wort Werktätiger, sehe ich ihn an, als sagte er Otorhinolaryngologie: ein Zungenbrecher, den ich nie richtig begriffen habe. Jedenfalls werde ich arbeiten. Und an alle die Mitteilung verschicken: ›Martine gibt sich die Ehre – mitzuteilen –, daß sie der Klasse der Werktätigen – beigetreten ist.‹ Hübsch, n'est-ce pas?«

»Etwas verfrüht, würde ich sagen.«

Giovanna amüsierte sich immer mehr.

»Überhaupt nicht. Erhebe dich, Chérie, und begrüße eine Werktätige mit geregelter Arbeitszeit und Lohn. Seit heute früh gehöre ich zur Belegschaft von ›Harper's Bazaar‹. Das geschah folgendermaßen: nachdem ich durch ganz New York gelaufen war, betrat ich um sieben Uhr morgens eine Bar und trank einen Kaffee und dann noch einen Kaffee und noch einen Kaffee: bis um neun. Um neun nahm ich ein Taxi und fuhr zu Bergdorf and Goodman. Dort zog ich mein schwarzes Abendkleid aus und kaufte mir dieses Chanel. Dann nahm ich ein anderes Taxi und fuhr zu meiner Freundin, der Direktrice von ›Harper's Bazaar‹. Ich ging in ihr Büro, wo die folgende Unterredung stattfand: ›Chérie, brauchst du einen Boten?‹ – ›Martine, protegierst du jetzt Boten?‹ – ›Chérie, brauchst du einen Journalisten?‹ – ›Martine, protegierst du jetzt Journalisten?‹ – ›Chérie, brauchst du ein Mannequin?‹ – ›Martine, bist du pleite?‹ – ›Geistig‹, habe ich gesagt. Und habe ihr meinen Entschluß mitgeteilt. Sie zuckt mit keiner Wimper und sagt nur, ich soll auf und ab gehen. Ich gehe auf und ab, und sie sagt, daß ich nur eines machen kann: Kleider vorführen. Ich sage einverstanden, und sie läßt mich Papiere unterschreiben, aus denen hervorgeht, daß ich ab Montag früh neun Uhr zur Belegschaft von ›Harper's Bazaar‹ gehöre. Voilà.«

»Martine, du lügst. ›Harper's Bazaar‹ stellt niemanden innerhalb von fünf Minuten ein.«

»Gut, ich hab's nur ein bißchen zusammengezogen.«

»Und um neun Uhr stehst du nicht auf. Um neun Uhr gehst du ins Bett.«

»Gut, von nun an wird das anders sein. Und dieser unverschämte Bill wird dann nicht mehr behaupten können, daß ich ein Nichtsnutz, ein Parasit bin, daß ich immer nur auf Kosten der anderen gelebt habe, ohne selber etwas zu tun, daß ich überhaupt nichts verstehen kann, weil ich nie um neun Uhr aufgestanden bin ...«

»Martine, sag mir jetzt nicht, daß du es wegen Bill getan hast.«

Martine nahm den Hörer ab, weil das Telefon klingelte.

»Oh, Darling! Oh, Dear! Nein, Montag abend kann ich nicht. Von Montag an arbeite ich. Nein, ich mache keine Witze: ich habe eine Arbeit gefunden! Hallo! Hallo!«

Sie legte den Hörer auf.

»Die haben Schluß gemacht und gesagt, sie hätten sich in der Nummer vertan. Idioten!«

Sie hob wieder den Hörer ab, weil es wieder klingelte.

»Oh, Darling! Oh, Dear! Mir geht's ausgezeichnet: ich habe eine Arbeit gefunden. Nein, meine Liebe, ich bin nicht besoffen. Hallo! Hallo!«

Sie legte den Hörer wieder auf.

»Die hat gemeint, ich wäre besoffen. Oh, Giò: warum glaubt mir denn kein Mensch?«

»Sie werden dir nie glauben. Und Bill am allerwenigsten.«

»Bill? Wer hat denn was von Bill gesagt? Von Bill will ich nicht sprechen. Mit Bill habe ich nichts zu tun. Ach, jetzt werde ich noch nervös. Ich war so glücklich, und jetzt werde ich nervös. Warum willst du mir diesen herrlichen Tag damit verderben, daß du von Bill redest?« Und wieder griff sie nach dem Hörer, posaunte diese Sondermeldung hinaus und gab Giovanna neuerlich zu denken.

Was hatte sich in jener Nacht mit Bill zugetragen? Sicher etwas Gravierendes, wenn Martine davon so erschüttert war, daß sie sich sogar eine Arbeit suchte. Warum verschwieg Martine die Wahrheit oder erfand sogar Lügen? Giovanna hätte jede Wette eingehen können, daß alles, was sie erzählt hatte, gelogen war, eines ausgenommen: das Abendessen mit dem Blonden. Sicher mehr als ein Abendessen. Denn Martine war nicht der Typ, um wie eine romantische Dichterin kreuz und quer durch New York zu wandern, frühmorgens eine Kaffeestube zu betreten und mit einer definitiven Geste die Krise zu bereinigen. Die Unterredung mit der Direktorin von ›Harper's Bazaar‹, auch darauf hätte sie jede Wette eingehen können, war schon vor vielen Tagen erfolgt: wie auch die Unterzeichnung der Papiere. Doch was hatte ihr Bill gesagt, abgesehen von den Beschimpfungen, die sie so verletzt hatten?

»Martine ...«, begann Giovanna.

»Mon petit chou, keine Verhöre. Jetzt nehme ich erst ein schönes Bad und dann lege ich mich schlafen. Ich will bis Montag früh schlafen: man fotografiert mich, weißt du. Da muß ich frisch wie eine Rose sein. Und wecke mich morgen bitte nicht. Was machst du morgen?«

»Ich gehe mit Richard aus.«

»Christian Dior! Wann entschließt du dich endlich, mit diesem Richard Schluß zu machen?«

»Ich habe gar keine Absicht, mit ihm Schluß zu machen, Martine.«

»Und es will auch nicht in deinen Kopf, daß er nichts für dich ist?«

»Auch nicht. Ich habe diesbezüglich eine andere Ansicht.«

»Hör mir gut zu, Liebling: über gewisse Dinge weiß ich viel besser Bescheid als du. Dick ist nicht der, für den du ihn hältst. Du hast ihn mit deinen kindlichen Leidenschaften und mit deinem Bild von Amerika ausstaffiert. Ihn liebst du nicht: du liebst Amerika. Und Dick ist jedenfalls nicht Amerika: auch aus dieser Sicht hättest du keine schlechtere Wahl treffen können. Dick ist Antiamerika, würde Bill sagen. Ach! Bill! Den Namen will ich hier drinnen nie mehr hören!«

Diese Nacht verbrachte Giovanna in einem gequälten Halbschlaf: das Aufheulen der Schleppkrähne ließ sie bis zum Morgengrauen in ihrem Bett hin und her wälzen. Das kam ganz deutlich vom Hudson und vermittelte keineswegs einen Eindruck von Größe oder von Zauber: es ließ eher an aufschäumendes übelriechendes Wasser, an stinkendes Dieselöl denken. Unbewußt kamen ihr die ersten Zweifel, die ersten Ungewißheiten. Und sie ahnte nicht, welch schwieriger Tag sie erwartete. Als Richard um zehn Uhr anrief, fühlte sie sich so müde, als hätte sie bis spätnachts getanzt; und akzeptierte ohne Begeisterung das Programm, das er ihr vorschlug: »Zuerst gehen wir nach Harlem in die Negermesse, dann ins Museum of Modern Art. Komm gleich: denn Harlem ist am anderen Ende der Stadt. Man braucht mindestens eine halbe Stunde, um hinzukommen.«

Richards Stimme klang ein wenig hysterisch, und aus dem Hörer hallte ein Geräusch von Schritten: aber nicht die gewohnten leichten Schritte, die in der ersten Nacht von der Decke heruntergetropft waren. Giovanna kleidete sich rasch an, bedeckte ihr ungekämmtes Haar mit einem Tuch und eilte zu ihm. Sie hatte eine unangenehme Vorahnung und zugleich das Verlangen, ihn zu sehen und zu umarmen. Vorsichtig schloß sie die Tür hinter sich, um Martine nicht zu wecken.

* * *

Die Schwarzen waren alle weiß gekleidet: weiße Schuhe, weiße Strümpfe, weiße Kittel; die Frauen trugen eine weiße Haube. Unter diesem Weiß, das Reinheit bedeuten sollte, erhielten die Gesichter und Hände ein noch tieferes Schwarz, eine noch größere Tragik. Die Männer befanden sich auf der einen, die Frauen auf der anderen Seite. Zwischen der Gruppe der Männer und derjenigen der Frauen gab es ein Podium mit der amerikanischen Fahne, einem Grammophon und einem Geistlichen in Zivil, der mit einem Stab den Takt schlug. Die Kirche hieß Church of the Heir und befand sich im zweiten Stock eines alten Gebäudes. Mehr als eine Kirche war dies eigentlich ein großer Raum mit Bänken nebst Kniepulten. Keine religiösen Bilder, keine Blumen, keine Statuen, keine Kruzifixe, nur ein Spruchband, auf dem mit großen Lettern geschrieben stand: »Gott blickt auf dich mit der Uhr in der Hand. Beichte!« Auf der Schwelle wurde man von zwei Ministrantinnen Gottes empfangen: auch sie von schwarzer Hautfarbe und weiß gekleidet, um den Leib ein lila Band, auf dem geschrieben war: »Gott blickt auf dich mit der Uhr in der Hand. Beichte!« Die Ministrantinnen Gottes hatten die Aufgabe, den Gläubigen den Schweiß abzuwischen und ihnen einen Fächer auszuhändigen, denn hier drinnen würde es bald sehr heiß werden, wie sie erklärten. Auf dem Fächer stand geschrieben: »Gott blickt dich an mit der Uhr in der Hand. Beichte!«

Man ließ sie alle drei auf der Frauenseite Platz nehmen: in der letzten Reihe. Bill links, Giovanna in der Mitte und Richard rechts. Keiner von den dreien sagte ein Wort, und sie wechselten auch keine Blicke: war doch das Zusammentreffen in Richards Wohnung wenig herzlich gewesen. »Ciao, süßes Schneckchen. Kommst du auch mit zur Negermesse?« – »Aber nicht mit dir, Bill.« – »O.K., Dick: deine Giò mag mich nicht. Dann gehe ich lieber.« Und da hatte Richard sie mit seinem verlorenen, schuldbewußten Gesichtsausdruck angesehen und sich um einen Friedensvergleich bemüht, damit er auf keinen der beiden verzichten müsse: »Bill! Giò! Was ist denn in euch gefahren? Bill, warum willst du weg? Giò, hör zu: Bill hat mir nämlich vorgeschlagen, uns zu begleiten, und mir ist es schon lieber, er kommt mit, denn manchmal gibt es in Harlem Schlägereien. Müßt ihr euch auch immer streiten, ihr zwei?« So hatten sie Seite an Seite das Haus verlassen und hatten sich Seite an Seite in Bills rotes Auto gesetzt. Giovanna in der Mitte, Richard rechts und Bill links am Steuer. Und Seite an Seite über die Fünfte Avenue, die wegen des Sonntags leer war; Seite an Seite weiter zum Central Park, der trotz des Sonntags leer war; Seite an Seite über breite spiralförmige Chausseen mit einem Wind, der durchs Fenster und einer Wärme, die vom Motor her eindrang: Richard verstimmt, Giovanna gekränkt und Bill stumm. Bill steuerte mit ruhigen, sicheren Bewegungen, und Giovanna dachte, welch eigenartiger Sonntag: es ist das erste Mal, daß ich mit Richard bei Tag ausgehe, aber dieser unsympathische Mensch ist auch dabei, warum wollte er mitkommen? Bill hatte sein gewohntes eisiges Lächeln, und Richard dachte, welch eigenartiger Sonntag, es ist das erste Mal, daß ich mit Giovanna bei Tage ausgehe, aber dieser aufdringliche Mensch ist auch dabei, warum wollte er mitkommen? Seite an Seite durch gerade Straßen und Unterführungen, vorbei an roten Verkehrsampeln, die zu belastenden Schweigepausen wurden, und so waren sie in Harlem eingefahren, dunkle, feindliche Menschenmenge an Wände und Straßenlaternen gelehnt, hatten ihr rotes Auto abgestellt und waren in den zweiten Stock hinaufgestiegen, um sich vor dieses schreckliche Spruchband zu setzen: »Gott blickt dich an mit der Uhr in der Hand. Beichte!«

Es überkam einen wahrhaftig das Verlangen zu beichten: oder der Schrecken, um es zu tun. Das Grammophon spielte ein eindringliches Twist-Motiv, dasselbe wie am ersten Abend im Palladium. Die Schwarzen klatschten in die Hände und sangen, und der Gesang prasselte an die Fenster wie ein Gewitter. Die Luft war heiß und von Schweiß und Drohungen gesättigt. Plötzlich hob der Priester seinen Stab, schaltete das Grammophon ab und sagte: »Gott blickt dich an mit der Uhr in der Hand. Beichte!«, und eine Frau trat aus der Reihe heraus und bekannte schreiend ihre Sünden. Sie war hochgewachsen und mager und trug eine Brille. Schreiend krümmte sie sich vor Scham, und eine Ministrantin Gottes nahm ihr die Brille ab, damit sie nicht zerbrach. Ihre Sünden waren läßliche Sünden, doch die Schwarzen machten »Uuuuh!«, und Giovanna hätte sie am liebsten zum Schweigen aufgefordert und gerufen: »Verurteilt sie nicht. Wir drei sind schlimmer als sie!« Giovanna war der Schweiß ausgebrochen. Sie wandte sich an Richard und sagte: »Ich bitte dich, gehen wir.« Richard hörte sie nicht, war ganz blaß und lauschte der Frau. Aber Bill hörte sie und befahl barsch und mit entschiedener Geste: »Komm, Dick. Giò hat recht.«

»Warum denn? Ich finde es amüsant.«

»Raus, habe ich gesagt.«

Sie gingen hinaus. Richard rechts, Bill links und Giovanna in der Mitte. Und jeder von ihnen mit der Ahnung, daß eine Flucht nichts nütze. Sie stiegen langsam die Treppe hinab, und eine andere Ministrantin Gottes sagte: »Jetzt kennt ihr den Weg. Kommt wieder.« Bill erwiderte höflich: »Wir kommen sehr bald wieder, danke.« Sie schlossen sachte die Tür, waren wieder in einer dunklen, feindlichen Menge, kamen zu dem roten Auto. Das Auto war völlig zerkratzt, auf der Windschutzscheibe stand in großen Lettern: *»Go to hell, please«*, fahrt bitte zur Hölle. Und es begab sich diese schreckliche Szene.

Es begab sich, daß Richard lachend mit der Hand wischte, Bill ihm aber die Hand mit eisernem Griff festhielt und eine Gruppe von finster blickenden Schwarzen anzischte: »Wer ist das gewesen?«

Augenblicklich löste sich von der Wand ein Junge in karierter Jacke, den Mund voll Chewing Gum.

»Ich, Mann. Warum?«

»Mach das nicht wieder, Junge.«

»Was hast du gesagt, Mann?«

»Ich habe gesagt: Mach das nicht wieder, Junge.«

Der Junge spuckte den Chewing Gum aus, der Richard vor die Füße fiel.

»Ich mache es wieder, wenn ich Lust habe, Mann.«

»Und ich sage, mach das nicht wieder, Junge.«

»Laß ihn doch, Bill.«

Richards Stimme war schrill: die Stimme eines Menschen, der es mit der Angst zu tun bekommt. Bill trotzte.

»Siehst du nicht, daß er ein Rotzjunge ist, Bill? Ein rotziger Neger«, insistierte Richard.

Der Junge stellte sich vor Richard.

»Was hast du gesagt, Mann?«

Richard kehrte ihm ärgerlich den Rücken zu und schickte sich an, die Wagentür zu öffnen.

»Ich habe gesagt, daß du ein rotziger Neger bist«, stieß er noch einmal zwischen den Zähnen hervor.

»Wiederhole das, Mann.«

Richard stieß Giovanna zum Auto.

»Komm, Giò.«

»Ich denke nicht daran«, sagte Giovanna und machte sich los.

»Wiederhole das, Mann.«

Giovanna stellte sich vor den Jungen.

»Er hat es dir noch einmal gesagt. Du bist ein rotziger Neger.«

»Ach, ja?«

Der Junge sah sie an. Sah dann Bill an. Sah dann Richard an. Und stürzte sich auf diesen.

»Bill!« kreischte Richard.

Bill blieb einen Augenblick regungslos stehen. Dann ging er mit zusammengefügten Armen auf die beiden los und trennte sie mit einem Hieb.

»Setz dich ins Auto«, befahl er Richard.

»Und du geh nach Hause«, befahl er dem Jungen.

Richard gehorchte und verschloß sich im Auto.

Der Junge gehorchte und schlich die Wand entlang.

Giovanna rührte sich nicht.

»Noch einer?« fragte jetzt Bill, zu der Gruppe von Schwarzen gewandt.

»Gewiß doch, Mann.«

Ganz ruhig löste sich ein Schwarzer von der Gruppe. Dann noch einer und noch einer: bis vier in Reihe nebeneinander standen und auf ein Zeichen von ihm warteten. Und er stand da mit seinem tadellos gebügelten Hemd, der tadellos geknoteten Krawatte und seiner Eleganz der Madison Avenue, und die vier Schwarzen warteten auf ein Zeichen von ihm.

»Los«, sagte Bill und stieß Giovanna weg. Im nächsten Augenblick umringten ihn die vier, waren über ihm, begruben ihn unter einer dumpfen Lawine von Fausthieben. Bill tauchte gleich wieder auf: imponierend, aufrecht, unzerbrechlich wie ein Wolkenkratzer aus Eisen, und begann seinerseits Fausthiebe auszuteilen, von denen nicht ein einziger sein Ziel verfehlte. Je mehr die Schwarzen zuschlugen, um so mehr schlug auch er zu. Je mehr die Neger sich duckten, um so höher richtete er sich auf: nachgeben konnte er nicht. Die Haare hingen ihm über die Augen, die Krawatte war verrutscht, ein Ärmel war eingerissen. Aber er gab nicht nach. Und griff an, ein

Stier unter Stieren; während Richard, ins Auto geduckt, »O Gott! O Gott!« jammerte und Giovanna verstört erst auf den einen, dann auf den anderen sah. Dann schlug der erste Schwarze Bill auf die Nase, aus der dickes Blut floß. Giovanna vergaß Richard und stürzte sich ins Gemenge. Sie ging auf den ersten Neger los, der Bill getroffen hatte, dann auf einen anderen und wieder auf einen anderen, verteilte Fußtritte und Ohrfeigen, alles, was sie konnte, auch sie entschlossen wie ein kleiner Stier, hurtig und böse: und das dauerte so lange, bis die beiden Polizisten in ihrem grauen Auto ankamen.

»Gut«, meinte Bill und fuhr sich übers Haar und faßte sich an die Nase, als sei sie ein wertvoller Gegenstand, den jemand anzufassen gewagt hatte. »Da haben wir Glück gehabt, Dick, ich hatte dir ja gesagt, daß es sich nicht lohnt, hierherzukommen.«

»Das hätte ich auch allein geschafft«, maulte Richard und starrte auf die Windschutzscheibe.

»Ich weiß, ich weiß«, erwiderte Bill. Dann zog er die Jacke aus, deren Ärmel endgültig abgerissen war, rückte die Krawatte zurecht und ließ den Motor an.

»Weißt du, Dick, die Armen sind nicht böse, sie begehen nur die große Geschmacklosigkeit, mit den Reichen Streit anzufangen.«

»Die Neger, willst du sagen«, knurrte Richard.

»Die Armen, Dick. Weiße und Neger. Und dir, Giò, muß ich ein Kompliment machen. Du hast dich recht gut verhalten. Ich habe einen Fußtritt von dir gesehen, der einem Boxhieb mit der Linken gleichkam. Wo hast du das gelernt?«

»In der Schule«, erwiderte Giovanna zähnefletschend, trocknete sich, noch keuchend vor Anstrengung, den Schweiß ab und zündete sich eine Zigarette an. Sie war wütend. Sie konnte nicht begreifen, konnte wirklich nicht begreifen, warum Richard sich ins Auto geflüchtet und dort geblieben war: sie haßte ihn. Sie haßte auch Bill, der so mutig gewesen und ihn gedemütigt hatte. Doch vor allem haßte sie Richard. Und so fuhren sie wieder über die breiten spiralförmigen Chausseen, bei diesem Wind, der durch das Fenster zog, und bei dieser Wärme, die unten vom Motor kam, dann zum Central Park, der trotz des Sonntags leer war, dann über einen Teil der Fünften Avenue, die wegen des Sonntags leer war, Bill links, Giovanna in der Mitte und Richard rechts: Richard beschämt. Giovanna wütend und Bill stumm. Der Vorfall war wirklich schrecklich gewesen: das wußten sie alle drei. Vielsagend und so deprimierend, als hätten sie in dem großen Raum, Church of the Heir genannt, ihre Sünden gebeichtet. Und die Schuld, war nun Giovannas Schlußfolgerung, lag ganz allein bei Bill, denn er hatte den Streit angefangen. Als Bill die beiden am Museum of Modern Art aussteigen ließ, verabschiedete sie sich von ihm besonders frostig.

»Willst du nicht mitkommen?« fragte ihn Richard, fast als bettelte er darum, nicht mit Giovanna alleingelassen zu werden.

»Mit einem kaputten Ärmel und einer blutenden Nase? Nein, danke. Erzähl ihr lieber von dem Orkan. Das wird ihr guttun.« Und er brauste ab.

Das Museum war so langweilig wie alle Museen. Das einzige, was sie beeindruckte, war ein zsuammengepreßter eiserner Würfel mit dem Namen ›The Yellow Buick‹. Er besaß die Dimensionen einer großen Schachtel und war, wie Richard erklärte, wirklich einmal ein gelber Buick gewesen. Dann hatte ihn jemand in dieser Weise zusammengepreßt, weil ja in Amerika alles zusammengepreßt wird: Gefühle, Mut, Angst. Giovanna solle es vermerken. In dieser harten Schachtel mit den messerscharfen Kanten befand sich alles, was einmal ein Auto gewesen war: Kotflügel, Räder, Nummernschild. Verkleinert auf die Proportionen einer zerquetschten Puppe vielleicht auch der Autobesitzer. Giovanna sah mit gerunzelter Stirn und einem Gefühl von Übelkeit hin, das ihr die Kehle zusammenschnürte. Mit halbgeschlossenen Lidern suchte sie zwischen dem verbogenen Blech nach den Überbleibseln eines Fingers, eines Ohres, eines Haares dessen, der einmal der Besitzer gewesen war und sich vielleicht tatsächlich, auf die Proportionen einer zerquetschten Puppe reduziert, in diesem grauenhaften Sarkophag befand. Abschließend meinte sie mit eisiger Stimme, daß sie Hunger habe: hatte er denn keinen? Auch er hatte Hunger. Also begaben sie sich zum Essen in die Snackbar im sechzehnten Stock, wo, wie Richard erklärte, nur Clubmitglieder Zutritt hatten. Als Clubmitglied konnte man auch einen Modigliani oder einen Picasso mieten: und bis zu dreißig Tagen in seiner Wohnung behalten. Das sei doch sympathisch an Amerika, nicht wahr? Gewiß doch. Sehr sympathisch.

In der Snackbar bekamen sie kalte Suppe, kaltes Fleisch und kalte Kartoffeln. Danach sagte Richard, er brauche frische Luft, und so fuhren sie hinunter und spazierten durch die Fünfte Avenue. Schweigend blieben sie vor den vollen Auslagen stehen, schweigend stellten sie sich an die Eisfläche des Rockefeller Center und sahen den Verliebten zu, die Schlittschuh liefen, den Eltern, die Schlittschuh liefen, und den Kindern, die Schlittschuh liefen: glücklichen Amerikanern, die mit zwei Schneiden unter den Füßen einen schwierigen Tag in Heiterkeit verbrachten. Die glücklichen Amerikaner waren rot, hellblau und in allen Farben gekleidet; und sie waren schön. Die Frauen hatten wunderschöne Beine, die Männer hatten einen robusten Brustkorb, die Kinder waren blond. Doch an der Ecke zur Fünften Avenue befand sich ein unglücklicher Amerikaner, ein alter Mann, der in der falschen Jahreszeit heiße Maronen verkaufte.

»Giò, möchtest du heiße Maronen?« fragte Richard mit der aufmerksamen Erkenntlichkeit eines Menschen, der es über sich gebracht hat, ein Schweigen zu beenden.

»Ja, mein Lieber. Ich möchte«, antwortete Giovanna. Und sie stellte sich auf die Fußspitzen und küßte ihn auf die Wange. Sie empfand für ihn eine unendliche Zärtlichkeit, ein unendliches Mitleid. Und dieses Papiertütchen mit den zehn heißen Maronen zur falschen Jahreszeit glich in dem Augenblick alle Boxhiebe Harlems aus.

»Fünfundzwanzig Cents, bitte«, murmelte der unglückliche Amerikaner.

Richard zahlte die fünfundzwanzig Cents, legte seinen Arm um Giovanna, und zusammen spazierten sie weiter auf dem einsamen Bürgersteig unter den farblosen Wolkenkratzern. Der Herbst drohte mit seiner beginnenden Kälte und die heißen Maronen wärmten wie tröstend die Finger. Als sie die Maronen in den Mund steckte, hatten sie auch einen Duft: den Duft von einem Zuhause. Giovanna dachte, daß sie in den nächsten Tagen Gomez ihren Entschluß mitteilen werde, in New York zu bleiben.

X

»Nun, Baby: ich weiß, daß du mit Dick in perfekter Liebe harmonierst. Die ganze Stadt redet davon. Weißt du, New York ist so klein. War er das Gespenst, das du verloren hattest?«

Giovanna ließ Francescos Brief verschwinden und lehnte sich in ihren Stuhl zurück. Dann blickte sie zu Gomez auf, der vor ihrem Schreibtisch stand, sah ihm fest in die Augen.

»Ja. Er war es.«

»Darauf hätte ich wetten können: natürlich. Also Dick? Hm! Dick. Ein guter Fotograf. Hm!«

»Bist du gekommen, um mir abzuraten?« fragte Giovanna aggressiv.

»Oh, nein! Was die Irrtümer betrifft, halte ich es mit Goethes Theorie: die Irrtümer eines Mannes machen ihn besonders liebenswert. Um erst gar nicht von den Irrtümern einer Frau zu reden! Deine Sekretärin sagte mir, du wolltest mich sprechen.«

»In der Tat. Kann ich in dein Büro kommen?«

»Selbstverständlich. Wenn du schon dieses hier so wenig magst.«

Sie gingen hinüber in sein Büro. Gomez ließ sich in einen Sessel fallen, zündete sich eine Zigarre an. Giovanna wanderte hin und her.

»O. K., Baby. Was kann ich für dich tun?«

Giovanna blieb stehen, die Hände hinter ihrem Rücken verschränkt.

»Ich habe mich entschlossen, jenen Vorschlag zu akzeptieren und in Amerika zu bleiben.«

»Oh!« Gomez tat einen langen Zug aus seiner Zigarre und schlug die Beine übereinander. »Und wann hast du dich dazu entschlossen?«

»In diesen Tagen. Du stehst doch noch zu deinem Vorschlag, oder? Ach ja, ich weiß: ich habe mich wie eine schlaftrunkene Römerin benommen und bin so gut wie nie im Büro gewesen, und das mißfällt dir. Aber ich arbeite auf meine Weise, das sagte ich dir schon. Und mit der Zeit werde ich mich auch an eure Regeln gewöhnen können: Sekretärin und alles andere.«

»Baby, vertausche jetzt nicht die Positionen: diesmal willst anscheinend du mich überzeugen. Aber Gomez ändert nie seine Meinung: schon gar nicht, wenn ihm jemand gefällt. Du hast dich benommen, wie es deine Art ist: wie du das immer tun wirst. Und an deiner Eingewöhnung zweifelt niemand. Du bist der Typ, der im Lauf von zwei Jahren fünf Telefone auf seinem Schreibtisch braucht.«

»Natürlich zu den Bedingungen, von denen du gesprochen hast. Sonst verzichte ich.«

Gomez sah sie durch die Wand aus Rauch aufmerksam an.

»Zweitausend im Monat und eine gesicherte Karriere. Gehalt zum Zeitpunkt der fünf Telefone fast verdoppelt. Ort nach deiner Wahl. Ich vermute, daß du dich für New York und nicht für Hollywood entscheidest.«

»Genau. Wann unterschreiben wir den Vertrag?«

»Wenn du dich von dem Italiener gelöst hast. Mach dir kein Kopfzerbrechen, falls es um Schadensersatz gehen sollte: dafür komme ich auf. Aber wer übernimmt es, dem Rivalen die schöne Neuigkeit mitzuteilen? Der Alte wird stocksauer sein.«

»Das besorge ich. Er hat eine Schwäche für mich: eine fast väterliche, natürlich. Vergiß nicht, daß er mir zwei Monate für eine Arbeit spendiert hat, die ich in zwei Wochen hätte erledigen können. Er wird mir auch den Verrat verzeihen. Ich werde es von der pathetischen Seite angehen, und ... Natürlich muß ich nach Ablauf der zwei Monate nach Italien zurück: um den Entwurf abzuliefern, verschiedene Dinge zu regeln, die Aufenthaltserlaubnis für Amerika zu bekommen, und so fort. O.K.?«

»O.K. Du bist die mutigste Frau, die ich in New York kennengelernt habe. Und wenn du in diesem Obristenton sprichst, machst du mir fast angst. Ein schreiender Gegensatz, weißt du, zu deinem Madonnengesichtchen mit den goldenen Löckchen.«

»Ich bin keine Madonna, Gomez, und will auch keine werden. Ich tue nur, was mir zusteht: ich habe vom Leben härtere Lektionen erhalten, als du meinst. Ich habe das Gesicht einer x-beliebigen Frau und werde auch als x-beliebige Frau angesehen, weil ich nicht viel aus mir mache. Doch in meinem Innern bin ich viel schlimmer als eine x-beliebige Frau. Manchmal frage ich mich, Gomez, ob ich nicht eine Frau aus Irrtum bin.«

Gomez erhob sich, legte für einen Augenblick seine Hände auf ihre Schultern, sah sie prüfend an.

»Baby, es ist doch alles in Ordnung mit dir, nicht wahr?«

»Gewiß doch, in bester Ordnung.«

»Bist du auch sicher?«

»Gewiß doch, ganz sicher.«

»Du hast Ringe um die Augen, bist dünner geworden. Jedesmal wenn ich dich sehe, bist du sonderbarer, verschlossener. Vergiß nicht, Baby: was auch immer du brauchst, ich bin für dich da. Ich will deinen Erfolg, das weißt du, aber ich will auch, daß du glücklich bist. Beides zusammen verträgt sich leider nicht immer.«

»Aber ich bin doch glücklich, Gomez. Mir fehlt es an nichts.«

»Hoffen wir's.«

»Wieso? Merkt man das nicht?«

»Nein. Man merkt es nicht. Ich habe mir Dutzende von Menschen genau angesehen, die zu mir kamen und verkündeten, daß sie sich für Amerika entschieden hätten. Ihre Augen haben geglänzt. Nach dem Preis haben sie nicht gefragt. Deine Augen glänzen überhaupt nicht. Sie sind erschrocken wie die eines Hasen, der gleich erschossen wird. Und du sorgst dich um fünfhundert Dollar mehr oder weniger.«

»Aber du hast mir doch zu verstehen gegeben, daß hier nur das Geld zählt. Also habe ich meine Berechnungen angestellt: bei den Steuern und bei den Lebenskosten hier in New York ist das schließlich kein hoher Betrag. Wenn ich bleibe, dann nur, weil ich mich für Amerika entschieden habe und nicht, weil ich hier etwas mehr verdiene als in Italien.«

»Nur für Amerika?«

»Für was denn sonst?«

Gomez begleitete sie in ihr Büro zurück. Legte einen Finger auf Francescos Briefumschlag mit dem römischen Absender.

»Wie du sicher bemerkt hast, kümmere ich mich nie um anderer Privatangelegenheiten. In deinem Fall verhält sich das anders: da fühle ich eine Verpflichtung, eine Verantwortung. Und derjenige, der dir diesen Brief geschrieben hat?«

»Er ist nur ein Freund.«

»Ein Freund, dem du das Herz gebrochen hast: ich könnte darauf schwören.«

»Er wird es überstehen.«

»Gewiß. Man übersteht alles auf dieser Welt. Alles. Und nichts ist die Mühe wert, gar nichts. Zum Kuckuck! Zehn Telefone habe ich auf dem Tisch und bin auch nicht klüger als zuvor.«

Er ging fast im Zorn. Giovanna steckte Francescos Brief in ihre Tasche und machte sich ausgehfertig.

Francescos Brief lautete: »Liebe Giovanna, ich danke Dir für Deine brutale Ehrlichkeit. Amerika hat Dich demnach nicht verändert. Nein, zu verzeihen gibt es nichts: was passiert ist, war von Anfang an klar, und ich wußte es schon vor Dir. Ich wünsche Dir, daß Du glücklich bist, denn Du verdienst es mehr, als andere das glauben mögen. Sollte sich jedoch etwas ändern, dann denke daran, daß es mich gibt und daß ich Dich erwarte. Und bitte laß auch weiterhin von Dir hören. Francesco.«

Sie verließ das Haus, um sich auf den Stufen der Public Library mit Richard zu treffen.

* * *

Richard rief an dem Morgen schon frühzeitig an.

Und nachdem ihm Giovanna des langen und breiten erklärt hatte, daß sie in der Stadt zu tun habe, schlug er vor, sich zum Lunch mit ihr zu treffen.

»Aber nicht später als zur Lunchzeit. Ich muß dir etwas Wichtiges sagen.«

»Kannst du's nicht gleich sagen?«

»Nein. Es soll eine Überraschung sein.«

»Aber Richard! Sei doch kein Kind!«

»Ich sag dir, es ist eine Überraschung!«

Wenn Richard in diesem geheimnisvollen Ton sprach, konnte man ihm nichts abschlagen. Also vereinbarten sie ein Treffen auf der Treppe der Library, und Giovanna stieg noch einmal die angeschwärzten Stufen hinauf, die zum steinernen Vorplatz führen, und setzte sich noch einmal auf den abgenutzten Marmor zwischen Studenten und Stadtstreicher, doch diesmal mit anderen Gedanken: denn die Entscheidung war gefallen. Sie würde in Amerika, würde in New York bleiben: mit seinen grünlichen ungefügen Autobussen, seinen gelben sperrigen Autos, seinen Bürgersteigen, auf die mittags kein Sonnenlicht fällt, weil die Wolkenkratzer die Sonne verdecken, und seinem ohrenbetäubenden Lärm. »Wann hast du dich entschieden?« – »In diesen Tagen.« In diesen Tagen, als sie begriffen hatte, daß Richard sie brauchte, oder in den ersten Tagen, als sie begriffen hatte, daß diese Stadt der Giganten wie geschaffen für sie war? »Ich will deinen Erfolg, aber ich will auch, daß du glücklich bist.« – »Aber ich bin doch glücklich, Gomez.« War sie es denn? War sie es wirklich mit ihren nutzlosen Begegnungen mit Richard, mit ihren vergeblich umsichtigen Versuchen, ihn näher kennenzulernen, mit ihrer stets zurückgenommenen Erwartung, ihn in einem Bett zu umarmen, mit ihrer Ahnung, die nie Gestalt annehmen wollte? Unsinn, sagte sie sich. Richard war nur verstört wegen einer Schuld, die er nicht noch einmal auf sich nehmen wollte, und ein dauerhaftes Glück gibt es nicht. Es gibt nur glückliche Momente: in denen man sehr dumm oder sehr unschuldig ist. In diesem Moment zum Beispiel war sie glücklich: weil Richard gleich kommen würde.

Er kam mit der gewohnten Verspätung, war er doch nie pünktlich: »Pünktlichkeit paßt zu Maschinen, aber nicht zu menschlichen Wesen«, sagte er. Dann war er plötzlich da, wie eine Überraschung: heiter und nett, anders als alle anderen, und bei seinem Anblick klopfte ihr Herz ganz stark; dieses Herzklopfen hatte sie immer wieder: und es wurde durch die Gewohnheit nicht schwächer. Richard überreichte ihr mit komischer Verbeugung eine große Schachtel.

»Ich hasse Blumen. Für mich sind sie Grünzeug, das nach Tod riecht. Darum habe ich dir etwas mitgebracht, das weder tot noch lebendig ist.«

»Danke, Richard. Was ist es denn?«

»Eine Puppe.«

»Eine Puppe für mich?!«

»Ja. Liebst du sie nicht? Ich liebe Puppen über alles. Als Kind habe ich immer mit Puppen gespielt. Ich habe sie gewaschen, habe sie angezogen und habe ihnen sogar manchmal Milch gegeben.«

»Richard, du bist köstlich. Und du lügst.«

»Ja. Ich liebe das Lügen mindestens so sehr wie die Puppen. Diese heißt Poor Pitiful Pearl. Arme Kummerperle. Weil sie so arm und häßlich ist. Schau mal, was für eine Nase sie hat. Und Flicken auf der Schürze.«

Er setzte sich neben sie auf die Stufe. Ein eigenartiges Pärchen drehte sich nach ihm um und musterte ihn etwas anzüglich.

»Sie ist rührend, Richard. Stell dir vor: es ist meine erste Puppe überhaupt. Als kleines Mädchen mochte ich keine.«

Richard kam in Bewegung, die Arme gekreuzt, die Hände auf den Schultern, er neigte sich vor und zurück.

»Du bist mir doch nicht böse, oder?«

»Warum sollte ich's denn sein?«

»Weil ich mich vorgestern nicht mit den Negern geprügelt habe.«

»Ich mag keine Männer, die sich prügeln.«

»Bill hat sich aber geprügelt. Und du hast es auch getan.«

»Bill ist ein Schläger, und ich habe keine gute Erziehung. Wir sehen uns doch nicht, um darüber zu reden, nicht wahr, Richard?«

»Siehst du? Du verabscheust sogar die Erinnerung daran. Vorgestern hast du mich verabscheut. Ich weiß das. Aber wenn ich dir erklären könnte ...«

»Da gibt es nichts zu erklären, und ich verabscheue dich nicht. Also: die Überraschung?«

»Die sage ich dir später.«

»Nein, gleich.«

»Später. Ich bin gemein, und außerdem liebe ich's, wenn du wie auf Nesseln sitzt. Da verlierst du dann dein sicheres Auftreten und wirst menschlicher. Was hast denn du heute früh gemacht?«

»Nichts Besonderes.«

»Das glaube ich nicht. Bei der Stimme am Telefon! Man hätte glauben können, du willst das Empire State Building kaufen.«

»Ich hatte meine gewohnte Stimme und habe nicht einen Backstein gekauft. Ich habe mit Gomez gesprochen.«

»Weshalb?«

Giovanna liebkoste die arme Kummerperle. Ging mit sich zu Rate, ob sie Richard ihren Entschluß mitteilen solle. Und verneinte es: wahrscheinlich würde sie nur Gefahr laufen, ihm einen Schrecken einzujagen.

»Ich arbeite doch mit ihm, oder? Wir mußten über den Filmstoff reden. Gomez will für den männlichen Hauptdarsteller eine Rolle, für die sich Paul Newman eignet.«

»Ach!« meinte Richard enttäuscht. »Gehen wir essen.«

»Wir beide treffen uns nur, um essen zu gehen.«

»Da wollte ich dich haben! Morgen treffen wir uns zu etwas anderem.«

»Wozu? Sag schon.«

»Zu einer Reise.«

»Zu einer Reise?!«

»Ja, zu einer kurzen. Von morgens bis abends. Aber es ist eine Reise.«

Er half ihr beim Aufstehen, fand sein Vergnügen daran, sie neugierig zu machen, und dann waren sie in der Snack Bar gegenüber.

»Also, Richard, wohin bringst du mich?«

Richard bewegte seine Finger in der Art eines Flugzeugs.

»Über die Grenze. Dorthin, wo das Wasser brüllt und die Möwen kreischen. Tausende von Möwen, Millionen, und der amerkanische Gott quält dich nicht mit seiner Stimme, und der Lärm ist Stille: in Kanada. Bis zum Herbst muß ich eine Modereportage an den Niagarafällen machen: weißt du, wegen des Hintergrundes. Also schaue ich's mir morgen einmal an. Abreise um acht, Rückreise um sechs. Hast du Lust, so früh aufzustehen?«

»Ja, verdammt!«

»Also heute kein Abendessen. Wir gehen um neun Uhr ins Bett.«

»Zu Befehl.«

Aus lauter Freude darüber kaufte sie sich nach dem Lunch einen Regenmantel: bei den Wasserfällen würde sie ihn brauchen. Sie kaufte einen roten und zog ihn auch gleich an, obwohl an dem Tag die Sonne schien. Dann ging sie nach Hause und wartete auf Martine, Regenmantel über den Schultern. Kaum wurde Martine ihrer ansichtig, schloß sie entsetzt die Augen.

»Mon Dieu! Und das nach den Lampen, die mir bis vor einer halben Stunde die Pupillen verbrannt haben! Wie kannst du es nur wagen, mich mit diesem grausamen Rot zu überfallen?«

»Ich begebe mich zu den Niagarafällen, Martine.«

»Christian Dior! Du weißt ja nicht, was Arbeit ist.

Ich frage mich, wer diesen widerlichen Zeitvertreib erfunden hat! Und Martine hier und Martine da, und Martine, beweg deinen kleinen Finger, und Martine, rümpf die Nase, und Martine, zieh deinen Bauch ein, und Martine, das ist ein Kleid und keine Schürze! Ach, hätte ich nur auf den heiligen Lukas gehört! Sagte doch der heilige Lukas: ›Martine, Arbeit erniedrigt, ermüdet, richtet zugrunde.‹ Was sagtest du, wohin du willst?«

»Zu den Niagarafällen, Martine.«

»Huch, wie abscheulich, wie ekelhaft, wie gräßlich! Da regnet es von oben und von unten, du wirst überall naß, die Dauerwellen sind weg, das Make-up ist weg. Brachte mich doch im Sommer vor zwei Jahren so ein Trottel dorthin, ich hätte ihn umbringen können. Ich meine: gibt es was Dümmeres als eine Frau da hinzubringen, um ihr zu zeigen, wie ein bißchen Wasser herunterfällt? Geradeso wie eine Hochzeitsreise nach Venedig oder eine Sommerfrische in Saint-Tropez. Wer hat dir denn diesen Unsinn in den Kopf gesetzt?«

»Ich reise mit Richard. Er muß dort eine Reportage vorbereiten.«

»Aber natürlich! Wer sonst kann dich schon da hinbringen! Ach, meine armen Füße! Sagte doch schon der heilige Lukas: ›Martine ...‹«

Giovanna zeigte ihr gelassen die kalte Schulter: so leicht konnte man ihre Begeisterung nicht kaputtmachen. Und sie ging an diesem Abend wirklich um neun Uhr schlafen und war am nächsten Morgen schon um sechs Uhr bereit: mit ihrem roten Regenmantel und keiner Spur von Müdigkeit.

Richards Augen lagen noch tiefer als sonst und sahen

fast so aus, als hätte er kaum geschlafen oder die Nacht hindurch gefeiert. Die Fröhlichkeit des Vortages war weg, und nachdem er sich den Sicherheitsgurt angeschnallt hatte, schlief er ein und erwachte erst wieder, als das Flugzeug auf der Landebahn von Buffalo ausgerollt war, einer kleinen Provinzstadt mit Holzhäusern nebst kleinem Vorgarten: was bestätigte, wie ungewöhnlich New York war. Ein Morgen voller Nebel. Der Fahrer des gemieteten Ford sagte, daß an diesem Tag die Sonne nicht mehr scheinen werde: die Saison sei vorüber, auch die Touristenboote, die den Fluß entlangfuhren, hätten den Betrieb eingestellt, wer käme denn schon bei diesem Wetter bis hierher? Richard erwiderte gähnend, daß er bei anderem Wetter gar nicht gekommen wäre: er hasse das Schauspiel der nach Menschenmasse, belegten Brötchen und Hot dogs stinkenden Wasserfälle.

»Hochzeitsreise?« fragte der Fahrer.

»Bruder und Schwester«, antwortete Richard. Und nickte wieder ein.

Bis zu den Wasserfällen dauerte es eine langweilige Stunde. Die Straße war eben und die Gegend öde in der großen Stille. Doch plötzlich verwandelte sich die Gegend in Nebel und die Stille in Lärm. Ein tosender Lärm wie von einem einstürzenden Berg; ein weißer Nebel wie von einer Wolke, die zu Regen explodiert. Während Richard die Augen aufriß und sagte: »Also, da wären wir. Nicht hinschauen, du würdest alles zerstören, sieh nach unten, ich sag's dir dann, wenn der rechte Augenblick gekommen ist. Fahrer, bitte halten Sie.« Der Fahrer hielt, Richard und Giovanna durchschritten ein Eisentor, dann eine Eisenbarriere, die sich beim Herabfallen von zehn Cents senkte, begaben sich in einen Aufzug, der von einem erstaunten Angestellten bedient wurde, der Aufzug fuhr hinunter und hielt auf dem Boden eines Schachts, fast auf dem Flußboden. Dann ein gekachelter Gang, und sie waren im Freien. Richard legte ihr seine Hand über die Augen: »Gehe, ohne zu schauen. Du stolperst schon nicht, ich führe dich. Nicht schauen, habe ich gesagt. Jetzt kannst du schauen!«

Zunächst sah sie gar nichts. Die Wolke umhüllte sie beide: dichter als Rauch und undurchsichtiger als eine Leinwand, und die Milliarden Tröpfchen, die sich auf ihren Wimpern versammelten, ließen sie erblinden, zwangen sie, ihre Lider zu schließen. Sie mußte sie schließen und wieder öffnen, um die Augen zu gewöhnen: wie man das im Dunkeln tut, um die Formen zu erkennen. Nur daß diese Dunkelheit weiß war. In dieser weißen Dunkelheit hörte sie nur das Tosen, das jetzt apokalyptisch wie ein fortwährendes Explodieren von Bomben war: doch erfüllt von Schluchzen, Kreischen, Weinen, und das waren die Stimmen der Möwen, wie Richard sagte. Dann begann sie allmählich zu sehen. Und hängte sich an Richard und verharrte lange so mit vorgerecktem nassen Gesicht, vorgerecktem nassen Körper in ihrem nassen roten Regenmantel und dachte, daß in diesem Land nicht nur der Zement, sondern auch die unberührte Natur vom Gelobten Land erzählt.

Das war ein Wolkenkratzer aus Wasser, der dort oben von einer runden Kante herabstürzte und sich ganz der Leere hingab. Zu Beginn noch glatter als eine Glasscheibe, dann noch bewegter als ein stürmisches Meer, wurde er unten zu einem schäumenden Strudel: unerbittlich wie Gottes oder Amerikas Gedanke, an das sie glaubte. Um diesen Strudel flogen die Möwen einen weißen Kreis, stürzten sich wie wahnsinnig und mit Entsetzensschreien hinein, stiegen wieder auf mit einem Schwirren der Flügel, und alles war grau: Himmel, Wasser und Steine. Das erinnerte sie an jemanden. Doch an wen? An Richard mit Bestimmtheit nicht. Richard stand hier mit seinem schmächtigen Körper und meinte zähneklappernd: »Gehen wir, Giò. Sonst erkälten wir uns noch.« Es handelte sich nicht um jemanden, den sie alle Tage sah oder bewunderte. Vielleicht um jemanden, den sie haßte. Aber wer war es?

»Gehen wir, Giò. O Gott, diese Nässe!«

Sie gingen. Fuhren mit dem Aufzug wieder hinauf, befanden sich wieder jenseits der Eisenstange, dann jenseits des Eisentors, dann im Auto, das der Fahrer geheizt hatte, damit sie etwas trocken wurden, und der Fahrer erklärte, daß die Wasserfälle sich in einer hufeisenförmigen kleinen Bucht befinden, die zu gleichen Teilen den Vereinigten Staaten und Kanada gehört, den Vereinigten Staaten anderthalb Wasserfall, Kanada nur ein halber, und daß sie jetzt nach Kanada führen, und jene Frage quälte sie. Das Wasser ließ sie an jemanden denken. Vielleicht an jemanden, den sie haßte. Aber wer war es? Wer? Sie passierten die Grenze nach Kanada. Ein Polizist unter dem Konterfei Elisabeths der Zweiten kontrollierte die Pässe und fragte, ob sie etwas zu verzollen hätten, Richard antwortete mit nein und Giovanna hätte beinahe gefragt »Aber wer?« Sie betrachteten den großen Wasserfall von vorn, hielten aber nicht an, war es doch so, als sähe man ihn im Kino, betraten dann ein Gebäude, in dem keiner war, fuhren wiederum mit einem Aufzug hinunter, in dem keiner war, befanden sich in einem Keller, der in einen Tunnel ging: und jene Frage quälte sie. Wer war es? Wer? Vor dem Tunnel gab es die Umkleideräume, um sich Gummistiefel, einen Gummimantel, eine Gummikapuze überzuziehen. Die Stiefel waren schwarz, der Mantel war schwarz, die Kapuze war schwarz, und ganz in Schwarz gehüllt, jetzt einander gleichend wie Bruder und Schwester, durchschritten sie den Tunnel, der zu den Terrassen führte, wo man den Wasserfall von hinten sah: dieser Wasserfall war zwar kleiner, bot aber den Vorteil, daß man ihn von hinten, von dem Zwischenraum zwischen Wasser und Fels betrachten konnte. Der Tunnel war menschenleer, ihre Schritte hallten auf dem Fußboden wie ein von einem Echo vermehrter Kanonendonner, bei jedem Schritt wurde der Lärm mächtiger, bedrückender, und das Vorwärtsschreiten der beiden Gestalten ohne Gesichter, Hände, Beine, Stimme hatte etwas Makabres, Unheilträchtiges. Giovanna begrüßte den Lichteinbruch der ersten Terrasse wie ein Geschenk, trat lächelnd an die eiserne Brüstung: wo ihr Lächeln erstarb. Hier war ein Vorhang aus Wasser: ein Vorhang genau wie jener, der am Ende einer Theatervorstellung auf die Bretter niedergeht, und er hatte sogar identische Kräuselungen, Fransen. Nur daß er nicht niederging, sondern niederstürzte: härter als ein eiserner Vorhang. Und stürzend schnitt er wie eine Schneide, wie eine große Guillotine in die Felsblöcke, und bei jedem Aufprall der Schneide glaubte man zu hören, wie sich der Kopf vom Halse trennte, und sie mußte an jemanden denken. Aber wer war es? Wer?

Sie hob ihr nasses Gesicht zu Richards nassem Gesicht und fragte ihn: doch das Tosen des Wassers ließ ihre Stimme ersterben, man erkannte nur eine stumme Bewegung der Lippen. Sie sah, wie Richards Lippen fast zu einer Grimasse verzogen waren und seine aufgrissenen Augen voller Wasser standen, das nach Tränen aussah.

»Richard, das erinnert mich an jemanden. Aber wer ist es?«

»Das ist die Terrasse der Selbstmörder, Giò. Hebst du einen Arm, wird er dir weggerissen.«

»Was hast du gesagt?«

Dies Getöse.

»Soll ich mich hinunterstürzen, Giò? Was meinst du: soll ich mich hinunterstürzen?«

»Was hast du gesagt?«

Dies Getöse.

»Bill behauptet, dazu hätte ich nie den Mut.«

»Was hast du gesagt?«

Dies Getöse.

»Du könntest ihm berichten, daß ich diesmal den Mut dazu gehabt habe: daß es kein Unfall gewesen ist.«

»Was hast du gesagt?«

Dies Getöse.

»Und dann könntest du's in deinen Film bringen. So was macht sich immer gut in einem Film!«

»Was hast du gesagt?«

Dies Getöse.

Dieses schreckliche Getöse. Richard schrie verzweifelt seine ganze Unentschiedenheit, seine unerlösliche Suche nach Frieden hinaus, und sie hörte nichts: sie sah nur diese stumme Lippenbewegung, diese Grimasse, die derjenigen eines Verrückten glich, diese Augen voller Wasser, das nicht Wasser, sondern Weinen war.

»Richard, man kann nichts verstehen! Gehen wir, es ist kalt.«

»Giò, wie dumm du bist, Giò!«

»Gehen wir, Richard!«

»Giò, was hast du in New York verloren?«

»Gehen wir, Richard!«

»Giò, begreifst du nicht, was du getan hast?«

»Gehen wir, Richard!«

»Giò, warum hilfst du mir nicht wenigstens dabei? Es wäre für alle besser, Giò!«

Richard hob sein rechtes Bein über das Eisengeländer und setzte sich rittlings darauf, sein Mantel hing beinahe bis an die große Guillotine aus Wasser. Und er lachte, war sich bewußt, wie grotesk seine Todessehnsucht und seine Todesangst mitsamt seiner Positur eines kleinen Jungen waren, der so tut, als reite er: doch weinte er zugleich, weil sie nicht begriff.

»Richard, spiel nicht den Verrückten!«

»Richard, das ist gefährlich!«

»Richard, deine Hose wird ganz naß, hör auf mich!«

»Richard, hältst du das für den geeigneten Ort, Indianer zu spielen?« Und sie zog an ihm, belustigt und ärgerlich in einem: doch ihre nassen Hände rutschten von seinen nassen Händen ab, und er lachte mit seinen schönen vom Wasser gewaschenen Zähnen und sagte mit den Lippen etwas, das sie nicht verstand.

»Wie dumm du bist, Giò!«

»Also, jetzt bin ich's leid. Ich gehe. Du siehst mich dann oben.«

»Giò!«

Langsam und ängstlich brachte Richard auch sein linkes Bein auf die Seite des Wassers. Jetzt stand er mit beiden Füßen auf dem Außenrand der Terrasse, nur die Hände hielten ihn noch am Geländer: ein kleiner Sprung, ein kleiner Ruck vorwärts, und alles hätte ein Ende. Er war jetzt allein. Giovanna wußte nichts, war ärgerlich, ihre Schritte entfernten sich immer weiter, hallten immer mehr in dem Tunnel. Worauf wartete er eigentlich noch? Mein Gott! Worauf wartete er noch? Auf gar nichts, sagte er sich. Und löste die eine Hand vom Geländer, bereitete sich darauf vor, auch die andere zu lösen. Also, jetzt stürze ich mich hinunter. Noch einen Augenblick, und ich stürze mich hinunter. Noch einen winzigen Augenblick. Jetzt ist er vorbei. Ich stürze mich. Oh, warum stürze ich mich denn nicht? Gott, laß mich stürzen. Gott, Mammy, Bill, Giò! »Giooò!«

Und da hörte er diesen Widerhall von Stimmen im Tunnel, dann Giovannas Schrei, die sich bei seinem Schrei umgedreht hatte, um ihm nochmals zu bedeuten, daß er kommen solle.

»Richard! Was tust du da?!«

Er klammerte sich ganz fest an das Geländer.

Ergriff es auch mit der anderen Hand.

Überstieg es nach innen, wo der Tunnel war: gerade noch rechtzeitig, um eine Touristengruppe zu erkennen, die zur falschen Jahreszeit mit lautem Gelächter zur Terrasse kam, und dann Giovanna, die rannte, rutschte, ihn ergriff, zum Aufzug schleifte und ihm Regenmantel, Kapuze und Stiefel auszog.

»Mein Gott, Richard! Was hast du da unten getan?«

»Nichts, ich spielte nur. Warum bist du so gerannt?«

»Trottel! Für einen Augenblick dachte ich, du willst dich umbringen.«

»Ach was!«

»Warum bist du dann dort gestanden? Idiot!«

»Zum Spaß.«

»Schöner Spaß! Sieh nur, wie du zugerichtet bist. Komm jetzt.«

Und als wäre nichts geschehen, fuhren sie mit dem Aufzug wieder hinauf, saßen im Auto und trockneten sich die Gesichter, und anschließend in einem Restaurant und aßen gebratenen Truthahn: sie wieder fröhlich, er leicht nervös.

»Hast du gefunden, was du wolltest, Richard?«

»Nein. Ich denke, daß ich diese Reportage nicht mache.«

»Warum nicht?«

»Ach.«

»Richard, willst du nicht endlich damit aufhören, dich als kleiner Junge zu benehmen? Du bist ärgerlich auf mich, weil ich dich beschimpft habe, ich weiß. Aber ich hatte Angst, das ist alles.«

»Wer ist hier ärgerlich? Allenfalls warst du es, du hattest ja immer die Stirn gerunzelt.«

»Ich dachte nach. Da ist etwas, das mir nicht aus dem Kopf will, seit ich den ersten Wasserfall gesehen habe. Dieses Wasser hat etwas Menschliches und zugleich Unmenschliches. Es erinnert mich an jemanden. Aber an wen?«

Gedankenverloren begann sie zu essen. Hielt dann ruckartig inne.

»Ich hab's!«

»Was hast du?«

»Ich hab denjenigen, an den mich dieses Wasser erinnert.«

Richard beugte sich über den Truthahn.

»Bill! Es erinnert mich an Bill! An Bill, wenn er zornig ist. Ein Orkan aus Wasser: mit Hieben an Stelle des Wassers.«

Richard beugte sich noch tiefer über den Truthahn.

»Ein Orkan ist eine ernste Sache, Giò. Eine viel ernstere Sache.«

»Sagst du!«

»Eines Tages erzähl ich's dir. Dann wirst du verstehen, daß er eine ernstere Sache ist.«

»Erzähl's gleich. Seit einem Monat redet ihr beide vom Orkan. Laß dir vom Orkan berichten. Du weißt nichts vom Orkan. Und Orkan rechts und Orkan links. Was mag schon dieser Orkan sein!«

»Das Schlimmste, was du in Amerika erleben kannst. Eine Prüfung Gottes.«

»Sagst du!«

Giovanna schluckte einen großen Bissen hinunter. Richard aber schob seinen Teller weg.

»Nicht wahr, du akzeptierst nicht, daß man an den Orkan glauben kann?«

»Nein, wahrhaftig nicht.«

»Auch nicht, daß man an Gott glauben kann, nicht wahr?«

»Gott! Ich habe keine Lust, mir metaphysische Probleme zu stellen. Die stellte ich mir als Sechzehnjährige und konnte sie natürlich nicht lösen. Seitdem vermeide ich derartiges Kopfzerbrechen. Wenn es dir nicht zuwider ist, würde ich sagen, daß ich nur an mich selber glaube. Das ist einfacher und einleuchtender.«

»Du glaubst nicht einmal an Amerika, nicht wahr?«

»An Amerika schon.«

»Nein, du glaubst nicht einmal an Amerika, denn du glaubst nicht an das Business, an den Konformismus, an die bürgerliche Religion. An Amerika gefällt dir das, was mir gefällt: der Zauber, die Glorie, die Verrücktheit. Du bist rebellischer als du denkst, du bist christlicher als du denkst, du bist romantischer als du zugeben willst: deshalb bist du Gott und den Vereinigten Staaten von Amerika gegenüber ungläubig.«

»Reden wir von etwas anderem, Richard.«

Richard schüttelte langsam den Kopf, als hätte er ihre

Worte nicht gehört oder als wären sie ihm egal. Dann bedeckte er sein Gesicht mit den Händen: die gleiche Geste wie an jenem Abend im Monocle. Und fuhr fort.

»Ein jeder, der nicht an Gott oder die Vereinigten Staaten von Amerika glaubt, muß auf den Orkan warten, denn er kann erst glauben, wenn der Orkan kommt.«

»Laß das, Richard.«

»Das Radio, des amerikanischen Gottes Stimme, kündigt ihn schon viele Tage vorher an: damit du auch weißt, daß der Orkan kommt und ausbricht, um dich zu strafen und zu vernichten. Das Radio sagt dir die genaue Stunde und Minute, damit du bereit bist, dich zu schützen und zu fliehen. Du aber lachst, weil du ungläubig bist, und richtest dich nicht darauf ein, dich zu schützen und zu fliehen. Du lachst deine Sekretärin aus, die da sagt: ›Ich muß mich beeilen, weil der Orkan kommt.‹ Du lachst die Amerikaner aus, die mit ihren Transistoren am Ohr das Herankommen des Orkans verfolgen. Du lachst alle aus, die zum Aufzug rennen; und ist der Aufzug abgefahren und du bist allein im Gang geblieben und wartest auf einen anderen Aufzug, kommt es dir überhaupt nicht in den Sinn, daß es zu spät sein könnte: daß es besser gewesen wäre, den früheren Aufzug zu nehmen. Du fährst seelenruhig hinunter. Gelangst seelenruhig zur Subway. Siehst spöttisch auf die Gläubigen, die schon alle Schlange stehen, um nach Hause zu eilen. Da stehen sie, die Gläubigen, schweigend und grau, mit ihrem Transistor am Ohr, und keiner bewegt auch nur einen Muskel, keiner läßt sich ablenken, und kommt dann der Zug, steigt die ganze Schlange geschlossen ein, bewegen sie sich alle in dieselbe Richtung wie die Verdammten ins Tal Josaphat: du aber hältst dich nicht für einen Verdammten, weil du ungläubig bist, bleibst auf dem Bahnsteig und siehst ihnen nach. Der nächste Zug wird schon kommen ...«

»Ich bitte dich, Richard.«

»Aber der nächste Zug kommt nicht und du fängst an,

dich schuldig zu fühlen, weil du auf dem leeren Bahnsteig zurückgeblieben bist. Und dann kommt er doch und du springst hinein, und dein Schuldgefühl wird noch größer, denn es ist ein leerer Zug, der dich mit Verspätung ins Tal Josaphat bringt. Du bemühst dich, nicht daran zu denken, machst den Versuch zu lachen, aber dein Lachen kommt nicht, es kommt nicht einmal ein Lächeln, so daß du aussteigst, den Untergrund verläßt, der noch leerer ist als der leere Zug, und ins Freie hinaufgehst und dich überrascht in einer Straße befindest, wo überhaupt keiner ist. Keiner, verstehst du? Kein Mann, keine Frau, kein Taxi, kein Autobus, und alles ist leer wie damals, als du noch ein Junge warst und mit den anderen Jungen Versteck spieltest, und du möchtest rufen: ›Eins, zwei, drei, kommt alle raus!‹ Du suchst ein Café, die Scheiben sind verrammelt, die Leuchtschrift ist gelöscht. Du suchst nach einem Hauseingang, die Hauseingänge sind zu, die Türflügel sind mit abgepolsterten Leintüchern bedeckt: wie aufrechtstehende Leichen in einem Leichentuch. Du suchst nach einem Windhauch und findest bedrückende Wärme. Es ist warm: denn du bist allein und hast Angst. Du tust so, als hättest du keine Angst: siehst nach oben, und am Himmel entrollt sich ein schwarzer Teppich. Deine Angst wird größer. Du tust so, als würdest du nicht merken, daß sie größer wird, gehst eine Avenue entlang und blickst dann in eine Querstraße dieser Avenue, weil du glaubst, hinter der Ecke sei alles zu Ende. Du erreichst die Kreuzung, willst sie überqueren: und bekommst eine Ohrfeige.«

»Richard, sei still.«

»Bekommst eine Ohrfeige, siehst dich verstört um, merkst, daß dir niemand eine Ohrfeige gegeben hat. Gehst einen Schritt zurück, schämst dich deswegen, gehst wieder einen Schritt vor und versuchst, hinüberzugehen: der Wind überfällt dich. Ein düsterer, wütender Wind ohne Mitbringsel: kein Papier, keine flatternden Hosen, keine wirbelnden Röcke. Ein Wind nur auf deinem Gesicht, und wenn du es abwendest, ist keiner mehr da. Dann blickst du wieder nach oben und siehst, wie sich ein weiterer Teppich am Himmel ausrollt, aber der ist schwärzer, im Vergleich zu ihm war der erste grau: und es ist Nacht. Deine Uhr sagt, daß es Tag ist, aber es ist Nacht. Und in der Nacht gehst du tiefgebückt wie ein Sünder, klammerst dich an Masten, an Klinken, an alles, was hervorsteht, und schwörst bei dir selber, daß du dir ein Transistorradio kaufen und mit diesem am Ohr leben wirst, daß du den Aufzug nehmen wirst, den die anderen nehmen, daß du den Zug nehmen wirst, den die anderen nehmen, und daß du alles tun wirst, was Gott und die Vereinigten Staaten von Amerika verlangen. Und weinst.«

Giovanna blieb jetzt stumm. Richard hatte die Augen voller Tränen und hielt sich an ihren Handgelenken fest, als seien sie Türklinken in einem Orkan.

»Du weinst, weil du Reue und Neid empfindest. Weißt du doch, daß alle zu Hause sind. Mit Bier, Frau und Kindern, diesen Kindern, die wie Kobolde gelb und rot gekleidet sind, dieser gutgekleideten Frau vor dem Fernseher, diesem wohlgekühlten Bier, und diese Familie ist gerettet, weil sie das Transistorradio hört, weil sie an das Business und die bürgerliche Religion glaubt, weil sie konformistisch ist in einem Land, wo Konformismus soviel wie Rettung bedeutet. Und sobald du das weißt, fängt es zu regnen an. Ein Regen, der nicht aus den Wolken, sondern gleich aus dem Himmel kommt; der nicht aus Wasser, sondern aus Eisen ist: ganz schwere, harte Eisendrähte, göttliche Nadeln, die dein Gesicht und deine Kleidung durchlöchern und dich zu einem Lumpenbündel machen, das nicht einmal die Kraft hat, sich zu bewegen, und du kauerst an der Schwelle hinter einer Haustür, die jemand für dich geöffnet hat. Du bleibst an der Schwelle, gehörst nicht dem Orkan und nicht der Gemeinschaft, bettelst mit deinen Augen um Barmherzigkeit bei dem Pförtner, der dich spöttisch ansieht, weil du nicht dem Orkan und nicht der Gemeinschaft gehörst, und der nicht auf dich zukommt, weil du es nicht wert bist: warst du doch Amerika und Gott gegenüber ungehorsam. Das dauert so lange, bis ein Mann kommt, der stark ist und dich aufhebt und dich auf seine Arme nimmt wie ein Kind und zu dir sagt ›Sei ruhig und weine nicht‹, und dich in den sechzehnten Stock hinaufbringt in eine Wohnung mit Bier und Fernseher und mütterlicher Wärme. Und während er dir jene nassen Lappen auszieht und dich tröstet und wärmt, begreifst du, weshalb die Wolkenkratzer in New York stählerne Kanten haben, weshalb die Bürgersteige in Eisen gefaßt sind, weshalb die Autos sperrig sind, weshalb Eleganz in New York ebenso unwichtig ist wie Anmut und Erlesenheit, weshalb die Frauen unabhängig und männlich sind, weshalb die Männer sich immer an irgend etwas lehnen, als besäßen sie kein Rückgrat, weshalb ihre Schuhe so grobe Sohlen haben, weshalb ihr Gehen so schwerfällig wie das eines Rhinozeros ist, das Regen und Wind aushält. Du begreifst, weshalb es in New York keine Brunnen und keine Statuen gibt, dafür schnurgerade Straßen ohne Namen, doch mit Nummern, die den Naturgewalten standhalten, für die es alles zu zerstören gilt, was schwach ist: wie das auch der Regen tut, wenn er in die Ritzen und Räume, überall dort eindringt, wo es eine Schwäche gibt, und alles durchsucht, alles durchflutet und dich tötet, wenn du keine Zuflucht gefunden hast. Dann begreifst du endlich, warum Gottes und Amerikas Regel selektieren lautet, warum sein Gesetz ein Menschengesetz ist, warum die geistigen Werte irdische Werte sind, warum für Amerika Gott gleich Amerika gleich Business gleich Amerika gleich Gott lautet. Und da gibt es kein Entrinnen: man muß auf der Seite Gottes gleich Amerika gleich Business gleich Amerika gleich Gott stehen, sonst ist man allein. Allein und verdammt wie ich, begreifst du?«

Richard sackte zusammen, die Hände vorm Gesicht, und kümmerte sich nicht um den Kellner, der ihn verblüfft ansah. Dann hob er ein zerstörtes Gesicht, das hundert und noch mal hundert Jahre alt war und ein großes Schluchzen stieg Giovannas Kehle herauf, blieb aber dort zusammen mit den Worten stecken, mit denen sie ihn hätte trösten, ihm erklären wollen, daß er nicht allein und nicht verdammt sei, weil sie ihn liebte und bereit war, ihn vor allen Orkanen Gottes und Amerikas zu verteidigen. Doch wie stets rutschte ihr das Schluchzen in den Magen, fast als sei es eine Pille, und aus ihrem versteinerten Gesicht kamen nur sieben Worte.

»Richard, hat dir Bill die Haustür geöffnet?«

»Ja, er.«

»Richard, was ist Bill für dich?«

»Er ist ... der Mann, der mir das Leben gerettet hat.«

»Richard, warum hast du mich hierher gebracht? Warum hast du mir diese Geschichte erzählt? Warum wollte Bill, daß du sie mir erzählst?«

»Ich weiß nicht, ich weiß nicht. Vielleicht um dir klarzumachen, daß es für mich keine Rettung ... Vielleicht um dir klarzumachen, daß er ein Mann ist und ich keiner bin.«

»Richard, du mußt dich von diesem Alptraum und deiner ewigen Dankbarkeit Bill gegenüber befreien. Keiner stirbt wegen eines Unwetters, und Bill lügt, wenn er behauptet, daß er dir das Leben gerettet hat. Er lügt, um sich stärker zu fühlen, um ...«

»Schluß jetzt, Giò. Wenn wir uns nicht beeilen, verpassen wir noch das Flugzeug. War der kanadische Truthahn nicht hervorragend? Nach einem guten Essen fühle ich mich gleich wohler. Komm jetzt: du bist so rührend, wenn du ernst sein willst. Heute abend bringe ich dich ins Latin Quarter: in der Annahme, daß dich nackte Frauen nicht schockieren. Es gibt dort wunderschöne, weißt du. Aber dir können sie natürlich nicht das Wasser reichen.«

Kanada war ein grüner Fleck. Richards Jacke war noch etwas feucht. Richards Lippen waren kühl. Doch Giovanna dachte mit Haß an Bill. Sie haßte ihn so sehr, daß sie den Anblick eines Mannes mit Schnurrbart nicht ertragen konnte, dachte sie, als ihr ein Polizist mit Schnurrbart den Paß zurückgab. Wenn sie nur diesen Bill nicht wiedersehen würde. Aber wenige Tag danach sah sie ihn wieder.

XI

An dem Tag war es kalt: die Herbstkälte, die New York metallisiert, wenn der Wind vom Meer dir wie ein nasses Tuch an die Wangen schlägt und die Erde sich in zu früher Ankündigung des Schnees dunkel färbt. Der Himmel war bleiern, und viele Leute hatten ihre Mäntel angezogen. Im achten Stock des Macy war Bill im Begriff, sich eine Bettdecke aus Nerz zu kaufen. Giovanna stand vor ihm, ehe sie sich's versah, und Bill fuhr fort, den Nerz zu streicheln, hob nicht einmal den Kopf und sagte: »Tag, Giò.«

»Tag«, erwiderte Giovanna trocken.

»Liebst du Nerz, Giò?«

»Ich habe mir die Frage nie gestellt. Ich mache mir überhaupt nichts aus Nerz.«

»Ach ja. Ich vergaß, daß du keine Amerikanerin bist. Weißt du, die Amerikanerinnen lieben Nerz abgöttisch. Sie würden jede Untat begehen, nur um an einen Nerz zu kommen: sogar den eigenen Mann umbringen. Und der Tod der amerikanischen Ehemänner sieht so aus: erdrosselt mit einem Band aus Nerz.«

Er strich sich über die eine Schnurrbarthälfte.

»Natürlich ist das eine halbamtliche Version: die amtliche lautet, sie seien an Überarbeitung gestorben, um ihrer Frau einen Nerz kaufen zu können. Und wie bringt ihr in Italien eure Ehemänner um? Auch mit Nerz?«

»Ich habe keinen Ehemann.«

»Den bekommst du noch, den bekommst du noch. Was würdest du von einem amerikanischen Ehemann halten, der dir einen Nerz schenkt?«

Giovanna machte einen Buckel wie eine Katze, schickte sich an, ihre grausamen Vorsätze, die sie in Kanada gefaßt hatte, in die Tat umzusetzen. Doch zu ihrer eigenen großen Verblüffung gelang es ihr nicht.

»Hör mal, Bill. Ich hab's eilig. Und du bist gerade dabei, die Szene einer Komödie zu verfassen. Wiedersehen.«

Mit einer raschen Bewegung versperrte Bill ihr mit dem Arm den Weg, während er mit der anderen Hand fortfuhr, den Nerz zu streicheln. Unwillkürlich kam Giovanna der Gedanke, den sie gleich wieder von sich wies, daß sein Duft nach Tabak angenehm und einschmeichelnd war.

»Was hast du eigentlich gegen mich, Giò? Dabei habe ich doch gar nichts gegen dich. Du gefällst mir sogar: und das jedesmal mehr. Dein Lachen gefällt mir, dein Maulen und deine Grobheit gefallen mir. Und gingen wir zusammen ins Bett, würde mir sogar deine zerebrale Leidenschaft gefallen, denn ich gehe jede Wette ein, daß keine Spur von Erotik in dir ist: nur zerebrale Leidenschaft, die ohne einen Typ von meiner Art nichts wert ist.« Dann, zur Verkäuferin: »Schicken Sie ihn bitte in meine Wohnung. Ich zahle per Scheck.«

»Faß mich nicht an, Bill. Mach lieber Martine den Hof.«

»Martine! ... Ihr Liebesverständnis bringt mich zum Gähnen. In ihr ist nur Erotik. Und die banalste. Für jedermann. Und für wen könntest du deine zerebrale Leidenschaft einsetzen, wenn nicht für einen Mann, der dich versteht: also für Bill?«

»Laß mich durch, oder du bekommst eine Ohrfeige.«

»Nicht bevor du mir erklärt hast, was du gegen mich hast.«

»Ich habe nicht nur etwas gegen dich, Bill. Ich hasse dich sogar. Du kommst einem immer in die Quere mit deinem Gehabe eines Übermenschen, der die Menschheit verspottet, erniedrigst denjenigen, der sich nicht ebenso für einen Herrgott hält wie du, kränkst Martine, gehst Richard auf die Nerven und fällst auch mir jetzt auf den Wecker. Du bist überheblich, egoistisch und niederträchtig. Ich wünschte, ich wäre ein Mann und könnte dich verprügeln und dir deine von Gemeinheit strotzende Visage zerschlagen!«

»O là là«, rief Bill. Und zog die Stirn in Falten und schien wahrhaftig niedergeschmettert zu sein. »O là là! Dann bist du also tatsächlich ein Mann, liebe Giò. Ein kleiner als Frau verkleideter sehr wilder Mann. Du verdientest die Lektion, die ich meiner Frau erteilt habe. Sie drohte mir Prügel an, falls ich ihr keinen Nerz kaufen würde. Ich habe sie gefeuert und mir meinen Mantel mit Nerz füttern lassen. Wie du siehst, mache auch ich mir sehr viel aus Nerz.«

»Laß mich gehen. Ich bin nicht deine Frau und will es nicht werden und will auch keinen Nerz: weder als Dekken noch als Mäntel. Verdammt, laß mich gehen!«

»Nein, mein niedliches Schneckchen. Mit diesem Arm habe ich dich gefangen und mit diesem Arm halte ich dich. Jetzt gehen wir einen Whisky trinken und unterhalten uns ein bißchen: wie Freunde. Ich muß dir einiges erklären.«

Er schob sie zur Rolltreppe. Giovanna wehrte sich wütend.

»Nicht im Traum!«

»Wehre dich nicht, Giò.«

»Laß mich!«

»Sei nicht albern, Giò.«

»Ich sagte, du sollst mich lassen!« Und sie befreite sich.

Er schüttelte langsam den Kopf.

»Schade. Siehst du, wie schwierig es ist, das Evangelium zu befolgen? Die Dürstenden tränken, die Hungernden speisen, die Schlechtinformierten informieren: wie soll man nur das Evangelium befolgen, wenn die Dürstenden dürsten, die Hungernden hungern und die Schlechtinformierten in ihrer Unkenntnis verharren wollen? Schade, schade. Und ich, der ich dachte ... Wann reist du ab, Giò?«

»Es tut mir leid für dich, ich reise nicht ab. Es tut mir leid für dich, ich unterschreibe jetzt einen Vertrag mit Gomez. Ich bleibe in Amerika, Herr Übermensch.«

»Oh, wie mich das freut! Das ist ja in der Tat eine schöne Nachricht! Sag mal, Giò: bleibst du hier, um Karriere zu machen oder bleibst du hier wegen Dick?«

Sie befanden sich jetzt auf dem Bürgersteig. Standen einander gegenüber, und Bill schob mit dem rechten Zeigefinger die gewohnte eigensinnige Strähne weg, die über Giovannas Auge fiel. Giovanna preßte die Lippen zusammen, und wieder kam ihr, doch diesmal im Zorn, der Gedanke, daß sein Duft nach Tabak angenehm und einschmeichelnd sei.

»Nun, Giò: bleibst du hier, um Karriere zu machen oder bleibst du hier wegen Dick? Denn falls du wegen Dick hierbleiben solltest ...«

»Das geht dich nichts an«, erwiderte Giovanna. Und kehrte ihm den Rücken zu und tat, als habe sie Bills ausgestreckte Hand nicht gesehen.

XII

Der Altweibersommer platzte plötzlich wie eine Seifenblase auf. Als Giovanna eines Morgens erwachte, war ihr ganz warm, und so riß sie trotz der protestierenden Martine, die zur Schlafenszeit nicht den geringsten Lichtspalt duldete, alle Fenster auf und entdeckte das Wunder: in der Luft lag ein Geruch nach frischem Gras, die Mädchen liefen in Hemdblusen herum, und für einen Augenblick glaubte Giovanna sogar eine Schwalbe zu erkennen. Da rief sie Richard an, und Richard erwiderte lachend, es sei kein Wunder, denn es komme in Amerika wie die Steuerkarte Jahr für Jahr.

»Wir nennen es den Indianischen Sommer. Er bereitet uns auf den Winter vor, der hier sehr streng ist. Du solltest Connecticut um diese Jahreszeit sehen. Willst du aufs Land fahren?«

»O ja!«

»Schön. Heute ist ja Samstag, und ich habe ohnehin nichts zu tun. Wenn wir gleich aufbrechen, können wir bis morgen abend fortbleiben. Meinst du, ich soll Bill um sein Auto bitten?«

»Aber ja doch«, antwortete Giovanna mit einem Achselzucken. Zog sich dann an und war schließlich einmal mit ihrem Spiegelbild zufrieden: die Hose stand ihr ausgezeichnet über den schmalen Hüften, der Männerpulli verlieh ihr etwas amüsant Zweideutiges und der Verzicht auf Make-up etwas Jungenhaftes.

»Sehe ich gut aus, Martine?«

»Warum solltest du nicht? Du siehst aus wie ein Ephebe.«

»Wird es Richard gefallen?«

»Auch zu sehr.«

»Und was wirst du heute tun, Martine?«

»Ich werde ohnmächtig dem Unheil seinen Lauf lassen.«

»Was hast du gesagt?«

»Daß ich zu Hause bleibe. Der Samstag gehört dem Herrn. Wann kommst du heute zurück?«

»Ich komme gar nicht zurück. Richard hat auch noch morgen frei.«

»O Gott!«

»Martine, sieh doch nicht immer so schwarz, ich bitte dich«, meinte Giovanna ärgerlich. Und wartete ungeduldig auf das Hupen, rannte die Treppe hinunter, begrüßte Richard und präsentierte ihm keck ihre Hose.

»Gefällt sie dir?«

Sie spürte sofort seinen begehrlichen Blick.

»Funny Boy! So müßtest du immer gekleidet sein.«

»Du auch. Diese legere Art steht dir besser als so ein trister nach englischer Art maßgeschneiderter Anzug. Wohin geht's denn, Richard?«

»Zu Igor, einem Freund. Und vielleicht schlafen wir heute nacht sogar in einem Motel. Warst du schon einmal in einem Motel?«

»Nein! Tun wir das, Richard!«

Endeten Amerikas Verliebte nicht immer in einem Motel? Diese so unerwartete Aussicht auf Intimität machte sie noch fröhlicher. Und sie legte lachend ihren Kopf an Richards Schulter. Auch Richard lachte. Und lachend fuhren sie den Hudson entlang, der groß und langsam war wie ein afrikanischer Fluß mit seinen ausgedehnten Ufern, wo die Angler ihre Angeln auswarfen, ein Bild des Friedens.

»Sieh, Giò, dies sind Bürger, die sich retten werden: weil sie ihr Weekend nach den Regeln des amerikanischen Gottes verbringen.«

»Verdammt! Wir haben die Angelruten vergessen.«

»Macht nichts. Menschen wie du finden immer einen Ausweg. Und was ich tue, weiß ich schon. Fragt mich der amerikanische Gott nach meinen Verstößen gegen den Konformismus, sage ich ihm: ›Herr, ich verdiene eine Strafmilderung. Habe ich doch gemeinsam mit Giò ein erzbürgerliches Weekend verbracht. Wir fuhren an einem Samstagmittag los und kamen Sonntagabend um sieben Uhr zurück. Wir haben nicht gefischt, Herr, denn wir hatten keine Angelruten. Aber wir haben in einem Motel geschlafen. Verdiene ich da keine Strafmilderung, Herr?‹ – ›Aber am Sonntagmorgen warst du nicht in der Messe, Richard Baline‹, wird der amerikanische Gott mit Dollargeklingel tönen. ›Nein, Herr, ich habe geschlafen. Doch habe ich's am Beginn der Autostraße endlich fertiggebracht, meinen Vierteldollar in den Automaten zu werfen, – und so mußte sich der Polizist nicht bücken, um ihn aufzuheben.‹ Klingling!« Der Vierteldollar fiel gut gezielt in den Behälter und der Polizist lächelte. So befanden sie sich jetzt auf dem Asphaltband, das sich in die Landschaft schlängelte, fuhren Wände von Bäumen entlang, die nicht grün wie gewöhnliche Bäume, sondern gelb, rot und violett waren: wie Baume eines anderen Planeten oder eines übergeschnappten Malers.

»Richard, ist das nicht außergewöhnlich?«

»Ja, das ist es.«

»Ich dachte, Amerika sei grau in grau, ohne Farben.«

»Es hat davon eine Menge, bis zur Ekstase.«

»Richard, schau dir diesen Wald an! Ich bitte dich, bleiben wir stehen.«

Sie hielten vor einer Wiese, gingen einen Fußweg entlang, und der Wald war ein Teppich aus gelben, roten, violetten Blättern, aus denen Veilchen schüchtern ihre Köpfchen herausstreckten. Ein erschrockenes Eichhörnchen floh mit einem Zucken des Schweifs, Giovanna griff nach den Zweigen und die Zweige raschelten wie die Zweige in ihrer Kindheit: als Papa sie zum Gießbach hinunterführte und sie gemeinsam die Aalschnur auslegten, einen Strick, der sich in der Dunkelheit zu einer Kette glitschigen Plätscherns verwandeln würde. Der Wildbach, wo sie den Köder versteckten, lag voller Steine, die wegrollten, wenn man mit der Fußspitze an sie stieß, und so sagte Papa sei brav und setz dich, und sie setzte sich und sah ihm zu, wie er die Schnur verlegte, die in dem Wasser hüpfte, wobei die rosa Würmer immer blasser wurden. Dann gingen sie den Fußweg wieder hinauf, Papa vorn und sie hinter ihm, kamen zu dem Apfelgarten, wo die Äpfel mit leichtem Plumps zu Boden fielen, nahmen dann die Abkürzung, wo der Schafskot nach Beeren aussah, und kamen nach Hause, als Mama goldene knusprige Kürbisblüten briet.

»Rühr dich nicht, Funny Boy! Du siehst so prächtig aus, das muß ich verewigen. Klick!«

»Weißt du, Richard, manchmal denke ich, daß es keine guten und keine bösen Menschen gibt. Es gibt nur Augenblicke, in denen wir gut sind, und andere Augenblicke, in denen wir böse sind. Du zum Beispiel gibst mir eine gute Stimmung. Bill gibt mir eine böse Stimmung. Der Wald hier gibt mir eine gute Stimmung. Das Monocle gibt mir eine böse Stimmung.«

»Ich will nicht über das Monocle reden und auch nicht über Bill. Gott! Du sagst, daß du ihn nicht ausstehen kannst, und hast doch seinen Namen dauernd auf der Zunge. Du bist am Niagara und redest von Bill. Du bist in Connecticut und redest von Bill. Du bist in New York und redest von Bill. Als wärst du in ihn verliebt!«

»Richard, kannst du eifersüchtig sein?«

»Warum denn nicht? Ist es dir zuwider?«

Er drehte sich lachend zwei oder dreimal um sich selbst, setzte sich mit Schwung neben sie, und nun waren seine Pupillen veilchenfarben, sein Haar war so flammend wie die Blätter und sein Körper so nervös wie der Schweif des Eichhörnchens.

»Überhaupt nicht. Ich freue mich sogar sehr darüber, Richard.«

»Gut.« Und er schickte sich an, Veilchen zu pflükken. »Als ich Kind war, sagte Mammy immer: ›Richard, tritt nicht auf die Veilchen, Richard, töte nicht die Veilchen.‹ Doch wenn ich ihr welche brachte, sagte sie: ›Was für ein braves Kind.‹ Wo ist der Unterschied zwischen pflücken und zertreten?«

Er reichte ihr die Veilchen.

»Was für ein braves Kind ...«

»Uh, Mammy!«

»Richard, wie ist deine Mutter?«

»Die ist in Ordnung: wie du. Sie versteht mich, sie verzeiht mir, sie liebt mich innig. Einmal hat sie ein Pferd geohrfeigt, weil es mich böse angesehen hatte.«

»Ein Pferd?!«

»Jawohl. Würdest du meinetwegen ein Pferd ohrfeigen?«

»Gewiß.«

»Das hab ich gewußt. Ach, mein Funny Boy!«

Er war drauf und dran, sie zu umarmen, sah aber im letzten Augenblick, wie eine Ameise mühsam an ihrem Pullover hochkrabbelte, fuhr zusammen, als hätte er eine Viper gesehen, zerquetschte sie mit der Spitze seines kleinen Fingers. »Wie eklig!«

»Richard! Was hat sie dir denn getan?«

»Nichts.«

»Also? ...«

»Uh, Mammy! Gehen wir jetzt.«

Sie fuhren weiter, und der Wind strich über Richards Haar so sanft wie über die Kornfelder, wenn er die Ähren in Wellen legt: Giovanna betrachtete sein Haar und war von solcher Liebe zu ihm erfaßt, daß sie meinte, es zerbreche etwas in ihr. So wandte sie ihren Blick ab und sah auf den Asphalt, dann auf die davoneilenden Bäume; und über dem Asphalt, über den Bäumen erhob sich das Bild einer grausamen Frau, die ein Pferd ohrfeigt. Das Pferd war braun, sein Blick gedemütigt, und es bewegte nicht einmal die Beine, als die Frau es ohrfeigte und sagte: »Wie wagst du es nur! Wie wagst du es nur!« Dann entschwand das Pferd und auch die Frau, und an ihrer Stelle erschienen eine Ameise und ein kleiner Finger, und der kleine Finger zerquetsche die Ameise und sagte: »Wie eklig!«

»Woran denkst du, Giò«

»An nichts. Und du?«

»An nichts.«

Eigentlich dachte er an das Motel. Und wenn er sie nicht in ein Motel und statt dessen wieder nach New York brachte? Ausgeschlossen: Giòs Geduld hatte sogar schon zu lange gewährt. Heute abend mußte er seinen ganzen Mut zusammennehmen, würde er doch, weit weg von Mammys Schritten und dem Gespenst Bill, gewiß die Bewegungen eines Mannes finden und versucht sein, sie zu lieben. O Gott! Und wenn ihn gar nichts überkommen würde? Es war schon besser, sie nach New York zurückzubringen. Ausgeschlossen: hatte er ihr doch schon gesagt, sie würden in ein Motel gehen. O Gott, laß etwas geschehen. Mach, daß ich nach New York zurück muß.

Das rote Auto fuhr in eine Pinienallee ein, hielt vor einer Wiese. Hinter der Wiese ein Cottage und ein Teich. Am Teich stand Igor und angelte. Er kam mit seinem wiegenden Gang eines alten Menschen gleich auf sie zu.

»Tag, Dick. Und wer ist dieser hübsche Junge?«

»Igor, das ist Giò. Giò, das ist Igor.«

Igor reichte Giovanna die Hand und betrachtete sie ebenso aufmerksam wie Bill, als sie sich an jenem Nachmittag im Monocle begegnet waren.

»Stell dir vor, als ich sie von weitem sah, habe ich mir gesagt: wie Bill sich doch verkleinert hat! Willkommen, Giò. Wie gut, daß Sie ihn hergebracht haben. Dick läßt sich allzu selten blicken. Geht's dir besser, Dick?«

»Danke, es geht mir ausgezeichnet«, antwortete Richard nach kurzem Zögern. Dann, zu Giovanna gewandt: »Igor ist Psychoanalytiker. Folglich behauptet er, daß ich verrückt bin und daß er mich kurieren will. Aber ich habe nicht die geringste Absicht, mein Geld an ihn loszuwerden.« Und dann, zu Igor gewandt: »Zur Zeit werde ich von Giò behandelt, die dafür keinen Penny verlangt.«

»Arme Giò«, meinte Igor.

Auch er hatte eine leicht spöttische Art. Auch er rauchte Pfeife. Doch sein Gesicht war unauffällig, seine Schultern waren gebeugt, seine Rede irritierte nicht: darin ähnelte er mehr Gomez. Giovanna dachte, daß sich in Amerika alle auf die eine oder andere Art glichen: nur Richard glich niemandem. Richard hatte Igor und sie völlig vergessen und bearbeitete einen Ball mit seinen Füßen: »Den da, hopp! Und den auch noch, hopp!«

»Dick, willst du etwas essen?« rief ihm Igor zu.

»Nein. Mir reicht ein Sandwich. Den da, hopp! Und den auch noch, hopp!«

Igor schüttelte den Kopf.

»Das sagt er jedesmal. Aber dann kehrt er in der Küche das Oberste zuunterst, weil er Kaviar und Hühnerbrust sucht. Leider ist meine Frau heute nicht da: ich fürchte, daß sich sein verwöhnter Gaumen mit Büchsenfleisch begnügen muß. Kommen Sie, meine Liebe. Lassen wir ihn sich austoben. Er muß all seine aufgespeicherte Energie loswerden. Kennen Sie ihn schon lange, meine Liebe?«

»Ja und nein.« Und sie erklärte ihm die Geschichte mit wenigen Worten.

»Sehr interessant. Wie alt war Dick damals?«

»Zwanzig. Und wie lange kennen Sie ihn schon?«

»Fünf oder sechs Jahre. Bill hat ihn zu mir gebracht. Kennen Sie Bill?«

Er warf ihr einen raschen Blick zu.

»Ja, ich kenne ihn.«

»Ein beunruhigender Mensch, ein großer Theaterschreiber. Er sagte, Dick habe von einem Unwetter einen Schock bekommen; und er wollte, daß ich ihn behandle. Ich habe es vergebens versucht. Er geht nicht aus sich heraus. Er behauptet, sein erster Psychoanalytiker sei gestorben und auch ich würde sterben. Er besucht mich nur, weil ihm dies Haus gefällt. Er sagt, es sei das einzige, wo der amerikanische Gott nicht spreche. Dick besitzt eine lebhafte Intelligenz und eine sehr ausgeprägte Phantasie. Schade, daß ich ihn nicht behandeln kann. Sagen Sie, meine Liebe: war er mit zwanzig auch schon so? Oh, sagen Sie nichts. Und verzeihen Sie mir: oft drängt sich mein Beruf in den Vordergrund. Das sagt mir auch meine Frau immer wieder. Sehen Sie, ich mache die Psychoanalyse von anderen und meine Frau macht sie von mir. Amerikaner brauchen immer eine Psychoanalyse von jemandem. Bitte, die Küche ist hier. Helfen Sie mir, die Büchsen zu öffnen.«

Sie machten sich daran, die Büchsen zu öffnen. Durchs Küchenfenster sah man einen Kastanienwald, und gleich vorn stand ein Kastanienbaum, an dem viele Glöckchen hingen: wenn der Wind darüberstrich, klingelten sie leise. Giovanna dachte, daß dies wahrhaftig ein Ort für Nervenkranke und Igor ein guter Mensch sei: vielleicht der erste, mit dem sie sich geben konnte, wie sie war.

»Warum haben Sie so gesprochen, Igor? Für mich sieht dieses Land so gesund aus. Man kommt nach Amerika, geht durch die Straßen und fragt sich, wo denn hier die Kranken sind: sieht man doch nie einen Krüppel, einen Blinden, einen Buckligen, einen, der niest oder hustet.«

»Hirngespinste, meine Liebe, Hirngespinste. Unsere Gesundheit ist nur äußerer Schein. Verbringen Sie mal einen halben Tag in einer Apotheke. Dann merken Sie, daß nirgends auf der Welt so viele Medikamente verkauft werden wie in Amerika. Der eine hat eine kranke Leber, der andere ein krankes Herz, wieder ein anderer einen kranken Magen. Und wer kein körperliches Leiden hat, der hat ein seelisches. Kurz gesagt: einen Komplex.«

Er holte das Schnittbrot und legte die einzelnen Scheiben, den Lachs und das Büchsenfleisch auf einen Teller. Dann ging er ins Wohnzimmer und setzte sich in einen Sessel.

»Und wissen Sie, welcher Komplex in Amerika am meisten verbreitet ist? Bei den Frauen, daß sie Männer sein wollen und bei den Männern, daß sie Frauen sein wollen. Ein zu meist begründeter Komplex: keiner von uns ist ganz und gar ein Mann oder ganz und gar eine Frau. Unsere Zivilisation verhindert das. Andererseits reizt mich an Amerika gerade sein unbefriedigtes Verlangen nach Gesundheit und Vollkommenheit. Auch eine Art, nach dem Absoluten zu streben. Und was reizt Sie an Amerika, Giò?«

»Ich denke, die Größe: die Macht, die Unzerstörbarkeit. Alles in Amerika drückt Stärke aus: von den Wolkenkratzern bis zu den Wasserfällen. Alles drückt Sicherheit aus: vom Geld bis zur Überheblichkeit. Ein Land, über das kein Krieg hinweggezogen ist, wo man nicht an den Krieg denkt. Fährt man durch Europa, findet man noch zerborstene Häuser, und Angst vor der Erinnerung. Kommt man nach Amerika ...«

Igor lächelte traurig.

»Ach ja: wir sind ein Land ohne Nuancierungen. Ganz weiß oder ganz schwarz. Und die Leute sehen es auch ohne Nuancierungen. Ganz weiß oder ganz schwarz. An dem Tag, wenn bei Ihnen alles, was in Ihren Augen bis dahin weiß wie das Paradies war, auf einmal schwarz wie die Hölle wird, möchte ich von Ihnen keine Psychoanalyse machen. Aber da kommt Dick. Diesmal ist er eine Menge Kraft losgeworden.«

Richard kam hüpfend herein.

»Was meinst du? Nun, was meinst du?«

»Ich meine, du sollst sie heiraten. Genau das brauchst du.«

»Wie?!« Richard war ganz blaß geworden und sah Giovanna an. Die zuckte nicht mit der Wimper.

»Du sollst sie heiraten, habe ich gesagt, und du hast mich genau verstanden. Heiratest du sie nicht, der du jung und hübsch bist, heirate ich sie, der ich alt und häßlich bin.«

»Giò, mein Schatz, was soll denn diese Fischleiche aus der Dose? Igor, du Unglückseliger, was soll denn dieses geometrische Brot, mit dem Pythagoras bewies, daß der Flächeninhalt des Quadrats über der Hypotenuse gleich der Summe der Flächeninhalte über den Katheten ist? Ich habe Hunger, Hunger! Und will keine Lehrsätze und keine Schweinereien, wie sie den Überschwemmungsopfern nach Formosa geschickt werden. Gebt mir ein Lendenstück: aber eines, das lebendig, blutig ist und seinen ganzen Stolz hinausmuht, von einem Richard Baline gegessen zu werden!«

Er stürmte in die Küche; Igor warf einen forschenden Blick auf Giovanna, die Richards geschickten Rückzug mit einem kleinen Lächeln quittiert hatte, und ging ihm nach, damit er kein Unheil anrichtete. In diesem Moment kam nicht einmal er auf den Gedanken, daß ein so warmer und harmloser Tag den letzten Akt ihrer beider Tragödie einleiten könnte.

* * *

Als Richard sich sattgegessen hatte, umarmte er Giovanna, und Giovanna, ihrerseits mit verschränkten Armen, genoß sichtlich diese Umarmung. Igor beobachtete es hinter seiner Pfeife mit väterlich wehmütiger Zustimmung. Es war ein schöner Nachmittag. Im Teich quakten die Frösche, und keiner der drei, müde und schläfrig vom Essen, sagte ein Wort. Igor war es, der das Schweigen brach.

»Das war eine Nachricht, wie!«

»Was für eine Nachricht?«

»Jetzt sagt mir nicht, daß ihr keine Ahnung habt.«

»Aber wovon?«

»Habt ihr denn keine Zeitung gelesen?!«

»O Gott, nein! Was ist passiert?«

»Habt ihr auch kein Radio gehört?!«

»Neiiin! Was ist denn passiert?«

»Nicht zu fassen«, knurrte Igor.

»Los, sag schon«, bat Richard.

»Sputnik«, erwiderte Igor und kostete das Wort auf der Zunge.

»Sputnik? Wie bitte?« fragte Richard. Er nahm augenblicklich seinen Arm von Giovannas Schulter und sah gespannt auf Igor.

Giovanna runzelte ihre Stirn.

»Sputnik«, wiederholte Igor und warf ihnen beinahe verächtlich eine Zeitung hin.

Es war die ›New York Times‹ von Samstag, dem 5. Oktober 1957. Auf der ersten Seite die beängstigende Schlagzeile:

Der rote Mond über Amerika. Zwischen der Schlagzeile und dem halbfett gedruckten Artikel eine eiserne Kugel: fast wie eine der Minen, die während des Krieges im Meer schwammen oder sanft an den Strand gespült wurden, um jemanden zu töten. In dem Artikel stand, daß tags zuvor, am Freitag, dem 4. Oktober, die Russen einen künstlichen Satelliten mit einem Gewicht von dreiundachtzig Kilo und sechshundert Gramm sowie einem Durchmesser von achtundfünfzig Zentimetern zu den Sternen hinaufgeschossen hätten: er ziehe jetzt tausende und abertausende Meilen über der Erde seine Umlaufbahn und verkünde den Triumph eines großen Landes, das nicht Amerika war. Eine große, glänzende, glatte Eisenkugel mit vier glänzenden, glatten, eisernen Stacheln und dem Wahrzeichen Made in UdSSR, die schwerelos durch den Raum zog und spöttisch Piep! Piep! machte, wenn sie über Amerika flog.

»Das ist doch ein Witz«, sagte Richard, der es nicht glaubte. »Du hast die Seite in der Times Square in dem Laden für Scherzartikel drucken lassen.«

»Das ist kein Witz. Das ist der Beginn der Niederlage«, widersprach Igor und rauchte in aller Ruhe seine Pfeife.

»Ist das wirklich kein Scherz?!« rief Richard und beachtete gar nicht das Wort Niederlage. »Dann ist es ja die phantastischste Nachricht, die ich in meinem ganzen Leben gehört habe! Denke nur, Igor: ein Traum, der Wirklichkeit wird! In den Weltraum fliegen, zu den

Sternen aufsteigen, wie die Lichtstrahlen in die Unendlichkeit eindringen. Ist das nicht phantastisch, Igor?«

Er fuhr mit der Zeitung durch die Luft wie mit einem Drachen.

Igor rauchte seine Pfeife.

»Und ich sage dir, es ist der Beginn der Niederlage.«

»Bist du verrückt, Igor? Was spielt es schon für eine Rolle, ob der Satellit russisch oder amerikanisch oder chinesisch ist! Menschen haben ihn aufsteigen lassen, Igor: Menschen wie du und ich, Menschen mit zwei Armen und zwei Beinen. Und sie werden zum Mond aufsteigen, wir werden zum Mond aufsteigen. Igor, wirst du da nicht verrückt vor Begeisterung? Sag du's ihm doch, Giò!«

Giovanna blieb unbeweglich sitzen, zog nur ihre Stirn noch mehr in Falten.

Igor rauchte jetzt nicht mehr.

»Ich sage dir, es ist der Beginn der Niederlage. Was die Fahrt zum Mond betrifft, so erfüllt mich allein der Gedanke daran mit größtem Unbehagen, denn der Mensch wird immer die gleichen Probleme haben: auf der Erde, auf dem Mond, auf welchem Planeten auch immer. Und wahrscheinlich kann man auf dem Mond nicht einmal fischen, weil es dort keine Meere, keine Flüsse und keine Fische gibt.«

»Igor, du hörst mir ja nicht zu«, sagte Richard und bückte sich zu ihm herunter, als wäre er ein eigensinniges Kind. »Hör mir bitte zu ...«

»Hör du mir zu, kleiner Idiot!« rief Igor und schlug die Pfeife auf den Tisch, daß die Funken heraussprühten. »Hör du mir zu! An dieser eisernen Kugel ist überhaupt nichts Großartiges, denn sie beweist einzig und allein, daß die anderen stärker sind als wir. Sie werden noch viel mehr Sputniks ins All schicken. Und sie werden Tiere und dann Menschen ins All schicken. Sie werden zum Mond und zum Mars und zu anderen Planeten fliegen, und vielleicht werden auch wir dorthin fliegen: aber nur, um sie einzuholen, immer, um sie einzuholen, denn sie sind die Stärkeren, die Ärmeren und die Stärkeren, die Grausameren und die Stärkeren, die Verrückteren und die Stärkeren. Und während wir ihnen zu Planeten und Sternen nachfliegen, werden sie Bomben konstruieren und werden wir Bomben konstruieren, vielleicht auch nur eine einzige Bombe, so glänzend und glatt wie diese eiserne Kugel: mit dem zu einem Sandkorn zusammengeballten Tod. Wehe, wenn sie eines Tages sehr viel stärker, ärmer und grausamer sein werden, so verrückt und so stark, um dieses Sandkorn fallen zu lassen, das todbringend wie ein Stäubchen in Gottes Auge ist. Vielleicht ist dieser Tag noch fern, noch sehr fern: aber ich höre schon das Heulen der Sirenen, dieses markerschütternde Heulen, das ein Flugzeug, zwei Flugzeuge, zwanzig Flugzeuge mit dem Sandkörnchen ankündigt, jenen ohnmächtigen Aufschrei, der besagt, daß innerhalb von fünf, vier, drei, zwei Minuten, von einer Minute das Sandkörnchen herunterfallen wird. Und die wenigen, die sich retten, werden unter der Erde, in der Dunkelheit leben müssen wie Mäuse: und so werden wir zu einer Nation von Mäusen mit verblaßten Augen, die nur in der Dunkelheit sehen, denn ein Lichtstrahl ließe sie erblinden, und mit schwachen Gliedmaßen, mit denen sie sich nicht aus ihrer Höhle herausschleppen können, um den traurigen Anblick von zerstörten, verwüsteten Städten, von ein paar Steinen zu haben, die einmal Wolkenkratzer gewesen sind. Der Verrückte bist du, Richard Baline! Verrückt, weil du nichts begreifst. Verrückt, weil du die Zeitspanne, die wir noch zu leben haben, nicht leben willst, Großer Gott! Die steht euch zur Verfügung. Nutzt sie, um miteinander zu schlafen, um miteinander zu lachen, um euch zu lieben. Warum seid ihr noch hier und redet über den Sputnik? Draußen scheint die Sonne, euere Augen sind nicht verblaßt!«

Richard schreckte ein wenig zusammen.

Giovanna schluckte, konnte kein Wort hervorbringen, war starr: also gab es jemanden, der imstande war, dem

Gelobten Land Angst einzujagen, es zu demütigen? Also gab es jemanden, der imstande war, es zu verspotten und zu zerstören? Sie sah auf Igor, der müde und resigniert wieder nach seiner Pfeife griff, die Asche wegwischte: und sie fühlte sich einen Augenblick fast wie verraten, war er doch ein besiegter Amerikaner, der die Asche wegwischte, der erste besiegte Amerikaner, der ihr unter die Augen kam. Sie sah zu Richard hin, der nachdenklicher, beschämt die Zeitung zusammenfaltete und sie wieder auf den Tisch legte. Und sie kam sich einen Augenblick fast wie betrogen vor, war er doch ein Amerikaner ohne Stolz, der die Zeitung wieder auf den Tisch legte: der erste Amerikaner ohne Stolz, der ihren Arm ergriff.

Denn Richard ergriff ihren Arm.

»Also, dann fahren wir, Giò.«

»Wohin? Wohin fahren wir denn?«

»Nach New York. In der Zeitung steht, daß der Sputnik heute abend über New York sein müßte.«

»Und damit?«

»Ach! Nur so ...«

»Was heißt da ›nur so‹? Ich will das Connecticut sehen.«

»Das Connecticut haben wir schon gesehen. Ein anderes Mal werden wir es noch besser sehen.«

»Auf das andere Mal pfeife ich. Und ebenso auf deinen überaus kostbaren Sputnik. Ich will auf dem Land bleiben und in einem Motel schlafen.«

»Wir werden ein anderes Mal in einem Motel schlafen!«

»Schluß jetzt, Richard!«

»Nein!«

»Richard!«

»Nein, nein, nein!« schrie Richard und stampfte mit den Füßen wie ein bockiges Kind, das daran gewöhnt ist, seinen Willen zu bekommen.

Giovanna sah ihn verblüfft an. Dann sah sie Igor an:

als wolle sie ihn um Hilfe bitten. Igor breitete bedauernd seine Arme aus, seine Lippen formten sich fast zur Grimasse.

»Das ist kein Spielzeug, Dick. Das ist ein Gerät, das sehr hoch und sehr schnell fliegt. Du kannst es nicht greifen, auch nicht, wenn du nach New York fährst.«

»Ich fahre aber trotzdem.«

»Das ist töricht, Dick.«

»Ist mir ganz egal.«

»Es ist trotzdem töricht, Dick.«

»Seid ihr denn jetzt alle gegen mich?«

Giovanna warf noch einmal einen Blick auf Igor, diesmal, um ihm zu bedeuten, daß es sinnlos sei, so weiterzumachen. Sie legte ihren Arm um Richards Schulter.

»Wir fahren, Richard, wir fahren ja. Aber beruhige dich. Auf Wiedersehen, Igor.«

»Auf Wiedersehen, Giò.«

Sie brachen auf. Igor machte keinen weiteren Versuch, sie zurückzuhalten. Ihn schien die Gleichgültigkeit gelähmt zu haben. Wieder fuhren sie über das Asphaltband, wieder eilten sie an Wänden von Bäumen vorbei, und der Wind wehte durch Richards Haar: doch die Bäume waren nicht mehr rot und violett, sie waren grün wie alle anderen Bäume auf der Welt; und der Wind legte Richards Haar nicht mehr in Wellen wie die Kornfelder, sondern zerzauste sie wie irgendein Wind irgendein Haar; und die Luft roch nicht mehr nach frischem Gras, sondern nur noch nach Staub. Der Altweibersommer war schlagartig zu Ende. Und während so die Dinge zu ihrer banalen Realität zurückfanden, schwanden Trugschlüsse und Illusionen, senkte sich verlegenes Schweigen über sie. Giovanna war zu keiner Traurigkeit, Wut und Verachtung fähig: sie fragte sich nur, was das für Menschen sein mochten, die imstande waren, das Gelobte Land zu verhöhnen. Waren sie wirklich stärker als Bill, Gomez, Igor? Sie wußte nichts über die Russen. Sie hatte sich nie für sie interessiert, trotz Dostojewski und Tolstoi. Der einzige Russe, den sie jemals kennengelernt hatte, war jener Gefangene gewesen, den Papa nach Richards Flucht mitgebracht hatte: sie mußte lachen bei dem Gedanken, daß so einer Satelliten in den Himmel und den Tod über New York bringen könne. Vladimir war fett wie ein Landpfarrer und hockte immer stumm in einer Ecke: mit jenem Ausdruck eines verwundeten Tieres, jener Brille für Kurzsichtige, jenen riesigen Schenkeln, die ihn zwangen, immer die Knie gespreizt zu halten, jenem Bauch unter der prallen Jacke, von der ab und an ein Knopf absprang. Er konnte tagelang schweigen, während die Knöpfe in die Stille knackten, und erwachte dann aus seinem Dämmerzustand nur, um ohne jeden Grund »spasibo, spasibo!« oder »uno momento« zu sagen und sich vor sein russisches oder italienisches oder deutsches Wörterbuch zu setzen. Er konnte nur ein wenig Deutsch, doch übersetzte er vom Russischen ins Deutsche und dann vom Deutschen ins Italienische, und wenn er übersetzte, streckte er die Zunge heraus wie die kleinen Kinder, wenn sie die Grundstriche üben, und überreichte dann diese Blätter wie man Blumen überreicht: und sie verbrannte sie im Ofen, damit keine Spuren zurückblieben. Er schrieb: » Überall, wo Krieg hinkommen, blutige Spur hinterlassen. Ich Krieg hassen.« Er schrieb: »Eines Tages Vladimir wieder aufbauen sein Land und machen mächtiges Land grenzenloser Raum.« Worauf sie mit einem Achselzucken erwiderte: »Was willst du denn wieder aufbauen, du Dickerchen! Merkst du nicht, daß du gleich umkippst?« Sie haßte ihn, weil er Richards Platz eingenommen hatte und jetzt im selben Bett, in ihrem Bett schlief. Sie haßte ihn, weil Richard tot und er lebendig war. Wegen so vieler Ungerechtigkeit rührte es sie auch gar nicht, als er einen Atlas verlangte, die Seite mit Rußland aufblätterte, seine dicken Finger auf Sibirien legte und »mein Mutter« murmelte, wobei ihm die Tränen unter der Brille hervorkamen und mit einem kleinen Plumps auf Sibirien tropften. »Armer Kleiner, sie haben seine Mutter nach Sibirien deportiert!« sagte Mama, für die Sibirien nichts als ein einziges großes Gefängnis war. Sie aber zuckte die Achseln, wie um zu sagen »was geht's mich an«; und an dem Tag, als Vladimir fortging, um zu versuchen, auf die andere Seite zu kommen, was ihm doch nicht gelingen würde, weil er so dick war und einen längeren Lauf nicht lange durchhalten konnte, gab sie ihm auf sein »spasibo, spasibo« nicht einmal eine Antwort. Er ist ohne ein Stück Brot weggegangen, dachte sie und ärgerte sich schrecklich, als sie dann sah, wie Mama ihm die Taschen mit Proviant vollstopfte: ein sorgfältig zerteiltes Brathuhn, ein mit Sacharin gesüßter Kuchen, eine Flasche guter Rotwein; als ginge er nicht in den Tod, sondern zu einem Picknick am Flußufer.

»An was denkst du, Giò?«

»An nichts, Richard.«

»Bist du verärgert, weil wir nicht in ein Motel gehen?«

»Keineswegs, Richard.«

»Haben dich Igors Reden sehr beeindruckt?«

»Nein, nein.«

»Igor übertreibt immer, ich verstehe nicht, warum er nur Katastrophen sieht. Statt froh zu sein! Ist es denn nicht herrlich, in dieser Epoche der Menschheitsgeschichte geboren zu sein?«

Das rote Auto fuhr jetzt den Hudson entlang, die Konturen der Wolkenkratzer standen wie eine Stickerei gegen den rosa Himmel, auch die Luft war wegen des frühen Sonnenuntergangs rosa: doch Giovanna nahm es nicht wahr, denn sie starrte auf den Asphalt und dachte mit Bitterkeit, wie »herrlich« es doch sei, in dieser Epoche der Menschheitsgeschichte geboren zu sein. An einer Wand standen zwei Schwarze, den Kragen hochgestellt, die Mütze bis zu den Ohren heruntergezogen, und sahen traurig auf ihre Schuhe. Hatten auch sie die schöne Nachricht gelesen? Auf einer Kreuzung schwenkte ein blasser Polizist widerwillig seinen Stock und mit schlaffen, wächsernen Fingern. Hatte auch er einen Tag mit Sonnenschein verpaßt? Und Richard? Nahm Richard denn diese Unsicherheit wahr? Ach, nein: er wiegte sich unbekümmert in seiner gewohnten Welt von Träumen, kindlicher Begeisterung, poetischer Unwirklichkeit. Voller Nachsicht streichelte sie seinen Nacken.

»Wirklich herrlich, Richard.«

Er antwortete mit einem großen Lächeln.

»Du wirst Augen machen, Giò, wohin ich dich bringe.«

»Wohin bringst du mich?«

»Zu den Russen.«

»Gibt es Russen in Amerika?«

»In Amerika gibt es alles.«

Er fuhr mit großer Geschwindigkeit durch zwei oder drei Avenues, war jetzt in der Vierundfünfzigsten, hielt mit einem Quietschen vor einer Glasscheibe, auf der »Russian Tea Room« stand, öffnete mit einer Verbeugung den Schlag und schob dann Giovanna ins Innere, wo ihnen ein Kellner in Lederstiefeln, Pluderhose und einem seitlich zugeknöpften Russenhemd sowie eine alte Frau mit knöchellangem Rock, Leinenbluse und einem Krönchen auf dem Kopf entgegenkamen: wie auf einem Ölfarbendruck aus dem zaristischen Rußland.

»Sputnik, Richard Baline.«

»Sputnik, Anastasia.«

»Richard, sind das auch Amerikaner?«

»Natürlich sind das Amerikaner. Sie zahlen regelmäßig ihre Steuern.«

»Warum sagen sie dann Sputnik statt guten Abend?«

»Weil sie sich freuen. Gefallen sie dir nicht?«

»Nein, sie gefallen mir nicht. Sie haben keinen Stolz. Es gibt auch gar keinen Grund, sich zu freuen.«

»Hör auf damit, Giò! Spiel jetzt nicht die Kassandra wie Igor!«

»Ich spiele nicht die Kassandra. Ich sage nur, daß ich über sie empört bin. Natürlich sind sie vor vielen Jahren aus Rußland geflohen. Wie können sie dann ein Land nicht lieben, das ihnen Zuflucht bot?«

»Ihre Heimat ist Rußland.«

»Ihre Heimat ist jetzt Amerika. Und wäre es nicht so, was wäre dies dann für ein Land, dem es nicht einmal gelingt, von denen geliebt zu werden, denen es Zuflucht bietet?«

Aber Richard hörte gar nicht zu. Er lachte, trank Wodka und lachte: und wiederholte mit den anderen immer wieder dieses mysteriöse Wort, das an das italienische Wort für Spucke denken ließ. »Sputnik!« Da gab es einen Mann mit einem Schnurrbart aus Papier, der jedesmal, bevor er trank, sein Glas zu einer Ikone der Madonna mit Kind erhob und rief: »Sputnik, Maria! Sputnik, Jesus!«

»Ist das nicht rührend, Giò?«

»Gewiß, Richard. Sehr rührend.«

»Warum bist du so abweisend, Giò?«

»Aber keineswegs! Ich bin nur aufmerksam.«

Statt dessen dachte sie: »Und wenn Igor doch recht hätte? Wenn Amerika eine Vorspiegelung wäre? Wenn Richard ein Mißverständnis wäre? Was soll ich dann tun, wohin soll ich gehen, an was soll ich glauben?« Und suchte verzweifelt nach einem Trost für diesen plötzlichen Zweifel und hoffte noch verzweifelter, keinen Fehler begangen zu haben und sich nicht von der Angst überwältigen zu lassen, die trotz ihres Sträubens immer größer wurde und ihr Stimme und Verstand lähmte.

»He, Dick!« sagte der Mann mit dem Schnurrbart aus Papier. »Warum gehen wir eigentlich nicht zu Hultz in die Wohnung? Er gibt heute abend eine Sputnik-Party.«

»Klar doch! Gehen wir hin, Giò.«

»Richard, das können wir nicht. Ich habe eine Hose an und du bist im Pullover. Wir müßten uns jedenfalls umziehen.«

»Was macht das schon? Es ist ein ganz besonderer Abend und keiner wird es beachten. Im übrigen habe ich dir doch gesagt, daß ich dich in dieser Kleidung viel lieber sehe!«

»Rede kein dummes Zeug, Richard.«

»Ach, du mein Funny Boy!«

Er zog sie zum Auto. Der Mann mit dem papiernen Schnurrbart kam mit. Binnen weniger Minuten waren sie vor dem Haus am Central Park und dann im letzten Stock, wo der stockbetrunkene Hultz seine Gäste mit dem Glas in der Hand empfing.

»Sputnik, Giò. Sputnik, Dick. Wie schön, daß ihr gekommen seid.«

»Sputnik, Hultz. Weißt du, Giò wollte eigentlich gar nicht kommen.«

»Sputnik, was für ein Unsinn!«

»Sputnik. Sputnik. Sputnik.« Mit dem Wort Sputnik gaben sie sich die Hand und umarmten sich. Mit dem Wort Sputnik aßen sie Krebssalat und gekochten Lachs. Mit dem Wort Sputnik produzierten sie sich in ihren Dinner-Jackets und ausgeschnittenen Kleidern. Und bei all dem Sputniksagen merkten sie gar nicht, daß Giovanna und Richard in Hose und Pulli waren: fast als seien ihre Augen schon von der großen Lohe versengt. Der Sputnik war alles, was sie sahen, war der Leitfaden für jedes Gespräch, war die allgemeine fixe Idee.

»Seien wir ehrlich: der Sputnik ist ein amerikanischer Triumph. Heißt der Vater der Rockets etwa nicht Robert Hutchings Goddard? ...«

»Ich meine, es versteht sich von selber, daß man nur durch den Marxismus soweit kommen kann, den Weltraum zu erobern. Die Struktur der kapitalistischen Gesellschaft erlaubt keine adäquate wissenschaftliche Vorbereitung ...«

»Die Tatsache, Madam, daß die Russen als erste soweit gekommen sind, ist der trivialste Aspekt des Ereignisses. Von Bedeutung ist der Triumph der menschlichen Intelligenz über die Kräfte der Natur ...«

»Ich sage dir, dies ist ein zweites Pearl Harbour ...«

»Gewiß, wenn der Krieg ausbricht ...«

»Gewiß, wenn die Bombe explodiert ...«

»Wenn der Krieg ausbricht ...«

»Wenn die Bombe explodiert ...«

»Der Krieg ... die Bombe ... der Krieg ...«

Richard und Giovanna traten in den Reigen solcher Gesprächsfetzen; ihre Stirn bekam immer mehr Falten und sein Lächeln verlor immer mehr an Vergnügtheit. Ja, eine Ausrede, sie nicht in ein Motel zu bringen, hatte er zwar gefunden, dachte Richard: doch zu was für einem Preis, verdammt! Ja, die Art und Weise, wie diese Leute ihre Niederlage hinnahmen, war zwar sportlich, dachte Giovanna: doch genügte ein Volk von demütigen und fetten Vladimirs, um einen jeden von ihnen mit düsterem Entsetzen zu erfüllen. Igor hatte vielleicht recht, dachten sie alle beide: vielleicht ist die Anzahl der Jahre, die sie noch zu leben haben, viel geringer als sie glauben. Und bei dieser Angst, die allmählich auch sie ergriff, suchten sie einander mit den Augen, mit den Fingern, mit dem Schweigen: pathetisch und zugleich komisch in ihrer falschen Kleidung, ihrer falschen Liebe und ihrer falschen Hoffnung. Aber Hoffnung worauf?

Keine Hoffnung bot das, was Hultzens Ehrengast sagte, dem er ein ganz neuartiges Unternehmen finanzieren würde. »Ja, ich beabsichtige, eine Schallplatte mit dem Titel ›Wenn die Bombe fällt‹ herauszubringen und sie für neunundneunzig Cents zu verkaufen, damit auch die Ahnungslosen erfahren sollen, wie sie sich schützen können. Wenn die Bombe fällt, werde ich sagen, kommt es vor allem auf den Überlebenswillen an: das heißt, man muß einen Shelter haben, einen banalen Atomschutzkeller, der nicht mehr kostet als ein Nerz oder ein Buick. Wer sich einen Shelter kauft, ist ein umsichtiger und zuverlässiger Staatsbürger, der seine Familie liebt. Im Shelter ist alles Nötige vorhanden: Wasser, Lebensmittel, Transistorradio. Man kann auch zwei Wochen darin zubringen: mit dem tröstlichen Gedanken zu überleben, während die anderen nur noch an die Wand geworfene Schatten sind. Ihr erinnert euch doch an Hiroshima? Ja, Madam: ich und Mister Hultz, wir gründen jetzt eine Shelterindustrie. Die bringt mehr als das Filmgeschäft. Sie sollten Ihren Mann dazu bewegen, Madam: wir führen sie zu jedem Preis und in jeder Größe, unser Dreijahresplan hat einen Spar-Shelter zu zweitausend Dollars im Programm; in Friedenszeiten auch für die Pilzzucht nutzbar. Ein eleganter Shelter kommt allerdings auf zwanzigtausend: doch solange Frieden ist, kann er auch als Schwimmbecken genutzt werden ...«

»Hast du Hunger, Giò?«

»Nein, Richard. Und du?«

»Auch kein bißchen? Was haben wir eigentlich im Russian Tea Room gegessen?«

»Nichts. Wir haben Wodka getrunken.«

»Oh, wie reizend von euch! Auch ihr trinkt Wodka? Ich sage doch immer, daß Wodka viel weniger Kalorien enthält als Whisky: oh, schlaue Russen«, kreischte Hultzens Frau. Richard warf ihr einen bösen Blick zu.

»Weißt du, Giò, es tut mir leid, daß ich nach New York zurückgekommen bin.«

»Ertrage es. Nun sind wir einmal hier.«

»Soll ich dir einen kleinen Whisky holen, Giò?«

»Sehr gut. Danke.«

Sie sah ihm nach, während er zu dem Tisch mit den Flaschen ging. Und setzte sich erschöpft zwischen Hultzens Frau und den Menschen, der die Shelters verkaufte.

»Das Problem, mein Lieber, wird nicht so sehr darin bestehen, einen Shelter zu besitzen, sondern vielmehr, ihn nicht mit fremden Leuten teilen zu müssen. Denn wenn die erst einmal drinnen sind, konsumieren sie dein Wasser, deine Büchsen, deinen ganzen Sauerstoff ...«

»Aber liebe Madam, im Shelter muß man über ein Gewehr verfügen!«

»Junger Mann, ich bin Katholikin. Ich könnte niemals andere Kinder Gottes töten.«

»Hier wollte ich Sie haben, meine liebe Madam! Bevor ich den Vertrag mit Hultz unterschrieb, telefonierte ich mit meinem Beichtvater, einem Jesuiten, wie er im Buch steht, und stellte ihn vor dieses Problem: wie soll man sich fremden Leuten gegenüber verhalten, die in unseren Shelter wollen, wenn gleich die Bombe explodieren wird? Und hier ist seine Antwort: ›Schießen, mein Sohn, schießen.‹ – Wir oder sie, das ist ja klar.«

»Wenn das so ist ...«

Giovanna erhob sich bebend vor Wut. War es denn möglich, das sich hier drinnen alle glichen? Und wo war Richard geblieben? Sie wollte fort: augenblicklich. Sie ging zur Tür. Da hörte sie eine Stimme: lauter als alle anderen und achtungsgebietend.

»Schluß jetzt! Ihr geht mir auf die Nerven! Der Krieg ist keine Baseball-Partie, und dem Tod entgeht man nicht mit eurem Geld. Sollte ein Krieg ausbrechen, dann wäre das nicht das Ende Amerikas, sondern das Ende der Welt. Außer der Angst haben wir nichts zu fürchten. Und wer Angst hat, ist ein Feigling!«

Diese Stimme war ihr bekannt. Es war Bills Stimme. Langsam kehrte Giovanna wieder um. Und ging auf ihn zu.

»Tag, Bill.«

»Tag, Giò. Bist du jetzt nicht mehr böse auf mich?«

»Sehr viel weniger.«

»Und du fürchtest dich nicht vor der Bombe?«

»Sehr viel weniger.«

»Und was sagt Dick dazu?«

»Ach, hier bist du, Bill«, sagte Richard und kam mit zwei Gläsern Whisky.

»Ja, Dick. Weißt du nicht, daß ich überall bin? Auch Giò sagt das.«

Richard schmiegte sich an Giovanna.

»Gefällt dir mein Funny Boy?«

»Er gefällt mir: und er mag keinen Nerz«, antwortete Bill und griff nach Richards Whisky. »Trotzdem bleibt er in den Vereinigten Staaten von Amerika.«

»Giò! Stimmt das?!«

»Es stimmt, Richard.«

»Warum hast du mir nichts davon gesagt?«

»Ich war nicht sicher, ob es dir recht ist.«

»Das ist doch großartig, Giò!«

»Schön, dann sind wir wohl alle zufrieden«, meinte Bill mit einem leichten Lächeln. »Und jetzt können wir zu den Fenstern gehen und das Feuerwerk betrachten. Unser Hultz behauptet, daß der Sputnik um diese Zeit über New York fliegen müßte. Hört ihr, wie die Dame krächzt, die bereit ist, auf die Kinder Gottes zu schießen?«

»Dort drüben, dort drüben!«, kreischte in der Tat Frau Hultz. Und deutete mit ihrem lackierten Zeigefingernagel auf einen der Sterne, den alle gehorsam anstarrten und »oh!« sagten.

»Aber nicht doch, meine Liebe. Es fehlt noch eine Minute«, widersprach Hultz.

»Deine Uhr funktioniert nicht, Darling.«

»Dein Augenarzt funktioniert nicht, Darling.«

»Es ist der beste von ganz New York. Siebzig Dollars die Untersuchung.«

»Es ist die beste Uhr von ganz New York. Zweihundert Dollars ohne Armband.«

Richard und Giovanna waren von Bill getrennt und dann gegen ein Fenster gedrückt worden: sahen auf das bläuliche, von Sternen gesprenkelte Gewölbe.

»Siehst du etwas, Giò?«

»Nein, Richard.«

»Ich auch nicht. Aber ich mache mir nichts daraus.«

»Ich mache mir ganz und gar nichts daraus.«

»Willst du auch wirklich in Amerika bleiben, Giò?«

»Wirklich.«

»Das hatte ich gehofft, Giò.«

»Kannst du dich noch an jene Bombennacht erinnern, Richard, als wir am Fenster standen und auf die Leuchtraketen sahen?«

»Ja, ich erinnere mich.«

»Hier ist es so ungefähr das gleiche, nicht wahr?«

»Ein wenig schlimmer.«

»Richard, ich ertrage den Gedanken nicht, daß diese Stadt zerstört werden könnte: oder dieses Land. Es ist ein großes Land. Trotzdem glaube ich, daß Igor recht hat.«

»Ich auch.«

»Wenn wir nur noch wenig Zeit haben, Richard, warum verschwenden wir sie dann so?«

Richard trat an sie heran, seine knochige Brust berührte liebkosend ihre Schultern, sein Becken ihre Taille: der Altweibersommer hatte wieder den Duft von frischem Gras.

»Giò ...«

»Ja? ...«

»Also ... ich meinte ... was für eine ungewöhnliche und verrückte Sache ... da haben sie eine Eisenkugel in den Himmel geschleudert, und ihretwegen sind wir erst beinahe Feinde, und dann ...«

»Gehen wir nach Hause, Richard. Zu dir nach Hause.«

»Ja, Giò.«

Sie gingen, ohne sich von irgend jemandem zu verabschieden, und in der Nacht gab es keine Musik und keine Tränen. Kein blaues Licht von Gordon's Gin und keinen Whisky. Und solange die Sache währte, empfand keiner von ihnen Einsamkeit oder Angst. Wie Komplizen, die der Irrtum noch mehr zu Komplizen macht, gelang es ihnen beinahe, Liebe füreinander zu fühlen: als er ausgestreckt dalag, glänzte der Schweiß auf seinen krausen Augenbrauen wie Tau. Im Morgengrauen aber, als sie ahnungslos einschlummerte, während sie sich fragte, was an der Sache mit Richard falsch oder unvollständig sein könne, tropfte von der Zimmerdecke das übliche Geräusch von Schritten.

»Richard, was ist das?«

Den Kopf im Kissen versunken, die Zigarette zwischen den Lippen, lächelte Richard das hoffnungsvolle Lächeln eines Genesenden, der seine Heilung schon vor sich sieht.

»Das ist Mammy, Liebling. Ich hatte ihr gesagt, daß ich

nicht nach Hause kommen werde, aber anscheinend hat sie gemerkt, daß ich hier bin. An einem der nächsten Abende gehen wir mit ihr essen: du mußt sie kennenlernen. Ist es dir recht?«

»Es ist mir recht.«

Die Schritte wurden dumpf.

XIII

»Schlimm«, sagte Martine, während sie im Zimmer hin und her ging. »Ganz schlimm. Ich dachte ja nicht, daß die Angelegenheit schon so weit gediehen sei. Wie denn, Giò! Du findest ein Gespenst wieder, gehst mit ihm ins Bett, verliebst dich: und jetzt bist du auch noch bereit, dich mit seiner Mutter zu treffen. Weißt du, was es für Richard Baline bedeutet, dich seiner Mutter vorzustellen? Und weißt du überhaupt, wer Richard Baline ist?«

Giovanna zuckte mit Gelassenheit die Achseln.

»Was willst du damit sagen, Martine? Daß er ein mittelloser Amerikaner ist? Das weiß ich. Daß er ein Neurastheniker und ein Schwächling ist? Das weiß ich. Daß er nicht einmal eine Katze beschützen könnte? Das weiß ich. Und damit? Ich will ihn trotzdem haben.«

»Christian Dior!« Martine hob ihre weißen Arme zum Himmel, als wollte sie Heilige und Erzengel als Zeugen für ihre Entrüstung anrufen. »Wie können die Leute dich nur für voll nehmen? Wo ist denn deine Intelligenz geblieben? Gibt es sie überhaupt? Sag mal: gibt es sie tatsächlich?«

»Jane Austen hat gesagt, eine intelligente Frau solle nie zu erkennen geben, daß sie dies ist. Vielleicht befolge ich nur ihren Rat.«

»Und ärgere mich nicht mit deinen Zitaten! Du bist trotzdem schwer von Begriff. Hör sie doch, Christian Dior! Eine Frau, die erfolgreich ist, die es wirklich zu etwas bringen könnte: die hängt sich an Richard Baline! Und was machst du mit Francesco?«

»Francesco weiß alles, wußte schon alles, bevor ich es wußte. Jedenfalls steht es dir nicht zu, mir wegen Francesco Vorwürfe zu machen. Hast du ihn vielleicht nicht versetzt? Und was den Erfolg betrifft, hör mir gut zu, Martine: Erfolg ist keine Lebensrechtfertigung. Sechsundzwanzig Jahre habe ich gebraucht, um das zu begreifen, aber jetzt hab ich's verdammt begriffen. Es gibt nur eine Art, es zu etwas zu bringen, wenn du als Frau geboren bist, nämlich einen Mann zu lieben. Ich bin ein normales menschliches Wesen. Und ich wünsche mir, was sich alle normalen Frauen wünschen: einen Ehemann und Kinder.«

»Und die willst du von Richard Baline?!«

Martines Stimme gipfelte in einen hysterischen Aufschrei.

»Die will ich von Richard Baline.«

»Dummerchen ...«

Martine schien etwas sagen zu wollen, unterließ es jedoch. Statt dessen setzte sie sich auf den Bettrand und zündete sich eine Zigarette an.

»Mein liebes Dummerchen, es gibt Millionen, die besser sind als er.«

»Und? Es gibt auch Millionen, die besser sind als ich. Jedenfalls kenne ich diejenigen nicht, die besser sind als er, und ich kann nicht mein Leben damit verbringen, auf diese Bekanntschaften zu warten. Und überhaupt, wenn wir in einem Mann die Vollkommenheit finden wollten, müßten wir unsere Liebe den Heiligen zuwenden. Aber die Heiligen sind tot, und ich geh nicht mit ihrem Kalender ins Bett.«

»Chérie, es handelt sich hier nicht um Vollkommenheit. Und es handelt sich auch nicht darum, daß Richard Baline das Schlimmste wäre, was dir Amerika bieten kann: ein kleiner Fotograf, der am Rockzipfel seiner Mutter hängt und ... Lassen wir's. Es handelt sich darum, daß er dir nichts gibt, dir nie etwas geben wird, dich nicht liebt.«

»Woher weißt du das?«

»Ich wette meinen ganzen Schmuck, daß er dich nicht liebt, dieses rote Skelett.«

»Du bist böse, Martine. Jedenfalls bin ich es, die ihn liebt.«

»Christian Dior!« Und wieder reckten sich Martines Arme gen Himmel. »Eine einseitige Liebe genügt nicht, Giò. Du hast masochistische Phantasien. Man verschenkt seine Seele nicht an jemanden, der nicht bereit ist, auch die seine zu verschenken. Wer selber keine Geschenke macht, weiß nichts vom Wert der Geschenke. Du suchst Gott auf Erden und bist zu jeder Lüge bereit, um ihn dir zu erfinden. Aber Gott erfindet man nicht und ebenso wenig die Liebe. Die Liebe ist ein Dialog, kein Monolog.«

»Was weißt du denn davon, Martine? Du hast doch nie jemanden geliebt und wechselst Männer wie man Strümpfe wechselt. Ich verurteile dich nicht, Martine: ich mag dich. Aber ich frage dich: hast du es jemals erlebt, einem Mann zu gehören und ihn schon deshalb mit Dankbarkeit zu akzeptieren, weil es ihn gibt und du ihn liebst? Hast du dir nie gesagt, daß die Liebe umsonst und kein Austausch von Ware ist?«

Martine wollte gerade ihre Zigarette an die Lippen führen. Sie warf sie weg. Ihre Augen bekamen ein gefährliches Leuchten. Ihre Hände reckten sich, als wollten sie ohrfeigen. Dann sprang sie auf, lief wieder hin und her, so daß ihr spitzenbesetztes Negligé flatterte, setzte sich wiederum aufs Bett und sprach nun mit einer sehr traurigen Stimme.

»Sag mal: für wen hältst du mich eigentlich, Giò? Für eine, die Liebhaber und Schmuck sammelt? Arme Giò: wäre es nicht deine Gepflogenheit, die Menschen nach banalen Kategorien zu katalogisieren, dann würdest du verstehen, daß auch ich einen Richard Baline gehabt habe. Und Gott weiß, das ich ihn liebte: denn auch ich hatte das Bedürfnis, Gott auf Erden zu erfinden, selbst auf die Gefahr hin, daß es nur ein kleiner Mann wäre. Sag mal, Giò: kannst du dir eine Martine vorstellen, die Hemden bügelt und das Abendessen richtet? Kannst du dir eine Martine vorstellen, die sich von dem kleinen Mann Kinder wünscht, um aus ihnen ebenso viele kleine Götter zu machen? Und ich ertrug alles, weil ich mir sagte, eine Frau muß eine Frau in Demut und Ergebenheit sein. Aber wer ist denn der Idiot, der als erster diese Worte sprach? Wir haben zwei Arme, zwei Beine, eine Nase und ein Hirn: genau wie die Männer. Aber von klein auf wiederholt man uns immer wieder, daß wir ihnen Achtung und Gehorsam schuldig sind. Warum? Wir haben einen Bauch und wir haben Wünsche: wie die Männer. Sie aber dürfen von Geburt an alles tun, was sie wollen, und uns wiederholt man immer wieder, bis wir sechzig Jahre alt sind, daß die Jungfräulichkeit das wertvollste Gut sei, das eine Frau einem Mann bringen kann. Warum?«

Sie zündete die Zigarette wieder an, tat einen wütenden Zug und verschluckte die Tränen, die ihr zum Mund herunterrannen.

»Ich verlor den kleinen Mann. Und verlor auch meinen kleinen Gott. Es war Ostersonntag. Der Klinik gegenüber stand eine Kirche, deren Glocken läuteten und läuteten und läuteten. Ein sonnengebräunter alter Mann mit dicken Adern an den Händen kam zu mir herein und sagte: ›Ich bin der Chirurg. Gehen wir jetzt, meine Liebe. Ein kleiner Schnitt, und in einem Monat sind sie geheilt.‹ Ich hatte einen roten Pyjama an. Ich verließ das Bett in diesem roten Pyjama, und er brachte mich in einen Raum mit drei Männern, deren Gesichter mit Gaze bedeckt waren. Sie banden mich mit Hand- und Fußgelenken an einem Tisch fest. Über mir brannte eine Lampe: verchromt, blendend. Ein Mann mit Gaze vorm Gesicht kam mit einer Injektionsnadel. Ich erinnere mich, daß er blaue Augen hatte, und ich sah nur diese blauen Augen über der Injektionsnadel und der Gaze: aber die Augen sagten mir nichts. Er stach mir die Nadel in den Arm, ich verspürte eine große Müdigkeit, und dann war es wie ein Sterben. Der Chirurg arbeitete zweidreiviertel Stunden an meinem Bauch. Ich erwachte mit einem großen Schmerz im Bauch, einer großen Leere im Bauch. Und die Glocken läuteten, weil es Ostersonntag war. Der Chirurg kam herein und sagte, es sei alles ausgezeichnet verlaufen und der Schnitt sei so winzig, daß ich einen Bikini tragen und sogar Striptease machen könnte, falls ich eine Stripperin sei. Ich erwiderte, ich sei keine Stripperin. Dann kam eine Krankenschwester. Sie war klein und dick und hielt ein Glas in der Hand. In dem Glas befand sich Alkohol und in dem Alkohol ein nußgroßes Stück Fleisch, das mein Kind war. Und sie fragte mich: ›Möchten Sie es sehen?‹ Und ich erwiderte nein. Da sagte sie, das sei sehr albern von mir, ich müsse es sehen: zumindest aus Neugier. Und sie kam dicht an mich heran und zeigte mir das Glas mit dem nußgroßen Fleisch.«

Martine schloß ihre Augen und schluckte.

»Es war wirklich wie eine Nuß, mit einem Relief in der Mitte. Es hatte Augen und Mund und Beine und Arme, die Arme über den Augen, die Beine am Mund: und das war mein Kind. Es war Ostersonntag und die Glocken läuteten, und ich dachte, das ist nun mein Kind und ich werde nie mehr eines haben können. Und es gab Leute, die hatten ein Kind, doch ein geborenes, und sie machten so viel Aufhebens davon: mein Kind hat das erste Wort gesagt, mein Kind hat den ersten Zahn bekommen, mein Kind hat den ersten Schritt getan, mein Kind geht zur Schule, meinem Sohn sprießt der Bart, mein Sohn hat sich verliebt, mein Sohn heiratet, mein Kind erwartet ein Kind. Und ich dachte, ich würde vor Verzweiflung sterben. Glaub so was nicht; man stirbt nicht vor Verzweiflung. Man ißt und trinkt und schläft mit Verzweiflung; aber eines Morgens stehst du auf und merkst, daß die Verzweiflung vorbei ist und daß man die Narbe gar nicht mehr sieht: du kannst tatsächlich ein Bikini tragen. Du kannst sogar einen anderen Mann heiraten, der dir zwar keine kleinen Götter, dafür aber wertvollere und bequemere Kinder schenken kann: Kinder, die nicht groß werden, die nicht krank werden, die nicht in den Krieg ziehen, die keine Männer und keine

Frauen werden, denen man Leid zufügen kann, die niemals sterben. Mein lieber, mein heißgeliebter Schmuck. Nein, danke: auf dieses Kind, das ich am Finger trage, verzichte ich nicht, es gefällt mir zu sehr. Ich habe ja schon meinen Beitrag zur falschen Sache geleistet. Ins Leere zu lieben ist eine Todsünde, Chérie, sich jemandem zu schenken, ist ein Verbrechen. Nimm du dir deinen Richard Baline, wenn du dich davon überzeugen willst. Doch wenn du nicht vorzeitig unterliegen willst, triff dich nicht mit seiner Mutter. Sie ist allzu sehr befreundet mit ...«

Giovanna, die bis dahin voller Bewegtheit zugehört hatte, hob plötzlich den Kopf: und vergaß jede Bewegtheit.

»Mit wem ist sie allzu sehr befreundet, Martine?«

»Teufel! Tu, was du willst!« schluchzte Martine. Und schloß sich ins Badezimmer ein.

* * *

In ihrer verkannten Einsicht und nach der Auseinandersetzung mit Bill hätte sich Martine sehr wohl das Zwiegespräch vorstellen können, das sich zu dieser Stunde zwischen Richard und Florence abwickelte: es war immer das gleiche.

»Hallo, Mammy. Hast du morgen abend irgendwelche Verpflichtungen?«

»Keineswegs, mein Sohn. Weshalb?«

»Ich würde mich gern zum Abendessen mit dir treffen, dann kann ich dir eine Freundin vorstellen.«

»Wie schön, mein Sohn. Dazu lade ich euch ein.«

»Mammy, diesmal wirst du doch nett sein, nicht wahr?«

»Du weißt doch, mein Sohn, daß ich alles tun werde, damit sie sich ganz ungezwungen fühlt. Nein, mein Sohn, sag mir sonst nichts. Ich will gar nichts über sie wissen: ich will sie nur kennenlernen und ohne Vorurteil einschätzen. Du weißt doch, mein Sohn, wie gern ich dich glücklich sehen möchte.«

Anschließend machte sich Florence daran, hin und her zu gehen; und in den Stunden vor dem Kampf begleiteten diese Schritte Richards Zaudern gleich einer chiffrierten Botschaft, die besagte: »Fürchte nichts, mein Sohn. Ich bin da und laß dich nicht fortbringen.« Ein niemals eitles Versprechen. Zutiefst erschrocken bei dem Gedanken, daß eine andere Frau ihr den Sohn wegnehmen könne, dachte sich Florence jedes Mal einen Kriegsplan aus, der unweigerlich zu diesen Schlußworten führte: »Sie hat mir nicht gefallen, mein Sohn. Sie ist deiner nicht wert. Sie würde dich verschlingen. Überlege es dir gut!« Und Richard, der ebenso unweigerlich ihren Rat befolgte, tat so, als wisse er nicht, warum derartige Abendessen zu nichts führten: im Grunde genommen wollte ja auch er, daß sie zu nichts führten.

Doch dieses Mal nicht: was Florence wußte. Durch die zugezogenen Gardinen ihres Schlafzimmers hatte Florence jeden Besuch Giovannas beobachtet: hatte sie in der Dämmerung des ersten Morgens herauskommen sehen und hatte sie am Tag nach dem Sputnik herauskommen sehen. Und als ob dies nicht reichte, verdoppelte noch zu viel anderes ihre Besorgnis: Richards Flucht nach San Francisco, seine plötzliche Rückkehr, die Beharrlichkeit, mit der er Bill und auch sie selbst ignorierte. Es war noch nie geschehen, daß Richard den Telefonstecker herausgezogen und sich von Bill ferngehalten hatte. Obwohl Florence durch die Gardinen nur eine Blonde von ganz gewöhnlichem Aussehen erkennen konnte, ahnte sie doch, daß Giovanna äußerst gefährlich war und man sich auf eine Begegnung mit ihr besonders gut vorbereiten mußte. Nachdem die Zusammenkunft mit Richard vereinbart war, rief sie gleich Bill an.

»Hallo, Bill. Ist Richard bei dir?«

»Nein, Florence. Ich bin mitten in der Arbeit. Was willst du?«

»Oh, verzeih mir, Bill. Ich suche Richard schon mindestens zwei Stunden lang: es handelt sich um das Essen morgen abend. Da wird er mir eine Freundin vorstellen, weißt du: eine Giò und sonstwie. Kennst du die?«

»Ja. Warum?«

»Nichts Besonderes: ich hätte nur gern gewußt, was für ein Typ die ist; das ist schon alles.«

»Was für ein Typ auch immer sie sein mag, Florence: richte nicht wieder das übliche Unheil an! Es ist höchste Zeit, daß Dick allein damit zurechtkommt. Und ich habe keine Lust, mich in ein Geschwätz zu verlieren.«

»Bill! Ich kenne dich nicht wieder!«

»Du kennst mich nicht gut genug.«

»Aber Bill! Es war doch nur, damit ich mich nicht danebenbenehme. Schließlich ist es guter Anstand, sich über einen Menschen, den man kennenlernen soll, vorher zu informieren und über seinen Geschmack und seine Ansichten Bescheid zu wissen. Bill, mein Lieber, wollen wir uns morgen treffen?«

»Nein.«

»Bill! Du hat eine besorgte Stimme. Fehlt dir etwas, mein Lieber? Was fehlt dir denn?«

»Mir geht's ausgezeichnet, Florence. Du hast mich nur bei meiner Arbeit gestört. Ich kann es nicht leiden, wenn ich beim Schreiben gestört werde, das weißt du.«

»Oh, Bill! Aber mir geht es so schlecht. Wollen wir uns nicht morgen treffen? Ich bitte dich! Ich bitte dich sehr! Es ist meine Pflicht; und ebenso die deine, Bill! Dir liegt doch viel daran, nicht wahr, daß ich zu Richard und dem Mädchen nett bin?«

»Also meinetwegen. Um fünf in der Bar des Waldorf. Sei aber pünktlich.«

Florence bereitete sich unruhigen Herzens darauf vor und saß schon um Viertel vor fünf des nächsten Tages in der Bar des Waldorf: verließ es um sieben Uhr mit Bill, und ihr Herz war noch unruhiger und ihr Kopf glühte.

»Bill, laufen wir ein wenig: bitte. Ich brauche Luft.«

»Ich auch. Du hast sie mir genommen.«

»Bill, du bist grausam!«

»Nicht mehr als du.«

»Ich habe keine Wahl.«

»Und ich noch weniger.«

Es war windig an diesem Nachmittag. Der Sputnik war im Begriff, sich an der Schwelle zur Unendlichkeit aufzulösen, und die englische Königin nebst Gemahl besuchte New York. Der Broadway lag voll von Papierfetzen, Papierschlangen und Seiten aus Telefonverzeichnissen, Opfergaben für den Durchzug der Königin, die auf einen Imbiß zum Bürgermeister fuhr. Die Menge drängte sich schreiend hinter den Absperrungen, die Polizisten schlugen auf jeden ein, der den Versuch machte, die Straße zu überqueren: von weither näherte sich ein orangefarbener Hut, und das war der Hut der Königin, die in einem schwarzen Auto versunken war. Giovanna kam soeben vom Friseur, wollte zur Verabredung mit Richard. Sie warf einen gleichgültigen Blick auf den orangefarbenen Hut und unternahm den Versuch, sich durch die Menge zu drängen. War gleich von Jacken und Ellenbogen eingeklemmt. Wollte umkehren: die Klemme war zu einer festen Wand geworden. Wollte zur Absperrung vordringen und an ihr entlanggleiten: da zog sich ihr plötzlich der Magen zusammen und sie stockte. Vor ihr stand Bill mit einer Dame. Beide hatten ihr den Rücken zugewandt: es bestand also keine Gefahr, daß man sie sehen würde. Und sollte dies trotzdem geschehen, dachte sie, wäre es auch nicht weiter schlimm: die letzte Begegnung mit Bill war einigermaßen freundlich verlaufen, und die Frau war nichts als ein hoher gerader Rücken mit einem Nacken voller schwarzer Locken. Immerhin zog sich ihr der Magen noch stärker zusammen; im Benehmen der beiden lag etwas Vertrautes und zugleich Grausames: das einen zur Flucht bewegte.

Sie drehte sich um, wollte fliehen: doch die Königin näherte sich, und keiner wollte auch nur einen halben

Zentimeter weichen. Sie drängte mit ihrem ganzen Körper, bat leise um Durchlaß, bekam als Erwiderung einen Stoß, der sie fast auf Bill geworfen hätte. Wieder drängte sie, wieder wurde sie zurückgeworfen, fiel dabei fast hin, und als sie sich wieder aufrichtete, stieß sie ein wenig an das Bein der Dame. Nur ein wenig, wirklich ganz wenig. Doch augenblicklich verbiß sich ein Absatz in ihren schuldigen Fuß und dann drehte sich der schwarzlockige Kopf so schnell wie ein Peitschenhieb, zwei braune Augen bohrten sich in ihr Gesicht und eine metallische Stimme ließ sie erstarren.

»Was nehmen Sie sich heraus! Was nehmen Sie sich heraus!«

Giovanna erwiderte kein Wort. Stumm vor einer Gewißheit und entsetzt vom Gedanken, daß Bill sich umdrehen könnte, durchbrach sie die Wand aus Jacken und Ellenbogen, drängte wie wild vorwärts, lief Mauern und Straßen entlang und warf sich mit zerzaustem Haar und verstört Richard in die Arme, der noch unsicherer war als sonst.

»Was hast du denn gemacht, Funny Boy?«

»Nichts ... Ich hatte nur Angst, zu spät zu kommen.«

»Und dieser Fuß? Wer war das?«

Giovanna sah auf die Laufmaschen ihres Stumpfes, auf die geschwollene, blauunterlaufene Stelle.

»Ich weiß nicht. Es war ein solches Durcheinander am Broadway. Ich muß mir ein Paar neue Strümpfe kaufen.«

»Mach dir deswegen kein Kopfzerbrechen. Mammy ist keine Formalistin; und Frauen sehen nie anderen Frauen auf die Beine. Tut es dir weh, wenn wir uns etwas beeilen?«

»Aber nein!«

Natürlich tat es ihr weh: und es war ein so böser Schmerz wie jene Gewißheit. Beim Gehen biß sie die Zähne zusammen, unterdrückte Schimpfworte und sogar Flüche. Dann sah sie, was für ein Restaurant sich Florence ausgesucht hatte: fast eine Spelunke mit schmutzigen Tischtüchern, Chiantiflaschen, die von der Decke hingen, einem Golf von Neapel, den ein unbedarfter Maler auf einer Wand nachgebildet hatte, und einem schlampigen Mädchen, das Pizza servierte und sich dabei mit der Hand die Nase wischte.

»Nun, elegant ist das nicht gerade, aber Mammy dachte sicher, sie würde dir damit einen Gefallen tun«, meinte Richard verlegen.

»Gewiß, Richard.«

»Nun ... wollen wir hineingehen?«

»Gewiß, Richard.«

Es empfing sie ein übler Geruch von Tomaten und Anchovis; seine Verlegenheit wurde immer größer, sie hinkte. Hand in Hand drängten sie sich zwischen den Tischen mit den rotweiß karierten Decken hindurch. Jetzt waren sie an dem Tisch, wo Florence wartete. Richard hüstelte.

»Mammy, das ist Giò. Giò, das ist Mammy.«

Giovanna streckte langsam ihre Hand aus, und als sich zwei braune Augen in ihr Gesicht bohrten, murmelte sie ohne Überraschung: »Guten Abend, Frau Baline.«

* * *

Im Arbeitszimmer ihres Großvaters hatte Giovanna einmal den Kampf zwischen einem Papagei und einem Affen erlebt. Der Affe war jung und anmutig, der Papagei war alt und prächtig. Beide liebten sie den Großvater über alles und haßten sich deswegen gegenseitig: und es war ein so tiefer Haß, daß sie monatelang in ihrer jeweiligen Ecke verblieben und sich einander nicht näherten. In der Hoffnung, sie zu versöhnen setzte Großvater eines Tages den Papagei in die Nähe des Affen: so kam es zum Kampf. Erst starrten sich die beiden Tiere an, dann hackte der Papagei nach dem rechten Auge des Affen. Der Affe erwiderte dies mit einem Biß nach dem Kopf des Papageis, und noch bevor der Großvater eingreifen konnte, waren Affe und Papagei ein einziges Ding, das sich auf dem Boden wälzte und fest entschlossen war, sich umzubringen. Es handelte sich um einen richtigen Kampf, um einen Männerkampf. Der Affe schrie nicht, der Papagei kreischte nicht. Abgesehen von einem Flügelschlagen und einem etwas rauhen Keuchen vernichteten sie einander lautlos und trieben dies hartnäckig und korrekt so lange, bis sie sterbend am Boden lagen. Der Papagei mit einem einzigen Flügel und fast aller seiner schönen Federn beraubt, der Affe fast gehäutet und mit langen blutenden Kratzspuren.

Giovanna konnte sich nicht erinnern, welches der beiden Tiere gestorben war oder ob sie beide gestorben waren oder ob sie als Krüppel überlebt hatten. Doch erinnerte sie sich genau des wohlgesitteten Hasses, mit dem sie sich ihre Verletzungen beigebracht hatten: der gleiche Haß, der in Florence Balines Augen aufleuchtete und nun auch in ihre Augen kam, als sie zum zweitenmal und in Ruhe diese schmalen Wangen, diese herrische Nase, diese dünnen und knallrot gefärbten Lippen, dies Gesicht betrachtete, wo alles so schön oder so widerlich war wie bei einer Goldfliege, deren Reflexe dich zwar faszinieren, dich aber nicht vergessen lassen, daß diese Goldfliege ein Insekt ist.

»Ich hoffe, das Lokal ist nach Ihrem Geschmack, meine Liebe«, sagte Florence und hob ihre überaus gepflegte und weiße Hand. Für einen Augenblick überdeckte deren Gardenienparfüm den üblen Geruch von Tomaten und Anchovis.

»Madam, Ihr Geschmack ist exquisit«, erwiderte Giovanna.

»Danke. Aber haben wir uns nicht schon einmal gesehen?«

»Nein, Madam. Das halte ich für ausgeschlossen.«

»Wie seltsam, wie erstaunlich.«

»Wahrhaftig seltsam und erstaunlich.«

»Vorhin hinkten Sie, meine Liebe. Ist Ihnen etwas widerfahren?«

»Es ist meine Gehweise, Madam.«

Sie lächelten sich vieldeutig an. Richard tat so, als sei er in die Speisekarte vertieft.

»Wir essen Pizza, nicht wahr? Essen wir Pizza.«

»Aber gern«, sagte Florence.

»Aber gern«, sagte Giovanna.

Beide fanden sie Pizza scheußlich.

»Was für ein schönes Land, Italien«, redete Florence weiter. »Ich bin begeistert, ganz einfach begeistert von euerm Rom. So malerisch, so sonnig.«

»Mir ist New York lieber«, sagte Giovanna.

»Und die New Yorker«, fügte Florence hinzu. »Aber ich kann Sie verstehen. Die Italiener benehmen sich den Frauen gegenüber unmöglich. Immer pfeifen sie den Frauen auf der Straße. Soweit mir bekannt ist, pfeifen nur die Italiener den Frauen auf der Straße.«

»Aber die Amerikaner können besser pfeifen, Madam. Nach dem Eintreffen der Alliierten waren unsere Straßen ein einziges Pfeifkonzert. Sie hatten diese lustige Art, sich zwei Finger in den Mund zu stecken und zu pfeifen. Dieselbe Art habe ich hier gefunden. Nur Richard pfeift nicht. Er pfiff nicht einmal, als er mit Joseph zusammen in unserem Haus versteckt war.«

»A propos, meine Liebe: danke, daß Sie meinen Sohn aufgenommen haben. Wirklich nett von Ihnen. Ich hoffe, es hat Ihnen nicht zu viele Umstände gemacht«, sagte Florence in dem Tonfall, mit dem man sich bei einem Hausherrn bedankt, der Leintücher und Decken über das Sofa gebreitet hat, weil der Freund kein Hotelzimmer gefunden hatte.

»Aber ich bitte Sie, das waren doch keine Umstände. Es hat uns sehr gefreut, ihn bei uns zu haben«, erwiderte Giovanna im selben Ton. Alsdann machten sie sich beide an die Pizza: schweigend und in dem Bewußtsein, daß sie keine Worte zu verschwenden hatten. Die erste Runde war schwach gewesen, was ihnen ebenfalls bewußt war, aber die zweite würde heftig werden: und die Beute saß still und stumm da und war darauf gefaßt, vom Sieger ergriffen zu werden. Man mußte sich ein wenig erholen, ein paar Bissen zu sich nehmen. Beim dritten Bissen wetzten sie Schnabel und Krallen und lächelten. Von diesem Augenblick an gab es keine Gnade mehr und jedes Mittel war recht.

»Nächstes Jahr fahre ich wieder nach Rom. Ich will doch hoffen, daß ich Sie dort sehe, liebe Giò.«

»Und ich hoffe jedenfalls, Sie in New York zu sehen, Madam, denn nächstes Jahr bin ich in New York.«

»Ich sage, daß ich Sie lieber in Rom sehen würde.«

»In New York, meinen Sie.«

»In Rom habe ich gesagt.«

»Mammy!« rief Richard verblüfft.

»Mein Sohn, ohne Giò hätte ich viel weniger Spaß! Wäre Giò in Rom, könnte sie mich zum Papst begleiten. Wer weiß, wie sehr auch sie sich das wünscht.«

»Das wünsche ich keineswegs, Madam. Aus dem Papst mache ich mir überhaupt nichts, Madam.«

»Giò!« rief Richard bestürzt. Besann sich dann aber auf seine in den letzten Winkel verdrängte Mannespflicht, einer Frau beizustehen. Und kam ihr zur Hilfe.

»Giò denkt ebenso wie ich, Mammy. Auch darin sind wir uns einig.«

»Ich hielt sie für katholisch, mein Lieber.«

»Nur auf dem Papier, Madam. Den Katholiken gehört nicht gerade meine Sympathie.«

»Aber ich bin es wirklich. Und Ihre Worte beleidigen mich«, zischte Florence. Und stieß die Gabel mit der gleichen Mordlust in den Salat, wie sie sie in Giovannas Kopf gestoßen hätte.

Das war heimtückisch. Giovanna spürte, wie ihr die Gabel in den Kopf drang und meinte, ein Blutstropfen liefe ihr den Nacken hinunter. Aber es war kein Blut, sondern Schweiß.

»Mammy hat sich von Fulton Sheen begeistern lassen«, mischte sich Richard ein. »Papa hat es nie fertiggebracht, sie von der anglikanischen Religion abzubringen, doch

Fulton Sheen ist es im Fernsehen innerhalb von zwei Monaten gelungen. Fulton Sheen ist ein wirklich schöner Mann. Viel schöner als Papa.«

»Richard, ich verbiete dir!« rief Florence mit schriller Stimme, beherrschte sich jedoch gleich wieder. »Richard spinnt wirklich, meine Liebe. Er macht sich über die ernstesten Dinge lustig. Sind Ihre italienischen Freunde auch so verrückt wie Richard?«

»Bisweilen. Doch Richard ist viel amüsanter.«

»Sind Sie mit einem von denen verlobt?«

»Nein, Madam!«

»Verheiratet?«

»Aber nein!«

»Geschieden?«

»In Italien gibt es keine Scheidung, Madam. So gibt es auch keine geschiedenen Frauen, die von den Alimenten des gewesenen Ehemannes leben. Bei allem Irrtum doch recht lobenswert. Finden Sie nicht auch?«

»Ach, ja?« Florences Stimme klang sanft, ganz sanft. »Ich bin zweimal geschieden, meine Liebe. Das erste Mal von Richards Vater, und der Ärmste starb gleich darauf. Das zweite Mal von meinem zweiten Mann, von dessen Alimenten ich lebe. Ich betrachte es nicht als unmoralisch, von Erbschaft oder Alimenten zu leben, meine Liebe. Oder irre ich mich?«

Diesmal schien es Giovanna, als sei ihr der Schnabelhieb ins Auge gegangen und das Auge sei wegen des Blutergusses in ihm erblindet. Instinktiv wischte sie darüber: aber es war kein Blut, es war Schweiß. Und der Schweiß klebte ihr jetzt die Kleidung an die Haut wie im August, und sie fühlte ein großes Schlafbedürfnis. Sie blickte auf Richard, wie um ihm zu bedeuten, daß sie die Waffen streckte und ihre Niederlage hinnahm. Und wieder kam ihr Richard zu Hilfe.

»Mammy, Giò hält dich keineswegs für unmoralisch. Ihre Meinung ist diejenige einer Frau, die eine Ehe sehr ernst nimmt.«

»Ihr denkt wohl an eine Heirat, meine Lieben?« lachte Florence.

»Möglich, Mammy: wenn Giò mich mag.«

»Natürlich mag ich, Madam«, sagte Giovanna und hob wieder den Kopf.

»Ach, meine Süßen, meine Süßen! Dann muß ich euch ja ein Geschenk machen. Was würdet ihr zu einem wunderschönen Shelter sagen?«

»Schon der Gedanke ist mir zuwider, Madam.«

»Sie sind gegen die Richtlinien des Komitees für den Zivilschutz? Sie sind dagegen, daß sich die Amerikaner verteidigen müssen? Sie wollen meinen Richard sterben lassen?«

»Ich will niemanden sterben lassen, Madam. Ich will nur nicht an den Tod denken, Madam. Vor allem will ich mein Leben nicht in Hinblick auf das Grab eines Atomschutzbunkers einrichten. Den Krieg habe ich schon einmal erlebt, Madam: während Sie sich in aller Ruhe in New York aufhielten. Und ich habe nicht die geringste Lust, ihn noch einmal zu erleben, Madam: denn der Krieg ist nicht so, wie Sie glauben. Er ist kein ...«, wie hatte doch Bill gesagt? » ... kein Baseballspiel. Fragen Sie Ihren Sohn, Madam.«

Dieser Krallenhieb traf Florence mitten in die Brust. Diesmal war sie es, die sich betastete: als seien alle ihre schönen Federn weggeflogen und der eine Flügel hinge ihr abgeknickt am Körper. Doch ging sie gleich in die Abwehr, führte ihre schönen Hände an die Schläfen und jammerte.

»Meine Lieben! Oh, meine Lieben! Ich habe eine fürchterliche Migräne. Aber vielleicht ist es gar keine Migräne, vielleicht ist es mein Herz. Ihr wißt doch, ich bin herzleidend. Oh, welche Schmerzen! Ich ersticke, ich ersticke! Rasch: meine Medizin und einen Schluck Wasser! Ach, wo ist denn meine Medizin? Sie ist zu Hause, Gott, sie ist zu Hause! Bringt mich schnell nach Hause. Mir ist schlecht! Mir ist so schlecht!«

Sie zahlten in aller Eile. Bestellten ein Taxi, um sie nach Hause zu bringen. Richard war bleich, Giovanna wie gelähmt. Im Taxi hatte Florence sich zwischen die beiden gesetzt und sie getrennt. Nun lag sie aufgelöst an der Brust ihres Sohnes, atmete nur mühsam, hatte die Lider gesenkt. Sie mußten sie zu zweit die Treppe hinauf stützen.

»Ich glaube, Mammy braucht mich jetzt«, sagte Richard, bevor er die Tür öffnete. Und er sagte dies in einem etwas feindlichen Ton. »Macht es dir sehr viel aus, allein nach Hause zu gehen?«

»Ach was!«

»Dann auf Wiedersehen.«

»Richard, du bist ... du bist doch nicht böse auf mich, oder?«

»Ich sagte auf Wiedersehen.«

»Richard, so höre ...«

»Siehst du nicht, daß Mammy gleich ohnmächtig wird?«

»Schon gut, soll sie doch!« schrie Giovanna. Dann, zu Florence gewandt: »Adieu, Frau Baline. Werden Sie bitte nicht ohnmächtig!«

»Adieu, meine Liebe. Ich wünsche Ihnen eine gute Reise. Und hinterlassen Sie mir Ihre römische Adresse«, flüsterte Florence.

Giovanna sah noch zu, wie Richard, die mütterliche Last stützend, mühsam die Wohnungstür aufschloß. Aber sie sah nicht, wie Florence Balines Lider sich über den braunen Augen triumphierend öffneten.

XIV

Der nächste Tag war ein Samstag. Und Richard telefonierte nicht. Giovanna ebenfalls nicht. Obwohl sie genau wußte, daß man ihr Unrecht angetan hatte, empfand sie ein vages Schuldgefühl. Am Sonntagmorgen mußte Martine nach Washington, um vor der Lincoln-Statue in Chiffon zu posieren und schlug Giovanna vor, sie zu begleiten. Doch Giovanna lehnte ab, denn sie wartete auf einen Anruf von Richard: es war noch nie vorgekommen, daß Richard zwei Tage lang nicht angerufen hatte; und nach der Katastrophe mit Florence war es wirklich wichtig, daß sie sich trafen. Aber Richard rief nicht an.

Er rief nicht um elf, nicht um zwölf, nicht um eins, nicht um zwei und nicht um drei Uhr an. Wieder einmal, so dachte Giovanna, wurde dieses stumme Telefon mit den starren Zahlen in den starren Löchern zu etwas Bösem und Lebendigem, das ihr Kopfzerbrechen machte und sie in die Versuchung brachte, den Hörer abzunehmen. Um nicht anzurufen, füllte sie ihre Zeit damit aus, Schallplatten abzuspielen, Knöpfe anzunähen und sogar den Filmentwurf noch einmal durchzulesen, der vorankam wie ein lahmes Kind, und betrachtete am Ende noch einmal die an der Times Square gemachten Fotos, die Karten, auf denen die Maschine die Zukunft vorausgesagt hatte, die Puppe mit Namen Arme Kummerperle, die sie mit ihren gläsernen Augen und ihrem Dauerlächeln anblickte. Als die Glocken der gegenüberliegenden Kirche zur Vesper läuteten, kam ihr der Verdacht, daß etwas geschehen sein könnte: also hob sie den Hörer ab und wählte Richards Nummer. Keiner antwortete. Sie versuchte es ein zweites und ein drittes Mal. Keiner antwortete. Sie ging hinaus, ging bis vor Richards Haus, um nachzusehen, ob Licht durch eines der Fenster kam. Die Fenster waren dunkel. Sie kehrte zurück, aß eine Kleinigkeit, legte sich ins Bett, wählte die Nummer noch einmal. Keiner antwortete. Sie versuchte, dadurch Ruhe zu finden, daß sie das Radio anmachte und sich ein Konzert von Vivaldi anhörte. Nach einigen Takten ertönte die Stimme des Ansagers: »Haben Sie noch nie etwas über Krebs gehört? Der Krebs muß bekämpft werden. Sie können diese wunderschöne Musik nicht genießen, wenn Sie sich nicht am Kampf gegen den Krebs beteiligen. Denken Sie daran! Auch Sie könnten von Krebs befallen sein!« Sie machte eine beschwörende Handbewegung, stellte einen anderen Sender ein, hörte ein anderes Konzert: diesmal Beethoven. Nach wenigen Minuten verstummten die Violinen und es ertönte wieder die Stimme des gewohnten Miesmachers: »Haben Sie noch nie etwas über Leukämie gehört? Die Leukämie muß bekämpft werden. Sie können diese Musik nicht genießen ...« Verärgert schaltete sie das Radio ab. Hatte denn Igor recht mit seiner Behauptung, die Amerikaner seien das am meisten von Krankheit heimgesuchte Volk auf Erden? Sie wählte wieder Richards Nummer: keiner antwortete. Versuchte es wieder und wieder und solange, bis die sich drehenden Zahlen zu einem Alptraum wurden. Und die Nacht alterte zu einer Drohung, dann zu einer Vorahnung, dann zu einer Gewißheit, die sich immerhin beim Anbruch der Morgendämmerung verflüchtigte, als sie allen Stolz von sich abschüttelte und bereit, ja, entschlossen war, um Verzeihung zu bitten. Und noch einmal bei Richard anrief. Keine Antwort.

Sie rief dann im Büro an, und eine Sekretärin erwiderte heimtückisch mit Engelsstimme, Herr Baline sei abwesend, sie wisse nicht wie lange, und wenn sie es auch wüßte, würde sie sich hüten es zu sagen, da sie nicht dazu autorisiert sei, und guten Tag. Sie verließ das Haus. Sah noch einmal nach, ob Richards Rolläden geschlossen waren. Sie waren offen. Sie stieg die Treppe hinauf. Klopfte an die grünlackierte Tür, die Haushälterin öffnete und sagte, der Herr sei nicht da, offenbar habe er heute nacht nicht hier geschlafen, denn das Bett sei unberührt. So kehrte sie nach Hause zurück, und es folgten weitere vierundzwanzig Stunden des Wartens, der Beginn einer immer größer und immer unausstehlicher werdenden Qual. Obwohl ihr späteres Leben noch schlimmere Qualen für sie bereithielt, würde sie diese nicht vergessen können: wie man den ersten gezogenen Zahn, die erste im Bett eines anderen Menschen verbrachte Nacht, den ersten Todesschreck nicht vergessen kann.

Die Tage von Richards neuerlicher Flucht stagnierten: waren schwer wie die Luft im August, wenn alles sich duckt zum Gezirp der Zikaden. Die Stunden wurden zu Jahrhunderten der Muße, die nichts zu füllen imstande war: und in dieser Leere schien ihr alles durch eine brutale Realität verzerrt zu sein. Sie ging durch die Straßen und entdeckte schmutzige Büchsen, zerbrochene Flaschen, finsteren Unrat. Blieb vor den Schaufenstern stehen und ärgerte sich über die geschmacklosen wächsernen Puppen und roten Schilder, die den Ausverkauf propagierten. Benutzte einen Aufzug, und der Ruck beim Anfahren verursachte ihr Übelkeit, der beim Anhalten ging ihr auf den Magen: bei jedem Halteruck des Lifts vor einem gewählten Stockwerk starrte sie den dafür Verantwortlichen haßerfüllt an, folgte mit den Augen den Leuchtanzeigen der Etagen und wünschte sich nur, daß die Qual ein Ende nehme. Jetzt verabscheute sie die Wolkenkratzer, die gelben Taxis, das Glas mit Eiswasser, das sie dir auf den Tisch knallen, wenn du etwas zu essen oder zu trinken bestellst, das riesige blutige Beefsteak, die Sonntagszeitungen, die mehrere hundert Seiten dick und so schwer wie ein Paket sind, die Subway, wo es nie einen Sitzplatz gibt, die mürrischen Verkäuferinnen, die so tun, als würden sie dir einen Gefallen erweisen, die Kinos, wo du nicht rauchen darfst und deine Zigarette so lange zwischen die Zähne klemmst, bis sie bricht und du den Tabak auf der Zunge hast. Jetzt haßte sie den Lärm der Bagger und die Sprengungen, die Feuerschutztreppen, die stets brennenden Lichter, Verschwendungen, Gemeinplätze. Diese Gemeinplätze!

Eines Morgens wollte sie sich die Freiheitsstatue anschauen: aus nächster Nähe. So bestieg sie das Ferryboat, wiederholte, gemeinsam mit Touristen und Pärchen auf der Hochzeitsreise, den in der ersten Nacht mit Richard gemachten Ausflug und landete auf einer winzigen Insel, wo sich die eiserne Riesin derb auf einem Steinsockel reckte. Gemeinsam mit Touristen und Pärchen auf der Hochzeitsreise stieg sie die Wendeltreppe hinauf, die sich durch den leeren Körper wand, war in dem großen leeren Kopf, blickte aus dem leeren Strahlenkranz und sah nichts als Leere: die Leere des Himmels, die Leere des Meeres, die Leere ihrer Enttäuschung. An einem anderen Morgen fuhr sie in einem Taxi nach Coney Island: um die phantastische Gegend kennenzulernen, die Richards Kindheit begleitet hatte. Sie fand nur eine graue Allee, einen grauen Strand, ein graues Meer: das nicht einmal nach Meer roch. Im Vergnügungspark heruntergelassene Rolläden, regungslose Karusselle, einen Zoo ohne Tiere und einen eisigen Wind, der Papierfetzen vor sich her und Sand in ihre Augen wehte. Kiddieland, das Kinderparadies, war eine Bahn aus Zement mit Pferden aus Pappmaché, die mit Lumpen bedeckt waren; eine Zigeunerin erklärte die Misere: ein Sexomane hatte einen kleinen Jungen vergewaltigt und die Polizei hatte die Schließung verfügt. Giovanna verzog das Gesicht und gab dem Taxifahrer Anweisung, sie ins Büro zu bringen, wo sie neben Gomezens unbefriedigter Neugierde und den kurzsichtigen Blicken der Sekretärin von den gewohnten Fragen bedrängt wurde. Warum hatte Richard diesmal keine Adresse hinterlassen? Bei wem könnte man die Adresse erfragen? Bei Bill? Ausgeschlossen: er hatte es mit Florence. Bei Florence? Nicht im Traum. Es war ja die Schuld von Florence, ihrer Herzattacke und ihrer Eifersucht, daß Richard sie auf diese Weise versetzt hatte. Bei wem also? Bei niemandem.

Es waren schon fast sechs Tage, daß sie sich mit diesem Gedanken verzehrte, und allemal stieg dunkler Haß in ihr auf, der sich auf Richard, Bill, die ganze Welt ausbreitete und sich dann wieder zu einem Verzeihen beschwichtigte, bei dem sie für Richard die naivsten Entschuldigungen fand und sich selbst, ihrer Intoleranz, ihrer Aggressivität die Schuld gab: bis alles in einer trägen Willenlosigkeit, in einer resignierten Luzidität erstarb. Was nutzte denn alles Grübeln und Bedauern? Die Katastrophe war ja schon vorherbestimmt. Hatte Martine sie nicht gewarnt? Hatte sie ihr nicht sogar ihr eigenes trauriges Geheimnis preisgegeben, nur um sie zu warnen? Ach, wenn doch wenigstens Martine zurückkehrte!

Martine kehrte am sechsten Tag zurück: vergnügt und uneingedenk, daß sie sich schluchzend ins Bad zurückgezogen hatte. Doch ihre Anwesenheit taugte soviel wie eine Brille für einen Blinden.

»Wie schön, Chérie! Was für eine Erleichterung, in diese Stadt zurückzukommen! Oooh, diese Totendenkmäler und weißen Kuppeln, dieses finstere Pentagon! Washington finde ich abscheulich, ich hasse es. Noch eine Nacht mit Lincolns Gespenst, und ich wäre gestorben. Und was hast du Schönes gemacht?«

»Ich habe mich ausgeruht.«

»Ausgeruht?! Schwerster Irrtum. In New York darf man nicht rasten. New York ist wie eine Kreuzfahrt, Chérie: faszinierend, solange du dich in Fahrt befindest. Aber wehe, du gehst einmal an Land, erinnerst dich daran, daß es noch das Land gibt, schaust es dir vielleicht auch wie ein Matrose bequem vom Schiff aus an: dann langweilst du dich und entdeckst die schlimmsten Dinge. Ist das Treffen mit der Hexe gut ausgegangen?«

»Katastrophal.«

»Oh!«

»Richard ist schon wieder geflohen.«

»Oh!«

»Noch am selben Abend.«

»Oh! Und da sagst du nicht Gott sei Dank?«

»Sei still, Martine.«

»Höre auf mich, mon petit chou: laß ihn laufen. Es lohnt sich nicht.«

Diese Worte lösten so etwas wie einen Streit aus, in dessen Verlauf Giovanna sagte, sie solle gewisse Reden für sich selber oder für Dienstmädchen aufheben, die von Gefreiten geschwängert wurden, und Martine erwiderte, daß von Gefreiten geschwängerte Dienstmädchen sich besser benähmen als Schriftstellerinnen. Woraufhin Giovanna hinausging und die Tür hinter sich zuschlug. Nicht zu glauben, dachte sie voller Verzweiflung, wie viele Menschen doch einem Schmerz gegenüber stumpf sind, der kein körperlicher ist. Schmerzt dich dein Magen oder dein Fuß, versuchen sie alle, dir zu helfen und respektieren dich. Schmerzt dich deine Seele, hilft dir keiner. Man verlacht dich sogar: fast als sei ein nicht körperlicher Schmerz grotesk. Du läufst und läufst und weißt nicht, wen du um Hilfe bitten sollst, und es bleibt dir nur noch, dich an Gott zu wenden: doch hältst du es für anständig, dich wegen eines Mannes, der davonläuft, an Gott zu wenden?

Zugegeben, Dutzende von Malen war sie in diese banale Versuchung geraten: etwa, als sie zur Kathedrale von Sankt Patrick kam und verzaubert stehenblieb, um die zu einer Pyramide zitternden Lichtes aufgebauten Kerzen zu betrachten. Da war es die Versuchung, sich hinzuknien und für fünfundzwanzig Cents ihr eigenes Lichtchen anzuzünden: doch gleich danach fand sie es beschämend und lächerlich, denjenigen, den die Maler auf einer Wolke thronend darstellen, mit Bitten oder Gelöbnissen zu inkommodieren. Angenommen, er existierte und kümmerte sich um anderer Angelegenheiten, wie würde er wohl diesen billigen Bestechungsversuch, diese plötzliche Erinnerung an Ihn beurteilen? Genauso, wie man üble Verwandte beurteilt, die sich nur dann nach unserem Wohlergehen erkundigen, wenn sie Empfehlungen oder

Geld brauchen: so ihre Schlußfolgerung. Nein, hier war in der Tat nichts zu machen: weder mit Lichtchen noch mit Gebeten. Sie war allein. Allein mit einer Martine, die nicht weiterhalf: so dachte sie, als sie nach Hause kam. Sieh dir nur an, wie glücklich sie schläft. Sie weiß ja gar nicht, was ich durchmache.

Doch Martine wußte es sehr wohl. Und wußte ebenso, wie kindisch es gewesen war, ihr das Drama einer Kreatur erzählt zu haben, die man in einen Abfalleimer zu leeren Ampullen und Mullbinden geworfen hatte, weil jeder seine eigene Tragödie, nicht aber die der anderen empfindet, und daß es sinnlos ist, jemandem, der eine Hand verloren hat, zu sagen: »dem dort fehlen beide Hände«, denn er wird dir erwidern: »ich aber leide wegen meiner Hand und nicht wegen seiner Hände«. Sie wußte auch, von welchen Gedanken Giovanna des Nachts gequält wurde: wenn sich ihre glühende Zigarettenspitze in der Dunkelheit bewegte, dann in Funken erlöschte, und man nur auf den Schein eines weiteren Streichholzes zu warten brauchte, um zwei wache Augen und zwei verhärmte Wangen zu sehen. Gedanken des Zorns, des verletzten Stolzes quälten Giovanna: dazu die Müdigkeit dessen, der entdeckt, daß man ihm seine Gefühle geraubt hat, und das Elend dessen, der sein Kapital an Zuneigung in ein Unternehmen investiert hat, das zum Scheitern verurteilt war. An jenem weit zurückliegenden Ostertag, als die Glocken läuteten und die Krankenschwester ihr in dem Glas jenes nußgroße Stück Fleisch zeigte, hatte Martine das gleiche empfunden: aber ihre Qual war noch größer gewesen. So bezwang sie jetzt ihre Regung aufzustehen, die Tür zu öffnen und Giovanna mit dem Zynismus dessen zu trösten, der irgendeine Illusion verloren hat. Sie blieb im Bett und stellte sich die in der Dunkelheit brennende Zigarette vor, und als die Sonne durch die Fenster schien, klopfte sie und brachte ihr fürsorglich Kaffee: damit sie den Whisky besser vertrug, mit dem sie ihre Schlaflosigkeit genährt hatte.

Zwölf Tage dauerte diese sentimentale Grippe. Und am

zwölften Tag erlitt Giovanna einen Zusammenbruch, erbrach allen Whisky, den sie von einem zum anderen Morgengrauen getrunken hatte. Und Martine beschwor Christian Dior und kreischte, die Farce müsse nun ein Ende nehmen. Und stürzte ans Telefon.

»Wen willst du anrufen, Martine?«

»Ich rufe die Hexe an und befehle ihr, mir die Adresse dieses Schwachsinnigen mitzuteilen.«

»Mach das nicht, Martine!«

»Ich mach's doch: so wahr ich Martine heiße.«

»Ich verbiete es dir!«

»Hallo! Madame Baline? Ich bin Bills ehemalige Geliebte, Madame Baline. Und ich will augenblicklich die Adresse Ihres lieben Sohnes.«

»Martine! Leg den Hörer wieder auf, Martine! Ach, das verzeihe ich dir nicht, Martine!«

»Was sagen Sie, Madam? Oh! Ach! Oh! Aber natürlich, Madam. Ich kann Sie verstehen, Madam. Verzeihen Sie, Madam. Selbstverständlich, Madam.«

Sie legte den Hörer wieder auf und zeigte ein so erstauntes Gesicht, wie Giovanna es noch nie gesehen hatte. Und stieß einen ganz langen Pfiff aus.

»Wer hätte das gedacht, Giò? Die Hexe hat sich in ein Lamm verwandelt. Sie weint und fleht dich um Verzeihung an. Auch sie weiß nicht, wo sich Richard aufhält, und der einzige, der es wissen könnte, ließe sich eher die Zunge abhacken als es ihr zu sagen. Sie meint, du könntest es versuchen: vielleicht würde es dir gelingen.«

»Und wer ist das, Martine?«

Giovannas Stimme war heiser.

Martine bewegte bedauernd ihre Arme.

»Dummerchen! Bill! Nicht wahr?«

* * *

Der Taxifahrer, der Giovanna zu Bills Haus brachte, fragte sie, ob sie zu einem Arzt wolle. Ihr verhärmtes

Gesicht, ihre zitternde Hand, die ihm den Dollarschein reichte, ließen auf Fieber schließen. Giovanna erwiderte nichts. Sie schritt an dem Portier vorbei, als gebe es ihn nicht. Eilte durch die mit Teppichen und Spiegeln ausstaffierte Vorhalle, als werde sie verfolgt. Drückte zwei- oder dreimal auf den Aufzugsknopf, obwohl er schon leuchtete. Fuhr dann mit einer Langsamkeit bis zum sechzehnten Stock, die sie verzweifeln ließ. Erschrak beim Läuten der Klingel, beim Schlurfen der Schritte hinter der Tür. Schließlich öffnete sich die Tür und es erschien Bill, von einem seidenen Hausrock bis zu den Knöcheln umhüllt, die Füße in absurden goldenen Pampuschen.

»O Gott! Was willst du?«

Er hielt ein volles Glas Whisky in der Hand, seine Augen waren blutunterlaufen, die Haare hingen ihm schweißverklebt über die Stirn. Er mußte über alle Maßen getrunken haben, denn seine Beine hielten ihn nicht mehr und er wippte vorwärts und rückwärts wie ein Metallband, dem man einen Stoß versetzt hatte.

»Laß mich rein.«

»Was du willst, habe ich dich gefragt.«

»Und ich habe gesagt: laß mich rein.«

»Bitte, Madam. Bitte!«

Die Hand über dem Herzen, den Körper abgewinkelt zu einer spöttischen Verneigung schritt Bill rückwärts bis zum Wohnzimmer, wo er sich plötzlich zu seiner ganzen arroganten Eleganz erhob.

»Ich habe dich hereingelassen. Und nun sage mir, was du willst.«

Giovanna ließ sich Zeit mit der Erwiderung und sah sich im Zimmer um: es war ein geräumiges, luxuriös eingerichtetes Wohnzimmer. In der Mitte ein großer chinesischer Teppich; in einer Ecke ein Spinett aus dem achtzehnten Jahrhundert mit einer Vase voller welker Blumen; und allenthalben Nippsachen und seltene Möbelstücke. Durch die Fenster erkannte man ein Stickmuster von beleuchteten Wolkenkratzern. Und durch eine weit geöffnete Tür das Schlafzimmer mit der Nerzdecke über dem Bett, auf dem Tisch eine große Fotografie von Richard.

»Ich will wissen, wo er ist.«

»Hat dir das Martine eingegeben? Sie ist tagsüber geradeso langweilig wie nachts.«

»Das hat mir Richards Mama eingegeben.«

»Nicht schlecht.«

»Ich dachte, ihr seid Freunde.«

»Das geht dich nichts an.«

»Das geht mich doch etwas an. Also: wo ist er?«

»Und selbst, wenn ich's dir sagte? Er will keinen Menschen sehen: dich nicht, mich nicht und Florence nicht. Er hat einen Selbstmordversuch unternommen. Da könnt ihr beiden Frauen ja zufrieden sein.«

»Selbstmordversuch?«

»Jawohl, Madam.«

Er trank den ganzen Whisky aus. Goß sich noch einmal ein. Ging wegen der Eiswürfel hinaus. Kam wieder zurück.

»Ich sehe euch förmlich: zwei gierige Bestien mit gewetzten Krallen. Und dazwischen er: wie ein Püppchen auf dem Schießstand, das darauf wartet, als Trophäe von der Bestie erfaßt zu werden, die ihn mehr zerkratzt hat. Nicht waaahr? Keiner von euch beiden ist es in den Sinn gekommen, daß dies Püppchen ein Mann mit Augen und Ohren, mit Verstand und Herz ist, der alles gesehen hat, alles begriffen hat und leidet. Nicht waaahr?«

»Schrei nicht, Bill. Sie hat mich provoziert. Alles, was geschehen ist, wollte ich nicht. Ich war verzweifelt, ich hatte euch während des Vorbeizugs gesehen: und sie hatte mir einen Fußtritt versetzt.«

»Ich weiß! Ich weiß! Auch ich hatte dich gesehen. Und ihr gesagt, wer du bist. Und mit großer Freude zugelassen, daß sie sich darauf vorbereitete, dich zu zerfleischen. Leider hatte ich dich für schwächer gehalten. Ihr habt euch gegenseitig zerfleischt.«

»Du?! Du bist daran schuld?!«

»Ja, Madam. Ich, ich, ich!«

»Aber warum?«

Giovanna ließ sich aufs Sofa fallen und saß nun da, den Mund leicht geöffnet vor schmerzlicher Überraschung, ja, ihr ganzer Körper schmerzte sie vor Empörung und Überraschung. Warum hatte Bill auch dieses getan? Konnte denn seine Freundschaft zu Richard eine solche Gemeinheit rechtfertigen? Von welcher Art war also seine Freundschaft zu Richard? Von dieser? Von jener? Sie wollte es nicht wissen. Sie wollte es überhaupt nicht wissen. Sie hob ihren Kopf.

»Das war nicht recht von dir, Bill. Ich bin nicht wie Florence und wie diese amerikanischen Frauen. Ich will nicht, was sie wollen. Und Richard gehörte mir.«

»Dir?«

Bill stellte sein Glas mit aller Heftigkeit auf das Spinett, und die Vase mit den welken Blumen schwankte wie er. Dann kam er auf sie zu: die Hände ausgestreckt, die Finger gespreizt, als wolle er sie schlagen.

»Dir? Und womit hast du ihn bezahlt, Signorina Giò? Mit dem Kapital deiner geizigen Jungfräulichkeit? Glaubst du wirklich, daß dieser Preis deiner geizigen Jungfräulichkeit die ganze Liebe derjenigen aufwiegen kann, die ihn neun Monate lang in ihrem Körper getragen und zur Welt gebracht hat, oder dessen aufwiegen kann, der ihm so viele Jahre hindurch nahestand und seine Launen, seine Unsicherheit, seine Untreue erduldete? Glaubst du denn wirklich, daß man mit einem Mann nur ins Bett zu gehen braucht, um ihn zu besitzen?«

Er lachte verächtlich.

»O nein, sie ist nicht wie diese Amerkanerinnen. Sie nicht! Wie oft mußt du diese dämlichen Worte schon gesagt haben! In Europa sind sie gerade sehr im Schwang, nicht wahr? Für was hältst du eigentlich die Amerikanerinnen? Für Vampire, die den Männern das Blut aussaugen? Worin meinst du denn, daß sie anders sind als du? Worin glaubst du denn, daß sie schlechter sind als du? Du kleine, anmaßende Scheinheilige! Dick gegenüber hast du dich wie der unverschämteste aller Männer benommen. Du hast ihn verführt, vergewaltigt, getäuscht, hast ihn anvisiert wie ein Jäger einen Hasen anvisiert. Es hätte dir wohl gepaßt, mit einem so schwachen Mann zusammenzuleben, nicht wahr? Und sag mir, du reinste aller Italienerinnen, hast du nicht sogar Hosen angezogen, um den Hasen leichter fangen zu können? Dick mag Hosen, das müßte dir doch bekannt sein.«

Eine harte Ohrfeige landete auf Bills Wange. Er wankte, hielt sich am Spinett fest. Schon war Giovanna über ihm: mit weiten Pupillen, keuchend und blind vor Wut wie ein Buckliger, der sehr wohl weiß, daß er bucklig ist, aber den umbringt, der es ihm sagt.

»Sag das noch mal.«

»Ich sag's dir noch mal. Dick mag Hosen. Das müßte dir bekannt sein.«

»Verdammter Kerl!«

»Oder wußtest du es nicht?«

»Verdammter Kerl!«

»Los: sag doch, daß du es nicht wußtest.«

»Verdammter Kerl!«

Sie brachte nichts anderes hervor. So viele Proteste, Beleidigungen, Anschuldigungen drangen ihr bis an die Lippen: aber sie brachte nichts anderes hervor. Und sie hämmerte mit geballten Fäusten auf Bills Schultern, Bills Kopf, Bills Gesicht, der, ans Spinett gelehnt, nur lachte und die Hiebe gar nicht zu bekommen schien.

»Kleine Scheinheilige. Sag schon, daß du es nicht wußtest.«

Natürlich wußte sie es. Im Grunde ihres Herzens und vom Verstand her hatte sie es immer gewußt, aber diesen Gedanken von sich abgewiesen. Doch sie ertrug nicht, akzeptierte nicht, daß Bill sie davon in Kenntnis setzte. Ihre Antwort kam wie ein Aufschrei.

»Ich wollte es nicht wissen. Ich wußte es nicht!«

»Lügnerin.«

»Ich wußte es nicht.«

»Idiotin, also. Gottverdammte Idiotin! Wie denn? Du bist erwachsen, lebst in einer Welt ohne Geheimnisse: stimmt es also wirklich, daß Liebe blind machen kann? Und Martine, dieses Paket von Verrücktheit, warum hat sie geschwiegen? Martine habe ich alles gesagt, alles. Glaubte auch sie, daß du Dicks Rettung werden könntest? Dicks Rettung ist zu einem Witz geworden. Er tut nichts anderes als nach Rettung zu suchen und kommt dann wie ein reuiges Kind wieder zu Florence und mir zurück. Verdammte Idiotin! Wo hast denn du geglaubt, daß er seine Nächte verbringt, die er nicht mit dir verbringt? Woher hast du denn geglaubt, daß er seine Augenringe, seine Müdigkeit hat? Von wem denn? Von wem?!«

Wieder sank Giovanna aufs Sofa: ihr Gesicht war versteinert.

»Na, du reinste aller Italienerinnen! Warum weinst du nicht? Ihr seid doch so gut im Weinen: besser als Dick. Also, weine schon. Oder kannst du nicht? Nein, du kannst nicht: das Schluchzen dringt dir in die Kehle und gefriert dort wie Eiswürfel. Die Tränen steigen dir in die Augen und trocknen dort: deine Wimpern sind so trokken wie die Blätter eines Baumes, auf den es nie geregnet hat. Nein, du kannst nicht. Ich wette, daß du nicht einmal weißt, wie eine Träne schmeckt. Sag's mir doch, verdammt: ist sie süß oder salzig?«

Er beugte sich über sie, packte sie an den Schultern und schüttelte sie mit Macht.

»Ist sie süß oder salzig? Wie? Süß oder saaalzig?!«

Sie schwieg und preßte ihre Lippen aufeinander.

»Du weißt es nicht, du Gefühllose! Willst du denn wenigstens kapieren, daß Dick krank ist, krank, krank! Er arbeitet nur deshalb für diese Zeitungen, weil ich es durchsetze, der ich einen bekannten Namen habe. Er arbeitet, weil ich es so will: sonst würde er nicht einmal einen Film in die Rolleiflex einlegen. Er lebt, weil ich es so will: sonst hätte er schon lange dieses Schlafmittel geschluckt, wozu ihr ihn gebracht habt. Er erzählt amüsante Geschichten, weil ich sie ihm erzählt habe. Er schätzt gute Kleidung und guten Wein, weil ich ihm erklärt habe, welche Kleidung gut und welcher Wein gut ist. Er gibt sein Geld mit Großzügigkeit aus, weil ich es ihm gebe. Jawohl, Madam: was denkst du denn, woher das ganze Geld stammt, das er mit dir verschwendet hat? Von der Lohnabrechnung des ›Esquire‹? Was meinst du denn, wer ihm in seinen Krisen zur Seite stand, die du ausgelöst hast, und in seinen Unsicherheiten, die du verursacht hast, und in seinen Kraftproben, die du verlangt hast? Ich bin ja ebenso verrückt gewesen, weil ich mir einbildete, es könne zu etwas führen, wenn ich dich ihm in die Arme werfe. Ich bin ja ebenso verrückt gewesen, weil ich hoffte, ihm damit einen Gefallen zu tun, wenn ich dich ihm zum Geschenk mache. Wie kommst du überhaupt dazu, eine solche Verwirrung zwischen uns zu stiften? Es ging alles so gut, bevor du mit deinem verdammten Stolz, deinem verdammten Lächeln, deinen erzverdammten Augen hier aufgetaucht bist! Du bist verrückt, ganz und gar verrückt! Willst du denn nicht begreifen, daß Dick nie wie die andern sein wird, auch wenn er vierundzwanzig Rotznasen in die Welt setzt? Antworte!«

Giovanna hob flehend die Augen; streckte zum ersten Mal in ihrem Leben die Hände aus: flehte um Gnade. Doch Bill hielt nicht inne, unerbittlich wie jener Wasservorhang, der sich von Mal zu Mal tiefer in den Stein schneidet, und zeigte nicht die geringste Lust, ihr Gnade zu erweisen.

»Reicht dir das, Giò? Oder willst du versuchen, irgendeinen Mister Babbitt aus ihm zu machen? Wollt ihr Frauen nicht immer einen Mister Babbitt? Aber nimm dich in acht, falls du einen Mister Babbitt aus ihm machen solltest! Du könntest einmal dahinterkommen, daß er dir gefiel, weil er ein Irrwisch ohne Sex gewesen ist, ein Peter Pan, dem ein Heranwachsen versagt war. Also, willst du das Risiko eingehen? Und willst du wissen, wo er ist? Auf dem Land ist er, bei Igor.«

»Bei Igor?«

»Bei Igor, jawohl, bei Igor!«

Mit theatralischer Geste riß Bill den Umschlag eines seiner Bücher ab, schrieb die genaue Adresse darauf und überreichte sie Giovanna wie ein Testament.

»Oh, es wird nicht gerade leicht sein, weißt du. Igor läßt niemanden zu ihm, er verteidigt seine Patienten wie ein Drache. Er hat schon mich verjagt, er wird auch dich verjagen: er ist nett, wenn er einen Freund zu Gast hat, aber er wird zu einer Bestie, wenn er einen Selbstmörder zu Gast hat. Aber du spielst ja gern den Ritter ohne Furcht und Tadel, nicht wahr? Also eile hin und stoße dein Schwert in den Rachen des Lindwurms. Vielleicht besiegst du ihn: hast du nicht auch mich besiegt? Und befreist so deine schöne angekettete Prinzessin, die sich durch Magie in einen x-beliebigen Mister Babbitt verwandeln und dir eine Menge x-beliebiger Kinder schenken wird: denen bestimmt ist, unter der Bombe zu sterben.«

»Ich will keinen Mister Babbitt.«

»Lügnerin. Du willst nicht hin, das ist alles. Du bist auch nicht anders als die anderen, das ist es. Keine Frau erträgt gewisse Tatsachen, das ist es. Nicht einmal Martine hat mich ertragen.«

Der abgerissene Buchumschlag lag nun auf Giovannas Knien. Sie faltete ihn langsam und steckte ihn in ihre Handtasche.

»Natürlich gehe ich hin, Bill. Was die gewisse Tatsache betrifft, nämlich deine Liebe zu ihm: die interessiert mich viel weniger als du glaubst. Jede Liebe ist zulässig, wenn sie echt ist. Das gilt für dich und für mich und für Florence. Und es würde auch für Richard gelten, wenn er imstande wäre, jemanden zu lieben. Aber er ist nur imstande, geliebt zu werden. Und da wir ihn lieben, bleibt uns nur übrig, ihn so zu nehmen, wie er ist; und ihn weiterhin zu lieben.«

»Habe ich recht gehört?«

»Du hast recht gehört.«

»Hast du gesagt, daß du hingehst?«

»Ich habe gesagt, daß ich hingehe.«

Bill stellte ohne jede Erwiderung das Glas hin. Dann ergriff er es wieder und kippte den Whisky in die Vase mit den welken Blumen. Und fuhr sich über sein Haar und setzte sich ebenfalls auf das Sofa.

»Hör mal, Giò, ich hätte nicht geglaubt, daß du ihn so liebst. Wer weiß, warum wir immer jemanden lieben, der es nicht verdient: als wäre dies die einzige Art, das verlorene Gleichgewicht der Welt wiederherzustellen. Es ist die älteste Art von Masochismus, den zu lieben, der nicht lieben kann: und auch die dümmste. Und doch liebst du ihn, liebe ich ihn, liebt ihn Florence, und ... verdammt! In dir habe ich mich nicht getäuscht: das macht die Dinge verdammt komplizierter.«

»Ich weiß.«

»Jetzt bin ich mir gar nicht mehr sicher, wer von euch beiden mir lieber ist, er oder du.«

»Ich auch nicht.«

»Ich kann Dick verstehen, als er sich zwischen mir und dir nicht entscheiden konnte und alle beide wollte und ...«

»Auch ich kann ihn verstehen.«

Er rückte näher zu ihr heran. In dem Augenblick klingelte das Telefon. Ärgerlich ergriff er den Hörer.

»Hallo! Ja. Was willst du, Martine? Ja, sie ist hier. Was geht dich das an? Wie?! Nein! O Gott! Aber ja. Schon gut.«

Er legte den Hörer wieder auf.

»Dein Kommen war nutzlos, Giò. Zwei Stunden mehr Geduld, und du hättest dir die schreckliche Offenbarung erspart. Oder, was anständiger gewesen wäre, von ihm selber bekommen können. Die Prinzessin hat sich allein vor dem Rachen des Lindwurms gerettet, und der fast wiederhergestellte Mister Babbitt hat dich per Telefon gesucht. Armer Mister Babbitt: Igor hat ihn bis nach Hause gebracht, und jetzt verlangt er nach dir mit dem Thermometer im Mund. Er sagt, Florence habe die Tür für dich angelehnt gelassen.«

»Gut.«

»Dann gehst du jetzt, Giò?«

»Gewiß.«

»Das alles tut mir leid, Giò.«

»Auch mir tut es leid.«

»Weißt du, Giò, ich habe dich nie gehaßt: genau das Gegenteil. Es hat Tage gegeben, da wollte ich zu ihm, weil ich auch zu dir wollte. Lächerlich, nicht wahr, für einen Mann in meinem Alter, der jeden Richard und jede Martine haben kann, wenn er will. Und jetzt weiß ich nicht, was ich dafür geben würde, um nicht alt zu sein, um nicht der zu sein, der ich bin. Alt zu werden, hat mir nie gepaßt: und jetzt noch weniger denn je. Es hat mir auch nie gepaßt, der zu sein, der ich bin: und jetzt noch weniger denn je. Giò, du bist eine ungewöhnliche Frau. Ich wollte, ich wäre dir vor Dick begegnet. Und ich kann dir schwören, daß mich dann keine Florence und kein Dick von dir weggebracht hätten.«

Mit gebeugtem Rücken ging Giovanna zur Tür, richtete sich dann auf: in einem letzten Versuch, diese Stimme nicht hören zu müssen.

»Das hättest du mir nicht sagen sollen, Bill: denn ich gehe jetzt zu Richard. Und ich habe die Absicht, bei Richard zu bleiben.«

»Gewiß. Und deshalb ...«

»Richard hat nach mir verlangt, und ich gehe ...«

»Dann geh auch gleich. Sonst umarme ich dich. In der Annahme ..., daß es dir nicht zuwider ist.«

Giovanna war drauf und dran, die Tür aufzumachen. Sie unterließ es.

»Warum sollte mir das zuwider sein, Bill?«

»Weil ich die Widerlichkeit in Person bin.«

»Das würde ich nicht sagen. Das würde ich wirklich nicht sagen.«

Wieder schickte sie sich an, die Tür zu öffnen. Bill verwehrte es ihr nicht, lehnte sich neben die Tür.

»Du hast herrliche Augen, herrliches Haar und ein herrliches Herz. Du bist ganz und gar herrlich: drinnen und draußen.«

»Danke, Bill.«

»Wäre es nicht so wichtig für Dick, würde ich sagen: verlasse sofort Amerika, Giò, denn wenn du bleibst ...«

»Adieu, Bill.«

»Adieu, Giò.«

Bill sah sie einen langen Augenblick schweigend an. Dann strich er ihr leicht über Haar, Nase, Lippen: und Giovanna dachte schon, er wolle sie küssen, aber er küßte sie nicht. Doch näherte er sich ihr so sehr, daß seine Lippen sie beinahe berührten. Trat dann ganz plötzlich zurück, hob die Arme und verschränkte die Hände über seinem Kopf: wie es Boxer vor einem Boxkampf machen. Giovanna lächelte, nickte traurig, öffnete die Tür, verharrte einen Augenblick regungslos, die Hand auf der Klinke, drehte sich zu Bill um, ließ die Klinke los, umarmte ihn voller Verzweiflung. Bill schloß die Tür.

Der Aufzug kam gleich. Und fuhr unausstehlich rasch.

XV

Unterwegs merkte sie, daß es schon dunkel wurde und daß sie viel länger bei Bill geblieben war, als sie gedacht hatte; trotzdem verzichtete sie auf das Taxi, das neben ihr anhielt. Sie wollte laufen, nachdenken, die Kälte spüren: diesmal würde Richard nicht fliehen.

Sie ging auf die »Kreuzung der Welten« zu. Blieb wiederholt stehen, um die ausstaffierten Schaufenster zu betrachten: rote Schleifen, Schneeglöckchen, Silberkugeln, sogar einige Weihnachtsmänner mit langem weißen Bart und einem Bauch voller Späne. Während Giovannas sentimentaler Grippe war in New York das organisierte Weihnachten ausgebrochen. »Weißt du, Giò, sie beginnen mit ihren Vorbereitungen auch zwei Monate vorher, stellen einen Riesenbaum mitten in den Rachen des Rockefeller Center, beleuchten ihn mit Tausenden von Lichtern, die wie Sterne aussehen, und die Leute betrinken sich unter diesen Lichtern und tun so, als hielten sie diese wahrhaftig für echte Sterne.« Wer hatte das gesagt? Bill? Richard? Wer weiß! Jedenfalls konnte sie froh sein, daß sie Weihnachten in New York verbringen würde. Und sie würde es mit Richard verbringen, dachte sie, während sie fasziniert einen jungen Mann mit Frauenhüften anstarrte, der sich selbstgefällig in einem Spiegel betrachtete. Der junge Mann reagierte ärgerlich mit übergeschnapptem Stimmchen.

»Na, und? Was gibt's denn da zu sehen?«

»Nichts.«

»Mit meinem Leben mache ich, was ich will.«

»Recht so.«

Sie ging weiter. Bald würde es ganz dunkel sein, und jetzt war schon sehr viel Zeit vergangen nach Richards Anruf bei Martine und dann nach Martines Anruf bei Bill: doch es gab keinerlei Grund zur Eile. Das Village war ja nicht weit. Sie könnte auch den Bus nehmen, an der Vierzehnten aussteigen, in Richtung Cooper Union weitergehen und dann ein Stück durch die Bowery laufen. Sie war noch nie in der Bowery gewesen. Bat sie Richard, sie dorthin zu bringen, erwiderte er stets, es sei gefährlich und es verlohne sich nicht, oder er gebrauchte irgendeine andere Ausrede. Sie stieg in einen Autobus, verließ ihn an der Vierzehnten, befand sich in der Cooper Union und dann in der Bowery, die ihr wie alle anderen Straßen erschien, nur ein wenig schmuddeliger, und die Häuser waren etwas niedriger und auf den Bürgersteigen befanden sich Stadtstreicher in Lumpen. Sie sah ohne übermäßiges Interesse auf die Körper, die fast knochenlos zu sein schienen, ihre glasigen Augen, die sich in irgendwelchen Erinnerungen verloren, ihre geifernden Münder, aus denen der Speichel rann. Ein total Betrunkener lag mitten auf der Straße; und die Autos fuhren an ihm vorbei, streiften einen Fuß oder den Kopf. Einer wankte ihr gröhlend nach, zog sie am Ärmel, forderte ein Zwanzigcentstück. Reifen quietschten, ein Streifenwagen bremste.

»Hast du dich verirrt, young lady?«

»Nein, danke.«

»Wird Hilfe gebraucht?«

»Nein, danke.«

»In dieser Gegend sollte man nicht spazierengehen, young lady.«

»Jawohl, danke.«

»Willst du einsteigen, young lady?«

»Nein, danke.«

Der Polizist fuhr weiter. Und sie setzte ihren Weg fort, gefolgt von dem Stadtstreicher, der sie am Ärmel zog und den Zwanziger haben wollte. Dabei dachte sie: wie sonderbar, jetzt ist alles klar, alles entschieden. Warum nehme ich's dann nicht hin oder empfinde Freude oder Schmerz? Warum bewege ich mich dann mit der Gemessenheit eines Roboters?

»Einen Zwanziger bitte.«

Bill wollte mich eigentlich nicht umarmen, aber schön war es doch: schöner als wenn ich Richard oder sonst irgendwen umarmt hätte. Ich muß versuchen, ihn nicht wiederzusehen. Oder so wenig wie möglich zu sehen.

»Einen Zwanziger bitte. Einen Zwanziger.«

Aber das hat ja auch er begriffen. »Wäre es nicht so wichtig für Dick, würde ich sagen: verlasse sofort Amerika, Giò, denn wenn du bleibst ...«

»Einen Zwanziger bitte. Einen Zwanziger.«

Die Bedrängnis war also gegenseitig. »Es hat Tage gegeben, da wollte ich zu Dick, weil ich auch zu dir wollte.«

»Einen Zwanziger bitte. Einen Zwanziger.«

War die augenblickliche Unsicherheit nicht gegenseitig? »Ich bin mir gar nicht mehr sicher, wer von euch beiden mir lieber ist, er oder du.« Ich auch nicht; Richard auch nicht, Bill auch nicht.

»Einen Zwanziger bitte. Einen Zwanziger. Einen Zwanziger.«

Nun waren es zwei Stadtstreicher, die sie am Ärmel zogen. Nun drei. Nun vier, fünf. Nun eine Gruppe, eine Schar: sie kam sich vor wie der Rattenfänger, dem alle Ratten nachlaufen, wenn er seine verzauberte Schalmei bläst. Doch sie liefen ihr nicht nur nach. Sie gingen neben ihr, vor ihr, bedrängten sie: stinkender, widerlicher als eine Horde von Ratten. Und schrien nach dem Zwanzigcentstück.

»Einen Zwanziger! Kennst du den Tarif nicht, Mädchen?«

Warum denn nicht? Also gab's in Amerika auch einen Betteltarif. Lächelnd suchte sie nach dem Kleingeld und gab es dem Aufdringlichsten. Das war wie ein Signal. Die Stadtstreicher vermehrten sich, verdoppelten sich, umringten sie, und sie stand in einem Meer von Händen, Armen, Lumpen, glasigen Augen, geifernden

Mündern und hatte nur den einen Gedanken: »Ja, auch das ist Amerika. Ich verteile Almosen an Amerikaner.«

Almosen an Amerikaner? Und sie, die aus einem Land stammte, das durch tausendjährigen Almosenempfang gedemütigt worden war, deren letzter ausgerechnet aus amerikanischen Zigaretten, amerikanischer Schokolade, amerikanischer Freiheit bestanden hatte! Dieser Gedanke erschien ihr so lächerlich, unerwartet und absurd, daß sie augenblicklich Bill und die Gemessenheit des Roboters vergaß und linkisch nach dem ganzen Geld griff, das sie besaß: Zwanzigcentstücke, Zehncentstücke, Vierteldollarstücke, Scheine von einem Dollar, von zwei, fünf, zehn Dollars. Sie warf sie linkisch über das Gewoge von Ratten, die schrien, sie priesen oder verfluchten, einander prügelten. Sie hatte ein linkisches Lachen zum Flattern der Scheine, zum Klingeln der Silberstücke, zu dieser ihrer traurigen, erbärmlichen Rache: und ließ erst ab, als ihr Geldbeutel leer war, und ging nun in Richtung Village.

Jetzt hätte sie sich nicht einmal einen Autobus leisten können: so mußte sie den ganzen Weg, der sie von Richard trennte, zu Fuß gehen. Doch je länger sie lief, um so weniger eilte es ihr: fast als störte sie der Gedanke, hinzukommen. Nun dachte sie nicht mehr an Bill und auch nicht an Richard. Sie dachte an die Armen, denen sie ihr Geld hingeworfen hatte und die schon den tragischen Anblick einer Nation von Mäusen mit blassen Augen boten, die nur im Dunkeln sehen können, weil jeder Lichtstrahl sie blendet, und mit so schwachen Gliedmaßen, daß sie nicht aus ihrer Höhle kriechen können: um jene trostlose Landschaft von zerstörten, ausgelöschten Städten und jene Wolkenkratzer zu sehen, die jetzt nur noch ein Haufen von Steinen sind. Und jedes Hupen klang ihr schon wie das Warngeheul der Sirenen, dies herzzerreißende Lamento, das ein Flugzeug, zwei Flugzeuge, zwanzig Flugzeuge ankündigt, die das Sandkorn bringen: so todbringend wie ein Splitter in Gottes Auge. Die festen Häuser, die geometrischen Zementblöcke erschienen ihr schon wie Shelters, darauf vorbereitet, ihre luftdichten Türen vor einem Fremden zu verschließen, der um Barmherzigkeit bittet: und gewiß war da schon ein Gewehr zwischen den Fleischdosen und dem Wasserreservoir auf den Verwegenen gerichtet, der Sauerstoff stehlen wollte. War dies denn Amerika? Igors besiegtes Amerika?

Nun fehlten nur noch ein paar Meter bis zu Richards Haus. Es galt lediglich, die Fünfte Avenue zu überqueren und ein Stück auf dem Bürgersteig entlangzugehen. Doch gab es wirklich keinen Grund zur Eile. So konnte sie auch noch in diesen Laden hineingehen, in diesem Buch blättern, dies Gedicht von Langston Hughes lesen, das folgendermaßen endete: »Was wird aus einem hinausgezögerten Traum? Vertrocknet er wie eine Weinbeere unter der Sonne?« Mit geheimnisvollem Lächeln legte sie den Band wieder hin und verließ den Laden, überquerte die Fünfte Avenue, lief das Stück auf dem Bürgersteig, ging in den ersten Stock hinauf, trat leise ein. Die grünlackierte Tür war angelehnt, durch die Schiebetür drang ein komisches Pfeifen.

»Richard!« rief sie.

Richard schlief unter einer Wolldecke. Das komische Pfeifen kam aus seinem Mund.

»Richard!«

Richard schlief weiter: das Schlafmittel hatte offensichtlich seine Wirkung getan, er mußte ein schönes Quantum eingenommen haben. Giovanna begab sich auf Zehenspitzen zum Sofa, setzte sich, wartete.

Zündete sich eine Zigarette an, wartete.

Zündete sich noch eine Zigarette an, wartete.

Zündete sich eine dritte Zigarette an, wartete.

Sie hatte ja schon so lange gewartet, daß sie auch noch eine Stunde länger warten konnte. Sie gähnte: war sie denn nicht mehr imstande zu warten? Früher hatte sie doch warten können, auch auf Dinge, die nicht so wichtig waren: etwa auf eine Straßenbahn, die nicht kommen wollte, auf ein Morgengrauen, das irgendwann kommen würde, auf eine Bohne, die das Erdreich aufbrechen würde, um einen Keimling auf die Welt zu setzen. Das erregte sie. Stunden um Stunden hatte sie mit ihrem Papa darauf gewartet, daß die Bohne das Erdreich aufbrechen und ihr Köpfchen mitten in einem Wald von Salat und Tomaten recken würde, die man anbaute, um nicht zu verhungern. Gerührt preßte sie die Lippen zusammen. Es war schön gewesen damals. Alles war damals schön gewesen, auch auf eine Bohne zu warten. Zuerst bekam die Erde einen Riß, genauso wie ein Ei aufbricht, um ein Küken freizugeben, dann brach sie, tat sich auf, und der Keimling kam hervor wie ein Küken aus der Schale: nicht mehr Gewächs, sondern Geschöpf. Sie lächelte. Denn das sah wirklich nicht nach einem Gewächs, sondern eher nach einer kleinen Schlange aus, hatte auch ein Köpfchen oben und in dem Köpfchen Augen und Mund. Schließlich schwankte das Köpfchen, zögernd wie das eines Kleinkindes, das laufen will, sich aber nicht auf seinen Beinen halten kann, und da steckte Papa ein dünnes Bambusrohr in die Erde, und das Köpfchen lehnte sich müde an das Rohr, ringelte sich darum und kletterte und kletterte, bis es höher war als Salate und Tomaten und alles andere und von der Höhe seines Rohres aus die Geheimnisse des großen Gartens entdeckte, der von einer Mauer umgeben war, und wer weiß, was sich jenseits dieser Mauer begab, dort herrschte Krieg, aber davon wußte das Köpfchen nichts, und Papa sagte: siehst du, wie sich das Warten gelohnt hat, schau nur, wie es bebt und atmet, vielleicht haben auch die Bohnen eine Seele, und wir essen sie, zertrampeln sie, reißen sie ab. Zwölf war sie damals gewesen und kannte Richard noch nicht und konnte noch warten. Sie seufzte. Gott, wie langweilig ist das. Sie horchte zur Zimmerdecke, wartete auf das Geräusch von Schritten. Die Schritte ließen sich nicht hören. Florence, offenbar durch ihren Verzicht geläutert, flehte wohl zu Monsignor Fulton Sheen. Sie schnupperte und verzog das

Gesicht. Hier stank es nach Medizin. Nach den Medikamenten des Mister Babbitt.

Sie ließ ihren Blick langsam durch das Zimmer wandern: vom Tisch voller Fotografien und Papiere zu den Sesseln, zu den zugezogenen Vorhängen. Und plötzlich war ihr, als erstickte sie. Gott, wie klein war doch ihre Welt geworden! Mit zwölf war die Erde noch groß und die Aussicht vom Fenster ihrer Gefühle grenzenlos. Jetzt aber war ihre Welt ein Zimmer, und vom Fenster ihrer Gefühle sah sie nur Richard, Bill, Florence und sich selber: die Falle, in die sie geraten war. Und das hatte sie soviel Zeit und Mühe gekostet?

Sie erhob sich mit Entschiedenheit. Ging zur Schiebetür, um Richard wachzurufen, ihm zu erklären, sich zu erklären. Richard schlief noch, und auf seinen krausen Augenbrauen hatte sich der Schweiß gesammelt, der nun nicht mehr wie Tautropfen aussah; sein knochenlos erscheinender Körper ließ an jenen des Stadtstreichers mitten auf der Bowery denken und erregte Mitleid. Mitleid?

Giovanna sah noch einmal auf sein Gesicht eines erkälteten Erzengels, dann auf das Bett, wo sie zur Frau geworden; und während ihr das gewohnte Schluchzen aus dem Leib in die Kehle stieg, war sie versucht, ihn wachzurütteln: um ihm zu sagen, daß sie da sei und alles in Ordnung sei. Statt dessen vergewisserte sie sich, daß Richard sie weder gesehen noch gehört hatte, ging behutsam wieder zur grünlackierten Tür und schloß sie leise von außen.

* * *

In dem Augenblick wachte er auf und rief wehleidig nach ihr.

»Giò! Bist du da, Giò?«

Stille.

»Giò! Bist du gekommen, Giò?«

Stille.

»Mammy! Bist du's, Mammy?«

Stille.

Und doch meinte er, im Schlaf ein Geräusch gehört zu haben, und jetzt meinte er auch, ein Parfüm zu riechen. Mit Mühe erhob er sich und wankte im Pyjama zur Tür. Die Tür war verschlossen. Eigenartig. Wieso denn? Mammy hatte doch versprochen, sie zu öffnen. Er machte sie wieder auf. Legte sich wieder ins Bett. Verkroch sich wieder zwischen den Laken. Nahm sich vor, nicht zu schlafen und auf sie zu warten. Und wartete ganz brav, bis zum Hals zugedeckt, und dicke Tränen kullertem ihm über die Wangen bei der Erinnerung an die Qual der letzten Tage: wie Mammy sich eine Zigarette anzündete und damit zu erkennen gab, daß es ihr ausgezeichnet ging, woraufhin er so wütend wurde. Es hatte eine unglaubliche Szene gegeben, die erste Szene, die er Mammy zu machen gewagt hatte: danach war er zu Bill geflohen, um ihm alles zu berichten. Bill lachte, als sei dies die lustigste Sache der Welt. Lachte und sagte »gehen wir ins Bett«. Da packte ihn wieder die Wut, und er rannte die Treppe hinunter, nahm erst gar nicht den Aufzug, stand vor dem roten Auto, stieg ein. Er wußte nicht, wohin er fahren sollte. Die Straßen waren leer, als sei schon Alarm, als kämen gleich die Flugzeuge mit der Bombe. Und er saß am Steuer und weinte und dachte, daß er nie darum gebeten hatte, auf so wilde Weise geliebt zu werden, wie sie ihn alle liebten. Gewiß, sie liebten ihn, begriffen aber nicht, daß zu lieben dich ebenso erfüllt wie geliebt zu werden dich aushöhlt: weil derjenige, der dich liebt, nur von dir, von deinem Besten zehrt und dich Tag für Tag verbraucht, beraubt, bis du nur noch eine leere Hülle bist, der man Geheimnisse, Saft und Leben ausgesogen hat.

Er fühlte sich so leer, als er aufs Geratewohl durch New York und dann den Hudson entlangfuhr, und so war er bei Igor gelandet, der wegen des nächtlichen Überfalls überhaupt nicht erstaunt oder verärgert war, zwei Kapseln aus einem Röhrchen nahm, sie ihm mit einem Glas Wasser reichte und ihn bat, sich schlafen zu legen. Das tat er in einem Zimmer, das Igor für seine Kranken bereithielt, konnte aber kein Auge zudrücken, und während die Stunden verrannen, überkam ihn mit einer großen Müdigkeit das Verlangen, Schluß zu machen, für immer und ewig einzuschlafen. Und so war er aufgestanden, hatte auf Zehenspitzen das Röhrchen mit den Kapseln gesucht, sie nach kurzem Zögern alle geschluckt, und so war der Schlaf über ihn gekommen: schwerer als Blei, süßer als Honig und ganz rasch, wobei ihm die Ohren sausten, sich in seinem Kopf alles drehte, seine Zunge dicker wurde und seine Gedanken immer weniger wurden, immer weniger, bis alles ins Dunkel, ins Schweigen, ins Nichts abstürzte.

Sterben war schön: im gleichen Maße, wie auferstehen häßlich war. Auferstehen war eine weiße Wand vor deinen Augen, ein schmerzhaftes Staunen, eine Übelkeit zum Erbrechen. Da war Igors Gesicht über dem deinen, da war eine Stimme, die deinen ohnmächtigen Zorn demütigte und sagte: »Wir haben's geschafft, er wacht auf.« Da war die Verzweiflung darüber, daß man dich lächerlich gemacht hatte, daß du nicht mehr wußtest, was du tun sollst, denn du hattest ja schon alles getan. Und da war das Verlangen, endlich mit diesem Menschen zu sprechen, der dir zuhörte, während er seine Pfeife im Mund hatte: dir zuhörte wie ein Beichtvater. Tagelang hatte er gesprochen und tagelang hatte Igor ihm zugehört und schließlich gesagt, seine Heilung hinge ganz von ihm selber ab und bestehe darin, daß er seine Leere ausfüllte und endlich jemanden liebte: beispielsweise Giovanna. Dann hatte Igor mit Bill telefoniert und gesagt, er solle nur sein Auto abholen und sonst nichts. Bill war gekommen und hatte nur sein Auto abgeholt, sie hatten einander gar nicht gesehen, und dann hatte Igor ihn wieder nach Hause in die Stadt gebracht. Zu Hause hatte Mammy geweint und geschworen, so etwas nie wieder zu tun, und er hatte Giovanna angerufen: entschlossen, ihr das zu sagen, was er im Monocle nicht über sich gebracht hatte, und entschlossen, sie zu lieben und zu begehren. Nun lag er hier in diesem Bett und wartete auf sie, begehrte sie, liebte sie: und sie kam nicht. Warum kam sie denn nicht?

Richard schluckte eine Träne hinunter, rief noch mal bei Martine an: Martine erwiderte, sie habe ihr Bescheid gesagt. Rief bei Bill an: Bill erwiderte, sie sei bei ihm gewesen. Rief bei Florence an: Florence schwor, sie habe die Tür angelehnt gelassen. Und wieder wartete er. Wartete noch eine Stunde, zwei Stunden, drei Stunden, und es war Nacht, als er begriff, das Giovanna dagewesen war und niemals wiederkehren würde. Und während so alles wieder zu dem wurde, was es früher war, zog er die Decken über sich und schlief ein.

XVI

Francescos Telegramm war knapp. Und lautete: »Warum schreibst du nicht stop wie geht es dir stop was treibst du stop herzlich Francesco.« Giovanna erwiderte: »Ich kehre zurück stop telegrafiere dir Flugnummer stop herzlich Giò.« Dann rief sie beim Flughafen an und bestand darauf, daß man ihr innerhalb der nächsten zwei Tage einen Platz buchte. Zu guter Letzt ging sie zu Gomez und teilte ihm mit, daß sie nicht in Amerika bleiben werde. Gomez sah sie an, als sei sie verrückt geworden.

»Was ist denn in dich gefahren, Baby? Du hast Talent, du hast Mut. In Italien wirst du diese Gaben niemals nutzen können.«

»Tut mir leid, Gomez. Ich reise ab.«

»Sei doch vernünftig, Baby! Der Vertrag ist fertig, du brauchst ihn nur noch zu unterschreiben. Willst du so eine Gelegenheit verpassen?«

»Tut mir leid, Gomez. Ich reise ab.«

»Bist du New York leid geworden? Willst du nach Hollywood? Ich schicke dich nach Hollywood. Da drunten scheint die Sonne wie in Rom. Du bekommst einen Bungalow mit Swimmingpool ganz allein für dich, das Meer ist nur zwei Schritte entfernt und in deinem Umkreis findest du eine Menge hübscher junger Männer.«

»Tut mir leid, Gomez. Ich reise ab.«

»Aber Baby. Ist mit Dick etwas vorgefallen?«

»Gewissermaßen.«

»Was denn?«

Giovanna zündete sich eine Zigarette an, zögerte lange und gab schließlich doch eine Antwort.

»Wir können nicht in einem Dreierbett schlafen.«

»Giò!«

»Bist du jetzt geschockt, Gomez? Tut mir leid. Aber das ist die irritierende Wahrheit.«

»Ich bin nicht geschockt. Es betrübt mich nur. Und es will schon viel heißen, wenn du es begriffen hast: denn viele schlafen in einem Dreierbett. Es will heißen, daß du eine gesunde Frau bist.«

»Nicht unbedingt, Gomez. Denn ich reise nicht wegen Richard, sondern wegen Bill. Ihn fürchte ich.«

Gomez schluckte bitter.

»Baby, mit einem einzigen Tag Abstand kannst du kein Urteil fällen. Du bist verstört, du bist viel zu verstört. Und was jenen ... Dramatiker betrifft, so irritiert es dich, daß du auf einen Mann gestoßen bist, der stärker ist als du. Frauen von deiner Art fliegen immer auf Schwächere und geraten sie an einen Stärkeren, verlieren sie die Fassung. Laß es dir durch den Kopf gehen, Giò. Es wird sich legen. Denk mal darüber nach, Giò. Du wirst es überwinden. Warte ab, Giò. Amerika ist eine harte Schule, ich weiß das, aber aus harten Schulen kommen hervorragende Absolventen. Man hat kein Recht, das Schuljahr zu unterbrechen, wenn man schon das Privileg hatte, überhaupt ausgenommen zu werden.«

»Ich will keinerlei Abschlußzeugnis, Gomez. Die Lektion genügt mir. Dies Land taugt nicht für mich.«

»Quatsch. Die anderen Länder sind drauf und dran, ein Abklatsch von dem hier zu werden, auch deines. Also kannst du ebenso gut dableiben. Bleibst du nicht da, wirst du es bereuen. Mehr noch: du wirst zurückkommen.«

»Ich werde es nicht bereuen und ich werde nicht zurückkommen. Ciao, Gomez. Und danke für alles.«

»Auf Wiedersehen, Giò.«

Sie verabschiedeten sich mit großer Herzlichkeit voneinander und vergaßen sogar, über den Filmstoff zu reden. Dann wies Giovanna die Sekretärin an, ihr nachzuschicken, was sie zu Papier gebracht hatte, und ging: zur Auswanderungsstelle.

Denn um New York verlassen zu können, mußte man eine Menge Scherereien in Kauf nehmen: geradeso wie bei der Ankunft. Man mußte unzählige Papiere unterschreiben, mußte beeiden, kein Gehalt bekommen zu haben, mußte läßliche Sünden und Todsünden bekennen. Der Beamte der Auswanderungsstelle war besonders streng und verhörte sie auf eine Weise, als hätte sie das Denkmal ihrer Freiheit gestohlen. Mit Verblüffung stellte Giovanna fest, daß sie ihm nichts entgegenhalten konnte, und als sie ihre Unbedenklichkeitsbescheinigung bekam, fühlte sie sich wie eine versehentlich entlassene Schuldige. Am selben Tag mußte sie noch über vieles staunen. Beispielsweise mischte sie sich nicht mehr mit Forschheit unter die Menschenmenge: sie tat es ängstlich und mußte Stöße hinnehmen. Sie ertrug nicht mehr den Verkehrslärm, der ihr in den ersten Tagen wie Harfenmusik erschienen war, und die Luft, in der sie vorher einen Jasmingeruch wahrgenommen hatte, stank jetzt so nach Benzin und Staub, daß ihr übel werden konnte. Sie betrachtete die Wolkenkratzer nicht mehr mit Begeisterung, sondern mit der Angst, die man vor einem Gefängnis hat: in der Befürchtung, daß sie einstürzen würden. Und vor allem konnte sie sich kein Taxi mehr angeln. Als es ihr am Nachmittag gelungen war, eines zu erwischen, hielt sie dies für einen so ungewöhnlichen Glücksfall, daß sie von zu Hause erst wieder wegging, als sie zum Flughafen mußte: am übernächsten Morgen.

In dieser Zeit, die sie bei einer verblüfften Martine und einem Telefon verbrachte, das bei jedem Klingeln Richards oder Bills Stimme zu übermitteln drohte, machte ihre Metamorphose keine weiteren Veränderungen durch. Natürlich bedauerte sie, dieser großartigen Effizienz, diesen unmenschlichen Bequemlichkeiten den Rücken zu kehren. Sie bedauerte, dem Village und einer so ereignisreichen Zukunft den Rücken zu kehren. Zugleich aber empfand sie eine so große Erleichterung, daß sie sogar Martine ertragen konnte, die entweder jammerte oder ihr Vorhaltungen machte oder sie anflehte, es sich doch noch einmal zu überlegen.

»Christian Dior, welchen Schmerz du mir zufügst! Warum mußt du mir diesen Schmerz zufügen?«

»Laß gut sein, Martine. Ich fing ja schon an, dir zur Last zu fallen: man kann nicht dauernd einen Gast vor den Füßen haben, früher oder später hätte ich doch ausziehen müssen.«

»Christian Dior, ich werde mich ja zu Tode langweilen.«

»Du wirst dich überhaupt nicht langweilen, du hast eine Arbeit. New York liegt dir zu Füßen.«

»Chérie, du weißt genau, daß ich nicht mehr länger arbeiten werde: gewisse Verrücktheiten liegen mir nicht. Was meinst du, wollen wir nicht eine kleine Reise nach Florida machen?«

»Du machst Witze, Martine. Ich muß einen Filmstoff abliefern und habe keinerlei Absicht, entlassen zu werden. Und nach Hause will ich auch. Nach Hause, verflixt!« Und sie warf wütend ihre Kleidungsstücke in die Koffer, die gar nicht alles fassen konnten, und hielt Martine das goldene Kleid hin.

»Willst du's, Martine? Daheim kann ich nichts damit anfangen, es ist zu auffällig. Ich muß ja für das Übergewicht an Gepäck eine Unsumme ausgeben, wenn ich nicht das Überflüssige weglasse.«

»Oh, danke!«

»Und die, willst du die? Sie heißt arme Kummerperle.« Und sie reichte Martine die Puppe, die ihr Richard geschenkt hatte.

»Die nicht, Giò. Die mußt du behalten.«

»Wieso? Hat sie mir der Doktor verschrieben? Bei mir zu Hause habe ich keine Spielsachen.«

»Das ist keine Spielsache, Giò.«

»Das ist eine Spielsache, und das Fest ist vorbei. Sieh doch, sie paßt nicht in den Koffer.«

»Und auch dies kleine Stück Papier paßt nicht hinein?« Martine hielt das mit Richard am Times Square gemachte Foto in der Hand.

»Auch das nicht«, antwortete Giovanna. Und zerriß es.

»Du bist gemein, masochistisch und böse.«

»Nichts von alledem. Ich bin realistisch. Und ich fahre nach Hause. Nach Hause, verstehst du? Nach Hause!«

Schon beim Aussprechen der beiden Worte »nach Hause« fühlte sie Erleichterung. Das Zuhause war die Zuflucht, war das Bewußtsein, sich sicher zu fühlen an einem Ort, den du kennst, weil du dort geboren bist und weil er zu dir gehört. Das waren Menschen wie sie, Menschen, die sprachen und dachten wie sie. Das waren Dächer und Gäßchen, denen sie wegen der Wolkenkratzer und Avenues untreu geworden war. Das war der Mann, den sie wegen einer Frau verraten hatte. Das war Francesco. Francesco? Gewiß doch. Warum nicht?

»Florence hat schon wieder angerufen«, drängte Martine.

»Wirklich?«

»Sie möchte dich sehen.«

»Nein.«

»Sie möchte wenigstens mit dir sprechen.«

»Nein.«

»Sie sagt, daß Richard ...«

»Reichst du mir bitte die Schuhe, Martine?«

»Giò, deine Geschichte mit Richard hat mir nie so recht gefallen. Aber jetzt frage ich mich: ist es menschlich, ist es normal, daß innerhalb von zwei Tagen alles zu Ende geht?«

»Reichst du mir bitte den Morgenrock, Martine?«

»Ich verstehe das nicht. Sogar Bill war überrascht. Er hat heute früh nochmals angerufen und möchte ...«

»Reichst du mir bitte die Hose, Martine?«

Es war die Hose, die sie am Tag des Sputniks getragen hatte. Und bei ihrem Anblick überfiel sie ein kurzes Zittern: war denn ihre Liebe so gering gewesen, daß sie jetzt schon soviel Kälte zeigen konnte? Oder war es nur eine Halluzination, eine eingebildete Liebe gewesen? Bei dieser Frage warf sie ärgerlich die Hose in den Koffer. Halluzination! Realität! Wo ist da der Unterschied zwischen Halluzination und Realität, wenn du in der Halluzination das gleiche siehst und erleidest, was du in der Realität siehst und erleidest? Alle Heuchler, die jemanden geliebt haben, den sie jetzt nicht mehr lieben, verteidigen sich mit der Behauptung, es hätte sich nicht um echte Liebe gehandelt: schon fast, als sei es ehrenhafter, etwas Totes zu verleugnen als die eigene Niederlage einzugestehen. Sie hatte Richard geliebt. Das war alles. Und mit ihm hatte sie auch Amerika geliebt. Sie hatte Amerika geliebt. Das war alles. Und mit ihm hatte sie auch Bill geliebt. Dann hatte sie plötzlich beide nicht mehr geliebt. So plötzlich, wie einem das Fieber vergeht: was nicht heißt, daß es Fieber nicht wirklich gibt.

In Gedanken verloren schloß sie den Koffer.

Plötzlich? Hatte sie denn wirklich die beiden plötzlich nicht mehr geliebt? Schlimmer noch: hatte sie denn wirklich Richard plötzlich nicht mehr geliebt? Auf diese Frage wußte sie keine Antwort.

* * *

Sie verließ New York in einem eisigen Morgengrauen, Martine begleitete sie. Das Taxi raste durch die Fünfte Avenue, und in dem Augenblick, als es Richards Straße überquerte, konnte sie sich gar nicht mehr rechtzeitig umdrehen und einen letzten Blick auf sie werfen. Es war ungefähr sechs Uhr morgens: die Zeit, zu der sie an jenem ersten Morgen von Richard gekommen war und der Taxifahrer gewitzelt hatte: »Hübsche Nacht, was, Baby?« Das fiel ihr ein, als das Taxi um die Ecke bog, und für einen Augenblick, für einen kurzen Augenblick war sie versucht, eine Ausrede zu gebrauchen und Martine zu sagen, sie hätte ihren Paß, ihr Flugticket vergessen: umzukehren wie an jenem Morgen und die Fenster und den Vorhof mit den steinernen Löwen noch einmal zu sehen wie an jenem Morgen. Einen Augenblick lang, nur einen kurzen Augenblick lang verlangte es sie, jene Treppe hinaufzugehen, die grünlackierte Tür weit aufzustoßen, ihn im Schlaf zu umarmen, ihm zu gestehen, daß sie sich geirrt habe, daß sie nicht abreisen wolle: denn sie sei nicht gewillt, ihr ganzes Leben lang ihre eigene Vernunft zu bereuen und wie die anderen zu urteilen, was recht und unrecht, moralisch und unmoralisch ist, und sei auch nicht gewillt, allein zu leben. Wie jemand, der in seiner Unachtsamkeit sein letztes Geldstück ins Meer hatte fallen lassen, drehte sie sich verzweifelt um und sah, wie die Wand entfloh, der Bürgersteig entfloh, die Straßen entflohen. Streckte verzweifelt die Hand aus, wollte eine häßliche Puppe wiederauflesen, die sie weggeworfen hatte, eine Fotografie, die sie zerrissen hatte, und rief stumm: »Richard! Bill! Ich bin so dumm, Richard! Ich bin so dumm, Bill!« Steckte sich dann eine Zigarette zwischen die Lippen und zündete sie mit ruhigen Fingern an.

»Meinst du nicht, daß dieses Taxi zu langsam fährt, Martine? Wir kommen noch zu spät nach Idlewild.«

Sie waren eine Viertelstunde früher da. Doch erst einige Augenblicke vor dem Abschied gab ihr Martine einen Umschlag, auf dem der volle Name »Giovanna« stand.

»Den habe ich von Bill. Er hat gesagt, du brauchst ihn nicht zu nehmen.«

»Gut so.«

»Er hat gesagt, daß er dich gerne zum Flughafen begleitet hätte, aber fürchtete, es könnte dir unangenehm sein.«

»Gut so.«

»Er hat auch noch anderes gesagt, aber daran erinnere ich mich nicht.«

»Besser so.«

Giovanna nahm den Brief, küßte die schluchzende Martine, betrat mit sicheren Schritten das Flugfeld, und als das Flugzeug abhob, bewegte sich in ihrem starren Gesicht kein Muskel, wandten sich ihre trockenen Augen nicht einmal versehentlich ein letztes Mal dem Gelobten Land zu, das immer kleiner wurde und jetzt fast nur noch ein Sandkorn war, bereit, das andere Sandkorn aufzunehmen. Und sie hatte schon gar keine Eile, das zu lesen, was Bill geschrieben hatte. Sie wartete, bis das Flugzeug auf dem richtigen Kurs war, frühstückte, rauchte, und als sie dann nichts weiter zu tun hatte, riß sie den Umschlag auf und las den folgenden Brief:

»Giò, ich hasse Briefe. Ich betrachte sie als Kommunikationsmittel für Taubstumme. Und ein Brief wird auch nie hinreichen können, Deine Bitterkeit zu verringern, Deine Meinung zu korrigieren, die Du Dir von Amerika gebildet hast, nachdem Dir zwei Typen wie ich und Dick begegnet waren, und Dir auseinanderzusetzen, daß Du dem besseren Amerika nicht begegnet bist: einem banaleren und besseren, einem langweiligeren und besseren, einem stumpfsinnigeren und besseren; einem Amerika, das an Redlichkeit, Moral und Freiheit glaubt: so sehr, daß Typen von meiner Art, von Dicks Art und von Deiner Art unbehelligt bleiben; einem Amerika, das trotz der großen Katastrophe überleben kann, an deren Vorabend wir Kreaturen, die ein Überleben gar nicht verdienen, einander begegneten und bekriegten. Ich schreibe Dir das, nachdem ich erfuhr, daß Du vor Richard, vor uns die Tür zugemacht hast. Es ist Nacht und mich weckten die Gewissensbisse, und ich wiederhole mir vergebens, daß auch ein Brief nicht genügen kann, um Dir zu erklären, daß wir nicht an die Türen denken sollen, die wir hinter uns zugemacht haben oder die man vor uns zugeschlagen hat, weil wir jedesmal, wenn eine Tür zugeht, vor dem endgültigen Dilemma ich oder du, Leben oder Tod stehen und sich in der Wahl des einen oder des anderen unsere innere Freiheit erschöpft. Wählst du zum Beispiel das Leben und begibst dich auf eine Straße, die du für leichter hältst, weil sie eine Einbahnstraße und geradlinig ist, weißt du doch genau, daß du bei einem Motorschaden oder einem plötzlichen Unwohlsein in einem Graben landen kannst, der ganz harmlos aussah. Was du willst oder möchtest, hängt nicht von dir ab: das ist die einzige Gewißheit, die mich tröstet, wenn mein Blick in den Spiegel fällt, der mir ein schnurrbärtiges Gespenst mit Falten der Enttäuschung, des enttäuschten Stolzes, des enttäuschten Lasters wiedergibt. Und glaube demjenigen nicht, der sagt, wir seien unseres Glückes Schmied oder die Vorsehung beschütze uns: seit dem Augenblick, da du auf die Welt kommst und weinst, weil du die Sonne gesehen hast, beschützt dich keiner. Du bist allein, ganz allein, und bist du verwundet, brauchst du gar nicht erst auf Hilfe zu warten, denn da gibt es keinen Vater und keine Mutter und keinen Geliebten und keinen Bruder, die mit dir ihre Zeit vergeuden könnten: sie beugen sich zwar mehr oder weniger lange über dich, wickeln dich vielleicht auch und geben dir zu trinken, gehen aber dann unbeirrt ihren Weg weiter, auf dem sie ihrerseits verwundet werden. Dieser Brief kann also nur zu einem taugen: Dir einen banalen Rat zu erteilen. So hör mir denn zu, Giò. Der wirkliche Krieg ist nicht der, den Du führst, wenn zwei mächtige Schwachköpfe beschlossen haben, eine Bombe abzuwerfen. Der wirkliche Krieg ist der, den Du mit nicht befohlener Liebe und mit nicht befohlenem Haß vor allem dann führst, wenn Du zurückkehrst. Du kehrst jetzt zurück, Giò, und Dein Sinnen und Fühlen wurden aufs Schlimmste strapaziert: aber das wissen die anderen nicht, denn äußerlich bist Du unverändert. Laß sie in diesem Glauben. Sag ihnen nicht, daß Du Dich verändert hast, sag ihnen nichts von dem Krieg, der Dich verändert hat. Die Sippe, bei der Du lebst, weiß nicht, was sie mit Märtyrern oder mit Helden anfangen soll. Verstoßen sie doch gegen die Regeln, verwirren die Köpfe der einfachen Leute, sind die Verrückten in einer Welt von Vernünftigen. Willst Du sie nicht aufschrecken, mußt Du schweigen oder lügen. Erinnere Dich daran, daß Dir diese Worte mit Bedauern und Liebe der einzige Mann geschrieben hat, vor dem Du nicht schweigen und nicht lügen hättest müssen: Bill.«

Der einzige? Giovanna zuckte die Achseln und verzog das Gesicht. Was wollte Bill mit diesen letzten Sätzen andeuten? Vielleicht, daß sie Francesco nichts sagen oder ihn anlügen solle? Francesco würde sie besser verstehen als Bill. Worauf bezog sich die kleine Geschichte mit dem Graben, der so harmlos aussieht: auf Francesco? Francesco würde ihr nie Schmerz zufügen. Francesco würde sie wickeln und ihr zu trinken geben und mit ihr zusammen weitergehen. Sie steckte den Brief wieder in die Handtasche und sank in einen Erschöpfungsschlaf: um erst sechs Stunden später zu erwachen, weil eine Hand sie rüttelte.

»Würden Sie bitte den Sicherheitsgurt anlegen, Fräulein.«

»Wie? O ja! Weshalb?«

»Weil wir jetzt landen, Fräulein.«

»Wie? Wo?«

»In Rom, Fräulein. Sie haben ja so fest geschlafen. Sie haben nicht einmal etwas gegessen.«

»Rom!«

Es ist eigenartig, die Augen über einer Stadt zu schließen und über einer anderen wieder zu öffnen. Es gibt dir ein Gefühl von Unmöglichkeit, von nicht existierender Zeit, von Raum, der keine Bedeutung hat. Nun senkte sich das Flugzeug über Rom, und wie winzig war Rom gemessen an New York! So plattgedrückt und gelb und armselig! Jetzt berührte das Flugzeug die Landebahn, rollte mit einem bösen Brummen aus. Gott, wie sollte sie es Francesco sagen? Sie ordnete rasch ihr Haar, fuhr sich flüchtig mit dem Stift über die Lippen, versprühte ein wenig Parfüm gegen den lästigen Schlafgeruch, stieg mit unsicheren Füßen den Laufsteg hinab, zeigte mit unsicherer Hand ihren Paß vor, suchte mit unsicheren Augen Francesco. Und da stand er, hinter der Zollsperre: der bekannte stämmige Körper, das bekannte ruhige Gesicht, die bekannten Hände, die sie so gut durch das Gedränge führen konnten.

»Willkommen, Giovanna.«

»Danke, Francesco.«

»Du kommst zwei Tage früher.«

»Ich habe meine Arbeit etwas früher beendet.«

»Ist sie gelungen?«

»Ach, ich bin nicht sicher. Ich muß sie erst noch zu Papier bringen, weißt du.«

»Amerika hat dir gefallen, nicht wahr?«

»Ja. Sehr.«

»Und worüber redet man in Amerika?«

»Man erwartet den Krieg.«

»Aber nein!«

»Doch, wirklich. Und worüber redet man hier?«

»Über nichts Besonderes. Worüber sollte man denn reden?«

»Ich weiß nicht. Zum Beispiel über den Sputnik.«

»Wer schert sich denn um den Sputnik!«

»Möge dich Gott segnen, falls es ihn gibt.«

»Weißt du, Giovanna, du hast dich überhaupt nicht verändert. Kein bißchen.«

In einem etwas verlegenen Schweigen und mit vielen verstohlenen Blicken fuhren sie dann denselben Weg zurück, den sie vor zwei Monaten gefahren waren. Man spürte keine Kälte in Rom, aber einen milden Geruch von Erde. Hier sah man keine Eichhörnchen, keine Laubteppiche, keine gelben, roten, violetten Bäume und auch keine Apokalypsen aus Wasser: aber niedrige Rebstöcke und streunende Hunde und alte Ruinen und eine Atmosphäre der Armut. Doch es waren ihre Rebstöcke, ihre Hunde und ihre Ruinen, und diese Armut war ihr so vertraut.

»An was denkst du, Giovanna?«

»An viele Dinge, die alle schwer zu sagen sind.«

»Willst du sagen, daß du froh bist, wieder zu Hause zu sein?«

»Das bin ich, Francesco. Ja, das bin ich.«

»Weißt du, ich habe wirklich gedacht, du kommst nicht wieder.«

»Das habe auch ich gedacht. Wir sprechen noch darüber, nicht wahr?«

»Aber nein, lassen wir das, Giovanna. Erzähle mir etwas über New York. Reden dort wirklich alle vom Krieg?«

»Ach! Laß mich Rom ansehen.«

In Rom merkte man von Weihnachten nichts. Man sah keine dekorierten Auslagen, keine Silberkugeln, keine Weihnachtsmänner mit einem dicken Bauch aus Holzwolle: doch wie eine Liebkosung das Rund von Kuppeln und Grün und Anmut, wonach sie jetzt ebenso dürstete, wie sie vorher nach Wolkenkratzern und Grau und Stärke gedürstet hatte.

»Die Haushilfe kommt morgen«, sagte Francesco, während er die Koffer ins Haus brachte, »aber ich habe mir die Schlüssel geben lassen, habe die Zimmer ein wenig gelüftet und das Badewasser angestellt. Das Bett ist gemacht.«

»Du bist ein Schatz, Francesco! Da sage noch einer, die Italiener seien keine Haustierchen.«

Sie ließ gleich Wasser in die Wanne laufen und drängte ihn lachend aus dem Bad. Er lehnte sich von draußen an die Tür.

»Also, Giovanna: würdest du in Amerika leben wollen?«

»Neiiin!«

»Lieber hier.«

»Jaaa!«

»Hatte ich recht?«

»Ziemlich.«

»Aber du hast dich überhaupt nicht verändert, weißt du! Dein Herz und dein Verstand sind eigentlich unverwundbar.«

»Was hast du gesagt?«

»Ich fragte gerade, ob du mir ein paar hübsche Schallplatten mitgebracht hast, etwa mit der Fitzgerald.«

»Fitzgerald ...? Nein ... Ich bin so hastig aufgebrochen, weißt du.« Dabei erschauerte sie in ihrem warmen Wasser: die Fitzgerald! Womit sollte sie ihre Rede beginnen? Mit der Fitzgerald-Platte? Mit dem ersten Streit mit Bill? Mit Richard, mit Bill, mit Martine? Sie trocknete sich schnell ab und schlüpfte in einen lila Bademantel, den sie bei ihrem sinnlosen Flanieren durch die Kaufhäuser erstanden hatte. Und stellte sich mit Entschlossenheit vor Francesco.

»Francesco, ich muß mit dir reden.«

»Wie niedlich du bist in diesem lila Bademantel.«

»Ich muß mit dir reden, Francesco.«

»Lieber nicht, Giovanna. Und was willst du mir eigentlich sagen? Daß du in den Amerikaner verliebt warst? Du hast es mir ja geschrieben, das weiß ich. Daß du mich vergessen hattest? Es war offensichtlich, das weiß ich. Diese Angelegenheit hat mich ziemlich mitgenommen: ich will nicht schon wieder daran denken. Weißt du denn, wie oft ich in den letzten beiden Jahren geglaubt habe, dich wegen einer Deutschen oder einer Schwedin vergessen zu können? Trotzdem bin ich hier. Und du bist auch hier. Was gewesen ist, hat keine Bedeutung, Giovanna.«

»Und doch hat es eine.«

»Das berührt mich nicht, Giovanna. Es gab keine Verpflichtung oder Vereinbarung zwischen uns. Das hast du ja selbst geschrieben.«

»Und doch berührt es dich.«

Sie zog ihn ins Arbeitszimmer, setzte sich ihm gegenüber, kam sich vor wie Richard an jenem Abend im Monocle: als er versucht hatte, ihr etwas zu sagen, es aber nicht fertigbrachte.

»Weißt du, Francesco, du mußt vor allem verstehen. Und um mich zu verstehen, mußt du erst dieses Land verstehen: so groß, so gleichförmig, so grausam ...«

Das Telefon klingelte.

»Hallo, Giò! Willkommen, meine Liebe. Ich sehe, du hast mir zwei Tage Spesen erspart. Wie rücksichtsvoll, verdammt! Alles in Ordnung, Giò?«

»In bester Ordnung, Commendatore.«
»Haben Sie mir einen guten Filmstoff mitgebracht?«
»Ich hoffe doch, Commendatore.«
»Hat Ihnen Gomez Scherereien gemacht?«
»Überhaupt nicht, Commendatore.«
»Dann bis morgen, meine Liebe. Ich bin gespannt, Sie wiederzusehen.«
»Bis morgen, Commendatore.«
Und wieder setzte sie sich vor Francesco; strich sich nervös mit den Händen über das Gesicht, wie es an jenem Abend Richard getan hatte.
»Was sagte ich gerade? Ach ja. Gleich nach meiner Ankunft in New York suchte ich Martine auf. Du kennst sie ja: wenn sie sich etwas in den Kopf gesetzt hat, kann sie keiner davon abbringen. Martine hat in dieser Zeit ...«
Wieder klingelte das Telefon.
»Hallo, Giò! Willkommen, meine Liebe.«
»Danke.«
»Du Glückspilz warst in Amerika!«
»Verzeih, ich bin beschäftigt.«
Ärgerlich knallte sie den Hörer auf die Gabel. Und ging wieder zu Francesco zurück.
»Was sagte ich gerade? Ach ja. Weißt du, Francesco: dein Brief war sehr schön. Sehr edel und sehr schön. Ich habe ihn mehrere Male gelesen und hätte dir schon damals erklären wollen ... Nun, Francesco, du bist ja nicht wie diese amerikanischen Männer, und so will ich doch von Anfang an ehrlich zu dir sein ...«
»Hör mal, Giovanna, ich habe Hunger. Wollen wir nicht irgendwo zu Abend essen und dort darüber sprechen, wenn du unbedingt willst?«
»O.K. Dann gehen wir essen. Ich ziehe mich nur an.«
Das Abendessen war gut. Sie aß mit gesundem Appetit und redete und redete: sagte aber nichts von dem, was sie eigentlich hätte sagen wollen. Sprach von Martine, von den Schühchen für Martines Hund, von Martines Arbeit.

Sprach von den Wolkenkratzern, der Dunkelheit, dem Sputnik, den Shelters: sogar von Igor. Sagte aber nichts von dem, was sie eigentlich hätte sagen wollen. Und Francesco befragte sie über Igor, den Sputnik, die Shelters: fragte aber nicht, was er eigentlich hätte fragen wollen. Kurz und gut, sie unterhielten sich über alles, nur nicht über Richard, über Richard und Bill, über Richard, Bill und sie. Und schließlich war ihr, als habe sie jene vergessen: und da überkam sie eine so wilde Freude, eine so rebellische Erleichterung, daß sie sich an Francesco hängte, solcherart mit ihm das Restaurant verließ und ihm vorschlug, mit ihr hinaufzukommen und einen Whisky zu trinken. Und Francesco kam mit hinauf. Sie tranken Whisky, saßen beide auf dem Sofa: Francescos Gesicht war dem ihren so nahe wie in jener Nacht Richards Gesicht. Von seinen Lippen kam ein angenehmer Tabakgeruch wie an jenem Nachmittag von Bill. Giovanna umarmte ihn. Francesco nahm die Brille ab.

* * *

Ohne Brille sah auch sein Gesicht unbekleidet aus. Er lag erschöpft im Bett, und seine ganze Haut, ja, sein Atem schienen so verletzbar, daß ihr Richards, dann Bills Gesicht wieder ins Gedächtnis kamen: in diesem Augenblick begriff sie, daß sie ihn nicht täuschen durfte. Richard und Bill waren keineswegs vergessen, konnten nicht vergessen sein, sie würde sie niemals vergessen. Deshalb mußte sie reden, sagte sie sich, und vergebens fiel ihr Blick auf die Handtasche, in der sich Bills Brief mit seinen Ratschlägen befand, vergebens bat Francesco, ihm nichts zu sagen, denn er wisse schon zuviel und wolle nicht noch mehr wissen. Sie zündete sich eine Zigarette an, schob sich das Kopfkissen zurecht, und die Worte flossen ihr von den Lippen: vollständig und ehrlich. Sie erklärte ihm, wie es geschehen war und warum es geschehen war. Sie gestand ihm in allen Einzelheiten die Haßliebe, die sie für Bill und die Bill für sie empfunden hatte, die dreifache Liebe, in die sie sich alle drei verfangen und verknotet hatten, ein Knoten, den nur ihre Flucht hatte lösen können. Richard, der sie und Bill wollte, Bill, der sie und Richard wollte, und sie, die am Ende Richard und Bill wollte. Aber jetzt, meinte sie abschließend, jetzt war dies alles zu Ende: sie wollte nur einen Mann, und der hieß Francesco.

Als sie ausgeredet hatte, stand Francesco in voller Kleidung hinten im Zimmer. Seine Arme hingen schlaff herab, sein Gesicht schien sogar jeden Rest von Sonnenbräune verloren zu haben: es war kreideweiß und weich, und in seinen Pupillen bebte die gleiche Verlorenheit, die Giovanna schon des öfteren in Richards Pupillen wahrgenommen hatte.

»Die Geschichte ist nicht sehr lustig, ich weiß«, sagte Giovanna und sah ihn etwas mißtrauisch an.

»Nicht sehr lustig?!«

Francesco setzte langsam wieder die Brille auf und erwiderte ihren Blick. Dann sammelte er seine Sachen ein.

»Nicht sehr lustig? Es ist eine dreckige Geschichte, Giovanna. Und ich verstehe sie nicht. Warum mußtest du davon reden? Warum willst du immer anders sein als die anderen, willst die Gesetze der anderen, die Schranken der anderen mißachten? Hättest du mir gesagt: ich habe ihn nicht einmal geliebt, diesen Richard, aber er gefiel mir, das ist alles, und so bin ich mit ihm ins Bett gegangen. Das allein wäre schon hart genug gewesen: doch ich hätte es ertragen. Aber dies, Giovanna! Dies!«

»Wäre es dir lieber gewesen, ich hätte dich angeschwindelt?«

»Ja, das wäre mir lieber gewesen. Das Leben ist schon ohne Klarheit hart genug: gar nicht vorzustellen, wenn noch die Klarheit dazukäme! Ach, deine verdammte Verbohrtheit, immer alles um jeden Preis klarstellen zu wollen!«

»Ich wollte doch, daß zwischen uns alles vollkommen ist, Francesco.«

»Es gibt keine Vollkommenheit, Giovanna. Und wenn es sie gibt, dann stört sie.«

»Aber ich will dich, Francesco!«

»Schade. Zuvor wollte ich dich, und du wolltest mich nicht. Jetzt willst du mich, und ich will dich nicht. Wir begegnen uns nie im rechten Augenblick, nicht wahr, Giovanna. Stets zu früh oder zu spät.«

»Es hat den Anschein.«

»Und ich hatte mir so gewünscht, daß du wiederkehrst. Als dein Telegramm eintraf, war mir, als bekäme ich eine Blume. Jetzt möchte ich, du wärst nicht wiedergekehrt.«

Er wurde immer schlaffer und blasser.

»Ich bin zurückgekommen, um einen Mann und ein Zuhause wiederzufinden. Und ich habe zu dir wie zu einem Mann gesprochen.«

»Aber du hast wie ein Mann zu einem Mann gesprochen, nicht wie eine Frau zu einem Mann. Und was das Zuhause anbelangt, so fürchte ich, daß du dich diesmal in der Adresse geirrt hast. Dein Zuhause ist dort drüben.«

»Mein Zuhause ist hier.«

»Es war hier.«

»Es ist hier.«

»Es war hier. Warum bis du nur zurückgekommen, Giovanna?«

»Auch um dich wiederzufinden.«

»Das tut mir leid.«

Langes Schweigen. Dann glitt das Futter seines Mantels leise über seine Jacke.

»Also, ich gehe jetzt, Giovanna. Es ist spät geworden.«

»Ich sehe.«

Sie erhob sich, zog den Schlafmantel an, begleitete ihn zur Tür, suchte nach einer Ausrede, um ihn zurückzuhalten. Und fand keine.

»Versuche zu schlafen, Giovanna.«

»Gewiß.«

»Ich laß dir die Zeitung da.«

»Danke, das ist sehr nett.« Sie lächelte bitter. »Schau,

da ist sogar ein Artikel, der mich betrifft: ›Die emotionalen Schwierigkeiten der modernen Frau‹. Ich könnte ja im Soroptimist Club einen Vortrag darüber halten.«

Er sah nur ganz flüchtig hin und zögerte.

»Brauchst du irgend etwas? Was auch immer du brauchen solltest ...«

»Ich brauche nichts und niemanden.«

»Also ciao« war sein letztes Wort, und er schlug die Tür zu.

Sie erwiderte noch ciao und wußte, daß sie sich adieu gesagt hatten. Natürlich würden sie sich wiedersehen: vielleicht morgen, vielleicht übermorgen, über Monate, über Jahre. Aber auch zwischen ihnen war die Tür verschlossen. Bill hatte recht gehabt. Die Sippe, bei der du lebst, weiß nicht, was sie mit Märtyrern und mit Helden anfangen soll. Willst du sie nicht aufschrecken, mußt du schweigen oder lügen. Sie öffnete ihre Handtasche, um die Streichhölzer herauszuholen und sah erst jetzt wieder den Brief des einzigen Mannes, mit dem sie sich hätte retten können. Mit zusammengepreßten Lippen las sie ihn noch einmal: »... ein Brief wird auch nie hinreichen können, Deine Bitterkeit zu verringern, Deine Meinung zu korrigieren, die Du Dir von Amerika gebildet hast, nachdem Dir zwei Typen wie ich und Dick begegnet waren, und Dir auseinanderzusetzen, daß Du dem besseren Amerika nicht begegnet bist ... einem Amerika, das trotz der großen Katastrophe überleben kann, an deren Vorabend wir Kreaturen, die ein Überleben gar nicht verdienen ...«

Was heißt da nicht verdienen, bei Gott! Sie war quicklebendig und war nicht im mindesten gewillt, wegen eines Sandkörnchens oder eines Schmerzes zu krepieren. Sie zerriß den Brief mit harten Bewegungen, legte sich wieder ins Bett, streckte sich unter dem Leintuch. Ob dem Commendatore die Geschichte mit Martine gefallen würde? Vielleicht wäre es klug, noch eine zweite Geschichte zu skizzieren: etwa die eines italienischen Mädchens, das nach Amerika fährt und den Mann wiederfindet, in den es sich als Kind verliebt hatte. Verdammt: das war doch ihre eigene Geschichte! Eine Geschichte mit Superlativen, eine Geschichte zum Verkaufen: wieso war sie nie darauf gekommen? Sie könnte das zu einem Buch verarbeiten, nicht nur zu einem Film. Überlegen wir mal: aber ein Buch verlangt zu viel Zeit, und außerdem macht es viel mehr Arbeit. Einen Film konnte sie ohne Kräfteverschleiß in einem Monat schaffen. War nicht schon alles vorhanden? Dieses Detail mit dem Gordon's Gin, der an- und ausgeht, ist filmisch bestens zu verwerten. Und diese Frauengestalt, die nicht weinen kann, ist gar nicht ohne Reiz für eine Schauspielerin, die ihr Metier beherrscht. Richards Rolle paßt zu einem der jungen Männer, die das Actor's Studio besuchen. Und Bills Rolle ist für einen Lancaster wie maßgeschneidert. Gomez wird überglücklich sein. Natürlich muß ich den Handlungsablauf ändern, sonst bekomme ich's mit der Zensur zu tun: vielleicht aus Bill eine Frau machen oder auch so etwas wie eine Vaterfigur. Und der Schluß? Nun, den werde ich wohl verändern müssen: Das Publikum mag keine traurigen Sachen, ich höre schon den Commendatore: »Was ist denn das für eine Geschichte! So was geht doch nicht, gewisse Dinge passieren doch nicht. Und außerdem, Mäuschen, haben Sie denn nicht verstanden, daß auf diese Weise keiner mit heiler Haut davonkommt? Sollen sie doch heiraten!« Schon gut: also lasse ich sie heiraten. Und jetzt wollen wir mal sehen: wenn ich um sieben Uhr aufstehe, habe ich bis Mittag einen zehnseitigen Entwurf geschafft und bringe ihn dem Commendatore. Und nach diesem Filmsujet kann ich ja wieder nach Amerika und beziehe in Hollywood einen hübschen Bungalow am Meer und verdiene eine Menge Geld. »Hier zählt nur das Geld, meine Liebe. Das Geld ist unser Gott, unser Glaube und unsere Hoffnung.« Richtig, sehr richtig. Und wieviel kann ich da verdienen? Zehn, fünfzehn, zwanzig Millionen? Auch mehr, wenn ich es geschickt anfange. Aber dazu muß ich mich selbst mit Leib und Seele ebenso verkaufen wie diejenigen, die ich wie mich selbst geliebt habe, muß verraten und lügen und schamlos ausplaudern, muß neu aufbauen, als hätte dieser unvermeidliche Herbst eine andere getroffen ... Sei's drum. Ich tu's. »Es ist nicht wichtig zu existieren, Baby, sondern die anderen wissen zu lassen, daß man existiert.« Diesen Idioten, die mich kritisieren, weil ich eine Frau bin, werde ich's schon zeigen. Ich bin tüchtiger als ein Mann, eine Penelope ist nicht mehr gefragt. Ich bin im Krieg und halte mich an ein Männergesetz: ich oder du. Ich oder du. Ich oder ...

Sie machte das Licht aus. Und der gewohnte Schluchzer kam aus den Tiefen ihres Leibes und blieb wie stets in ihrer Kehle stecken. Nun, du reinste italienische Frau, warum weinst du nicht? Ihr seid doch so tüchtig im Weinen: tüchtiger als Dick. Oder kannst du vielleicht nicht? Deine Wimpern sind so trocken wie die Blätter eines Baumes, auf den es niemals geregnet hat. Ich wette, du weißt nicht einmal, wie eine Träne schmeckt. Sag mal: schmeckt sie süß oder salzig? Sie schluckte, war fest entschlossen, nicht zu weinen. Nein, sie wußte es nicht, sie wollte es auch nicht wissen. Sie hatte keine Zeit mit Selbstbemitleidung oder Überlegungen zu verlieren, die nun müßig waren. Nicht sie hatte sich die Männerkleidung ausgesucht ... Nicht sie: aber sie trug sie und würde sie auch nicht vertauschen können, denn man kann sich nicht gegen das stemmen, was der Unsichtbare Spieler entscheidet, ohne dich zu fragen, ob du auch seiner Meinung bist. Mach keine Geschichten, Giò! Ein Fötus im Mutterleib kann seine Meinung auch nicht äußern. Vielleicht will er lange Beine und bekommt kurze, will blaue Augen und bekommt braune. Aber das Schlimmste ist, daß man dich gar nicht erst um Erlaubnis fragt, wenn man dich auf die Welt bringt. Man tut es, und basta: und verlangt womöglich noch, daß du dich dafür dankbar erweist, weil »das Leben ein Gottesgeschenk ist«. O Gott! Gott! Gott! Warum gibt es Dich nicht?

Da: eine Träne. Sie schmeckte salzig.